大航海時代の地球見聞録
通解『職《しょく》方《ほう》外《がい》紀《き》』

ジュリオ・アレーニ
楊 廷筠
著

齊藤正高
訳注・解説

原書房

大航海時代の地球見聞録

通解『職方外紀』

目次

巻一　アジア

巻二　ヨーロッパ

巻三　リビア

巻四　アメリカ

巻五　海洋

はじめに

本書、『職方外紀《しょくほうがいき》』は一六二三年に中国の杭州《こうしゅう》で書かれた「世界案内」です。著者はジュリオ・アレーニという宣教師で、クリスチャン官僚の楊廷筠《ようていいん》が文章を整理しました。書名は「しきほうがいき」とよむこともあります。

かんたんにその内容をいうと、アジア、ヨーロッパ、アフリカ、南北アメリカの各地について、その自然や産物をあげ、人々の生活や文化を紹介した書物です。また、キリスト教の故事や宣教にふれ、コロンブスやマゼランの航海を伝え、ふしぎな海洋生物についても記しています。まさに「大航海時代」の見聞をまとめた書物といえるでしょう。

著者はもともと中国人にむけて、この「世界案内」を書きました。中国ではながく海外情報の源泉となり、アヘン戦争後に書かれた魏源《ぎげん》『海国図志《かいこくずし》』（一八四二年～五二年）にも引用されています。そして、『職方外紀』は江戸時代の日本にも輸入され、一般にはながく禁書であったのに、ひそかに書きうつされて伝わりました。吉田松陰も一八五二年に読みおえています（『睡余事録』）。つまり、『職方外紀』は「武士も読んだ世界案内」といえます。

このように、史料として興味深いのですが、お話としての面白さもあります。現代でも旅行案内をよむと、胸おどるものですが、四〇〇年前、遠い国々はどの地域の人々にとっても魅力的で、幻想と事実がいりまじっていました。したがって、四〇〇年前の「世界案内」をよむことは、このふしぎな魅力を味わうことでもあります。本文には、現代につづく痕跡《こんせき》を発見することもあれば、著者の誤解に驚くこともあるでしょう。あるいは、各地の人々の描写から、人類がいとなむ生活の本質について思うところがあるかもしれません。その読み方は多様です。

つまり、『職方外紀』は日本史や世界史に興味のあるかた、語源や伝説に興味のあるかた、グローバル化の原点をみすえたいかたなど、多くのひとが示唆をうけることができ、また、楽しめる書物ではないかと思います。こうした性質を生かすために、原文は漢文ですが、一般的な訓読は行わず、通読ができるように意味をとって訳し、必要な項目には注解をつけました。当時の「世界」を楽しんでくだされば、うれしく思います。

二〇一七年　訳者

解説　『職方外紀』とその時代

一　ジュリオ・アレーニの生涯

『職方外紀』の著者、ジュリオ・アレーニ（中国名、艾儒略《がいじゅりゃく》、字《あざな》は思及《しきゅう》）は、一五八二年、ヴェネチア共和国ブレッシアに生まれた[一]。ブレッシアはアルプスのふもとの古い街で、ミラノとヴェネチア本島の中間に位置する。現在もローマ時代の遺跡をとどめ、ロンゴバルド王国（五六九年～七七六年）の末期に建てられた修道院がのこる。一五四五年、市の中心に時計台が建てられたので、ジュリオが生まれた日にも時を告げていたはずである。

ジュリオの家族は小貴族であった。母の名はフランチェスカと伝わる。先祖は一三世紀にベルガモから移り、ブレッシア南レーノに住んだ。この街の名が「アレーニ」という家名となった[二]。以下、ジュリオのことを、家名で「アレーニ」とよぶことにしたい。

ここでまず、アレーニの生涯をたどる前に、かれが生まれた年の出来事を確認しておきたい。

アレーニの生まれた年にはカトリック諸国で改暦があった。ユリウス暦(前四六年制定)のながい使用によって生じたズレを解消するため、一五八二年一〇月四日の翌日が一五日となり、現在までつづく閏《うるう》の置きかたがさだまった。(三) このグレゴリオ改暦の中心人物が、イエズス会(四)の天文学者、クラヴィウス(五)(一五三七年～一六一二年)である。クラヴィウスは晩年、ガリレオ(一五六四年～一六四二年)の発見をたたえたが、かれ自身はそれまでの人生をかけて、プトレマイオスの天動説を擁護し、この体系を精緻《せいち》にすることに生涯をささげた学者であった。当時、台頭していた流体宇宙論に反対し、宇宙に法則と数理が存在すると主張した点では、ガリレオと同じであった。

そして、クラヴィウスが教えた学生にマテオ・リッチがいる。(六)

マテオ・リッチ(利瑪竇《りまとう》、一五五二年～一六一〇年)はイタリア中部、教皇領マチェラータに生まれた。成長するとローマで法律を学び、一五七一年にイエズス会に入り、その後、会の設立したローマ学院にすすんだ。クラヴィウスに数学を学んだのはこの時期である。一五七七年五月にリスボンへいき、翌年三月二四日、インド宣教に旅立った。インドのゴアに着いたのは、一五七八年九月一三日である。このとき、ゴアに司教区が設置されて四四年がすぎていた。三七年前にフランシスコ・ザビエル(一五〇六年～五二年)が到着したときには、すでに一四の教会があり、聖職者が一〇〇人以上いた（七）。ここでリッチは全課程を終え、修辞学を教えた。一五八〇年には叙階され、司祭（神父）となる。

リッチがゴアにいたころ、中国南東のマカオ（澳門）では、ルッジェーリ（羅明堅、一五四三年～一六〇七年）が働いていた（八）。かれは一五七九年にマカオに赴任し、宣教のために中国研究をはじめていた。しかし、マカオでは司祭の仕事が多く、宣教の準備は思うようにすすまなかった。これをみて、東方巡察使ヴァリニャーノ（范礼安、一五三七年～一六〇六年）がゴアから輔佐をよんだ（九）。そして、一五八二年八月七日、ルッジェーリをたすけるために、リッチがマカオに到着した。グレゴリオ改暦のおよそ二ヶ月前である。当時、マカオには日本の天正遣欧使節（一五八二年～九〇年）が滞在していた。

このように、アレーニが生まれた年には、かれが働くことになる中国に先駆者リッチが到着し、クラヴィウスらによって現代までつづくグレゴリオ暦が制定された。空間の面では東アジアとヨーロッパに不断のつながりが生まれ、時間の面では全世界でつかわれることになる「時」が動きはじめた。

マカオに到着したリッチは、一五八三年に内地に入り、肇慶《ちょうけい》・韶州《しょうしゅう》・南昌《なんしょう》・南京《なんきん》に住み、中国人と交流するなかで支持者をふやしていった。そして、一六〇一年、ついに北京《ぺきん》に到達する。リッチは明《みん》の万暦帝《ばんれきてい》に機械式時計をはじめとする西洋の品々を献上し、時計の修理係として首都に住むことをゆるされた。以後、官僚たちに人脈をひろげ、宣教の基盤をつくっていった。

リッチは中国に宣教する際、まず、知識人（士）に訴えることが必要であると考えた。そして、数学・天文学・記憶術・世界地図など、西洋の学術（西学）でかれらをひきつけた。かれは漢文で書物をあらわし、『天主実義《てんしゅじつぎ》』などの教義書をあらわす一方、自然学の書物もあらわした。『乾坤体義《けんこんたいぎ》』に宇宙論を紹介し、ユークリッド幾何学の一部を『幾何原《きかげん》本《ぽん》』として翻訳し、『同文算指《どうぶんさんし》』に実用算術を紹介した。これらは師クラヴィウスの著作や注解によった。また、『交友論《こうゆうろん》』や『西国記法《さいこくきほう》』にヨーロッパの友情論や記憶術を紹介し、世界地図を中国人に示した。

こうした漢文の著述について、リッチは次のようにのべている。

> これまでの経験からわれわれには、チナ人（中国人、引用者）の心を動かすには説教や議論よりも書物のほうがはるかに有効であることが明らかになっている。高位の人びとにたいして道を説くのは、このわたしにはどんな師であるのかわからないが、外国人とみなされる人ではこのチナではその役を果たすことのできないある種の師によってなされるからであり、また議論は口論と解され、真実を知るためのものとされていないの

である。(一〇)

リッチが明末《みんまつ》の中国で宣教の基盤を築いていく時期は、イタリアでアレーニが成長していく時期にあたる。幼いアレーニは親もとで教育をうけ、一五歳のとき、聖アントニオ学院にすすみ、ここで一八歳まで学んだ。そして、一六〇〇年、ノヴァレッラ(ボローニャ北西)でイエズス会にはいった。一六〇二年、パルマに移り、一六〇五年まで学ぶ。その後、ボローニャの学院で人文学を教え、教師の経験をつんだ。一六〇七年から、ローマ学院で神学を学び、学問をしあげる。すでに、一六〇三年、総長に海外宣教の意志をつたえ、ペルー行きを希望していたが、イエズス会第五代総長アクアヴィーヴァ(一五四三年〜一六一五年)はアレーニを中国に派遣すると決める。(一一)

この決定には、アレーニが数学や天文学に堪能だったことが理由にあげられる。アレーニはパルマ時代にベルギー出身のイエズス会士フェルビエールに数学を学び、宣教に旅立つ前にはボローニャ大学の天文学者マジーニ(一五五五年〜一六一七年)とも交流があった。いっぽう、リッチは中国でポルトガル暦をつかって日食を予測し、「世界一の数学者」であると賞賛をうけていた。そして、交流のあった官僚から明《みん》の暦を修正してくれるように懇願されていた。しかし、リッチには計算天文学の知識が少なく、改暦に必要な書物もなかった。そこで、天文学の知識が豊富な会士を、必要な書物とともに派遣するように、ローマに要請していたのであった。アレーニはこれに適材であった(一二)。

そして、一六〇九年三月二三日、アレーニはリスボンで船上の人となる。同行者にはともに中国で宣教することになるセメード(一三)とサンビアシ(一四)がいた。かれらの乗りこんだ「慈悲の聖母号」は喜望峰を経由し、ゴアにいたる。おそらくゴアで船をのりかえ、マカオに到着した。一六一一年のはじめ、アレーニが二九歳のときである。これは万暦三八年(一六一〇年)の年末にあたる。さる五月、リッチは北京で五八歳の生涯を終えていた。

マカオに到着すると、アレーニはさっそく中国内地にはいったが、広州で拘束され、マカオに送還される。しばらくマカオで中国語を学びながら数学を教え、一六一三年に再度内地にはいった。

このころ、リッチ亡きあとの北京では、中国宣教の上長をロンゴバルディ(一五)がひきついでいた。ロンゴバルディは南京で働いていたトリゴー(一六)をヨーロッパに派遣し、教皇や君主から支援をとりつけようとした。これをうけて、一六一三年、トリゴーはマカオから帰欧の途につく。アレーニがふたたび内地に入ったのは、トリゴーがマカオを出発した年であった。アレーニはまず北京へいき、ここで知りあったクリスチャン官僚(奉教士人)、徐光啓《じょこうけい》とともに上海《しゃんはい》へいく。

徐光啓（一七）（字《あざな》は子先《しせん》、洗礼名はパオロ、一五六二年～一六三三年）は上海の人である。科挙に落第しつづける苦悶のなか、一六〇三年、南京で洗礼をうけ、その後、四二歳で進士《しんし》となった。及第の後はいったん翰林院《かんりんいん》（国立大学）に配属される。このころ、北京にいたリッチとともに、『幾何原本』などの翻訳にとりくんだ。官僚としては礼部に属し、春坊《しゅんぼう》左賛善《ささんぜん》（太子教官）をへて、礼部尚書《れいぶしょうしょ》兼東閣大学士《とうかくだいがくし》（宰相）にのぼった。勢力を増しつつあった女直族（清）に対抗するため、西洋火砲による国防を提案し、崇禎帝《すうていてい》のもとでは望遠鏡を導入し、西洋天文学による改暦作業を指揮した。農事改良にも心血をそそぎ、死後に刊行された『農政全書《のうせいぜんしょ》』（一六三九年）は、日本の青木昆陽《あおきこんよう》（一六九八年～一七六九年）にも影響をあたえた。

一六一六年五月、南京礼部侍郎、沈漼《しんかく》（杭州の北、烏程《うてい》の人）が「遠夷を弾劾する疏」（参遠夷疏）を上奏し、キリスト教を批判した。（一八）いわゆる「南京教案」の勃発である。この弾劾には「大西洋」というヨーロッパの名称が「大明」という中華の国号と拮抗すること、イエズス会士の伝えた天動説が妄説であること、天主を信仰することは民を不孝不忠にみちびくことなどをあげている。上疏はあわせて三度くりかえされ、のちにイエズス会士がルソン（呂宋）を征服したフランキ人（イスラム教徒がいうヨーロッパ人、本書巻二「フランチャ」参照）であることも理由にくわわった。すでに、一五七一年、スペインの軍人レガスピが、ルソン島にマニラを建設していたのである。

この弾劾に対して、北京では徐光啓が弁護をしたが、結局、四名の宣教師が追放にさだまる。南京ではヴァニョーニ(一九)が逮捕され、罰杖《ばつじょう》をうけ、野蛮人として檻《おり》にいれられたまま、マカオに護送された。かつてアレーニと同じ船で旅をしたセメードも、ヴァニョーニと行動をともにした。また、北京ではパントーハ(二〇)とウルシス(二一)も追放となった。両神父はリッチのあとをつぎ、改暦の準備をしていた。この追放事件は、のちに『職方外紀』の執筆につながる。

アレーニは「南京教案」の弾劾に名指しされていなかったために、追放をまぬがれたと考えられる。このころ、揚州の馬三芝《ばさんし》（字は呈秀、洗礼名ピエール）の赴任にともない、陝西省絳州《せんせいしょうこうしゅう》にいった。ここで宣教のかたわら、ミサに用いるワインをつくるため、ブドウを栽培した。

キリスト教迫害は一六二〇年にも白蓮教《びゃくれんきょう》の反乱を口実にくりかえされ、一六二四年の沈《しん》の死によって一応の終息をみる。しかし、南京教案につづく天啓年間（一六二一年～一六二七年）は宦官魏忠賢《ぎちゅうけん》(二二)（一五六八年～一六二七年）の専政時代であり、イエズス会士を助けた官僚も多く失職して、閑居《かんきょ》を余儀なくされた。

一六一九年、前に述べたトリゴーがマカオに帰還した。このとき、ヨーロッパ各国であつめた書籍が中国にもたらされた。いわゆる「西書七千冊」[二三]の到来である。また、トリゴーはリスボン出港時に新しい世代の宣教師をともなっていた。かれらはかつて、リッチがローマに要請した天文学に堪能な会士たちであった。テレンツ[二四]、フルタド[二五]、ロー[二六]、アダム・シャル[二七]などである。とくに、テレンツはイエズス会に入る前に、ガリレオと同じくリンチェイ学士院に属しており、当時のヨーロッパで最高の学者の一人であった[二八]。

一六二〇年、アレーニは杭州にあらわれる。杭州には李之藻《りしそう》と楊廷筠《ようていいん》がいた。この二人は当時、イエズス会士の最大の庇護者であった。アレーニは李之藻の母のため、キリスト教式の葬儀を行った。

李之藻[二九](字は振之《しんし》、洗礼名はレオ、一五七一年~一六三〇年)は徐光啓より九歳わかいが、進士に及第したのは徐光啓より早く(一五九八年)、北京に到達したリッチをいち早く助けた人物である。かれはリッチの世界地図に感銘をうけ、一六〇二年、屏風にしたてて印刷している。現在ものこる『坤輿万国全図《こんよばんこくぜんず》』はかれが刊行したものである。さらに、『渾蓋《こんがい》通憲《つうけん》図説』(天文観測器アストロラーベの解説書、一六〇八年)や『同文算指』(一六一四年)もリッチとともに翻訳している。一六一〇年、李之藻は北京で大病にかかり、この時、最晩年のリッチから洗礼をうけた。官僚としては工部に属し、黄河の治水を担い、山東や南京でも水利を監督した。また、徐光啓の防衛策を実現するため、郷里の若者を派遣して、マカオで大砲を買いつけた。晩年は徐光啓の設置した暦局で西洋学術の翻訳をたすけた。

楊廷筠(三〇)(字は仲堅《ちゅうけん》、洗礼名はミカエル、一五六二年～一六二七年)は、徐光啓・李之藻とともに「中国キリスト教三柱石」といわれ、かれらの中でもっとも及第が早かった。一五九二年に進士となると、三七歳まで江西省安福県で知県《ちけん》(地方行政官)をつとめた。知県を退任すると、北京での待機をへて、以後、監察御史《かんさつぎょし》(行政監察官)の道をあゆむ。しかし、一六〇九年、陳情した減税措置が譴責《けんせき》をうけ、以後一二年にわたり、故郷に閑居することになる。一六一一年、同郷李之藻の父が没し、その弔問に訪れたとき、李家にいたイエズス会士と会い、キリスト教に入信したいという願いをもったようである。しかし、楊廷筠はこれ以前から禅に傾倒しており、また、進士に及第した者の慣例として側室があった。これは邪淫を禁ずる十戒に抵触していた。こうした理由で楊廷筠は洗礼をうけることを躊躇《ちゅうちょ》していたが、李之藻の激励によって側室と別居して、クリスチャンになった。教案の時期には、前後して七名のイエズス会士を自宅に住まわせている。当時、会士に住居を提供したことで、同郷の士にも指弾をうけたようである。

もちろん、アレーニも楊廷筠の庇護をうけ、のちに当時の様子をつぎのように語っている。

公（楊廷筠）が教えを奉じはじめた頃、同郷の沈宗伯が西学を弾劾した。公は権勢におもねらず、ふるいたって正理をあらわした。そして、とくに西士の不安に配慮し、その家に住んでほしいと請うた。これを非難する者もいたが、「師弟が従うのは義である。ともに居り、つねにその道を聞けば、生死を渝《か》えずという。一朝、困難にのぞんで見すてれば、情に不快なだけでなく、学問も誤りとなろう」と言った。

流言は日々公にむかい、楚の官憲が命じても、わざと出頭しなかった。うながす者もあったが、おもむろに「わたしにも置けぬ一事がある」といい、そのわけを問うと、「住居なき者となれば、だれが西士を顧《かえり》みようか」といった。沈公が「西士のことは、いまこれを置こう」といったとき、公は笑っていった。「わたしはむしろ置かないでほしい。あなたに望むのは、わたしを伐《き》ってこれと親《した》しうせよである」（三）と。

楊廷筠は杭州で「善会」を組織して貧者を救う活動をし、「義館」をひらいて郷里の子弟の教育を後援した。これは本書の「ヨーロッパ総説」（巻二）にみえる制度に似ている。また、貧しい信徒や中国で没したイエズス会士のために墓地もつくった。

『職方外紀』のアレーニの序は、教案末期、天啓三年（一六二三年）に杭州で書かれた。

一般に明末の宣教師が書いた漢文著作は、宣教師が口頭で書物の内容を訳し、クリスチャン知識人（奉教士人）が潤色して漢文にするという共同作業であった。[三二]『職方外紀』の文章も楊廷筠の整理をへていると考えられる。

また、この時期、アレーニはサンビアシとともに北京に赴《おもむ》いている。彼らはウルシスとパントーハが着手していた改暦作業をひきつごうとした。しかし、当時はまだ明朝官僚の妨害があり、しばらくして北京を去った。この旅の帰りに、アレーニは常熟《じょうじゅく》（上海北西）に立ちよる。常熟はリッチの初期宣教をたすけた瞿如夔《くじょき》の故郷であり、その子、式穀《しきこく》がまねいたのである。ここで、アレーニは式耜《しきし》（式穀の従兄）に洗礼をさずけた。こののち、一六四四年に、李自成《りじせい》によって北京が陥落し、ついで清が入ると、瞿式耜《くしきし》（洗礼名トマス、一五九〇年～一六五一年）は広東で南明の永暦帝（一六四六年即位）を輔佐することになる。[三三]

一六二四年、内閣首輔葉向高《しょうこうこう》[三四]（一五五九年～一六二七年）が、魏忠賢《ぎちゅうけん》の専政にやぶれて辞職し、帰郷することになった。このとき、葉向高は杭州にたちより、アレーニを福州にまねいた。福建省福州はかつて李之藻が科挙の試験官（座師）として赴任した地で、このとき合格した士人は、生涯にわたって李之藻の弟子であった。つまり、福建の士人にとって、アレーニは師の友となるのであった。

一六二五年、アレーニは福州にはいった。葉向高は監視をつけられていたが、かつて楊廷筠の長男の家庭教師をしていた趙鳴陽《ちょうめいよう》（洗礼名メルキオール）が、アレーニを名流士人に紹介した。やがて、葉向高が外国人を管轄する官員に正式に紹介し、アレーニは福州の知識人の社会で立場をえる。（二五）

　アレーニは福州で書院の講学にくわわっている。書院（二六）とは、もともと、書庫の意味であるが、唐宋から引退した有力官僚が故郷に書院を建て、やがて、研究教育の場となった。山長・監院・斎長・首士などの組織をもち、独自の学則もつくった。その「講学」は地元の読書人があつまり、孔子を祭り、礼を行い、儒教の古典、四書五経について討論するというものである。一六〇四年には、顧憲成《こけんせい》（一五五〇年～一六一二年）が宋の楊時《ようじ》の建てた東林書院を無錫《むしゃく》で復興している。この書院にあつまった官僚は「東林党」とよばれ、宦官にくみする官僚（「閹党《えんとう》」）と政争をくりひろげた。官僚の団体を「党」といい、及第前の書生の研究会を「社」という。当時、書院をひとつの場として、「党」「社」が公論を形成していたのであった。

　アレーニは福州書院の講学で『中庸《ちゅうよう》』にいう「天命」を、人格神の命令として解釈し、福建の士人に反響をえた。この講学のあとに洗礼をうけた者は二五名にのぼり、詩を贈った者は七〇名にのぼった。うち一七名が進士であり、そのほかは詩人・画家・教師・書生たちであった。

一六二七年七月、アレーニは福建の知識人とキリスト教について話し、この対話は『三《さん》山論学集《ざんろんがくしゅう》』にまとめられた。このころ、アレーニが著したものには『滌罪正規《じょうざいせいき》』『彌撒祭《みささい》義《ぎ》』『耶穌聖体禱文《やそせいたいとうぶん》』『悔罪要旨《かいざいようし》』などの儀礼書のほか、神学を論じた『万物真原《ばんぶつしんげん》』、霊魂を論じた『性学觕述《せいがくそじゅつ》』がある。また、「楊淇園先生超性事蹟《ようきえんせんせいちょうせいじせき》」も口述し、丁志麟《ていしりん》という人物が書きとめた。

一六二七年末から翌年のはじめにかけて、いわゆる「嘉定会議《かていかいぎ》」がひらかれる。上海西の嘉定にイエズス会士一一名と、クリスチャン知識人三名（徐光啓・李之藻・孫元化）があつまった。趙暉《ちょうき》氏の研究によれば、楊廷筠は死の床にあり、参加できなかったようである。会議では主にデウス（神）の訳語と、今後の宣教方針が話しあわれた。とくに宣教方針については、リッチ以来の「学術宣教」を重視する立場と、民衆の救済を重視する立場があった。中国に滞在しつづけるには「学術宣教」は不可欠であったが、宣教師としての本分はロンゴバルディが主張した後者にあった。後者をとる場合、孔子崇拝や祖先崇拝など、カトリックからすれば「偶像崇拝」にあたる儀式について、信徒に参加を許すかという問題が生じる。この問題は嘉定会議で決着をみなかったが、のちに清の康熙帝《こうきてい》とローマ教皇との間におこった典礼問題に発展し、雍正帝《ようせいてい》による禁教（一七四六年）にいたる。（三七）なお、嘉定会議を傍聴した巡察使は、ポルトガルのコインブラ大学の哲学教授、パルメイロであった。かれはイエズス会士が官吏との交際上着用していた絹服を追認した。（三八）

一六二八年、崇禎帝《すうていてい》が即位すると、徐光啓が復権する。翌年六月、日食の予測がはずれたため、改暦がゆるされた。九月、徐光啓が改暦の指揮をとることになり、魏忠賢によって破壊された首善書院の跡地に暦局がひらかれる。九月二三日の申請書には「自鳴鐘」（機械式時計）と「望遠鏡の架」（固定装置）の項目がみえる。（三九）改暦の主幹として、前述のテレンツ（鄧玉函）がよばれたが、不幸にして翌年病没した。そのあとをローとシャルが引き継いだ。

また、この時期（一六二五年〜一六三〇年）に『天学初函《てんがくしょかん》』が刊行されている。これはイエズス会漢文著作の叢書であり、「理編」一〇種、「器編」一〇種からなる。「理編」にはアレーニの『西学凡《せいがくはん》』（一六二三年、楊廷筠序）と、本書『職方外紀』（一六二三年自序）がおさめられた。なお、『天学初函』の編者、李之藻が書いた「題辞」には刊行年の記述がないので、『天学初函』の成立には諸説がある。（四〇）いずれにしろ、『天学初函』にふくまれる最も新しい文献、「読景教碑書後《どくけいきょうひしょご》」が天啓五年（一六二五年）の成立であり、李之藻の死が崇禎三年（一六三〇年）であるので、この間の成立であると考えられる。また、日本内閣文庫所蔵『職方外紀』の見返しに「理編」一〇種のうち、二種は続いて刊行されるとの記

事があり、『天学初函』は一度に刊行されたのではなく、逐次刊行されたとの指摘もある。[四一]

一六三〇年以降、アレーニは福建省各地に宣教した。一六三四年には二五七人に洗礼をさずけた。また、八県に教会を建て、一五の街に聖堂を建てた。この時期の著作に『幾何《きか》要法《ようほう》』『出像経解《しゅつぞうけいかい》』『天主降生言行紀略《てんしゅこうせいげんこうきりゃく》』『西方答問《せいほうとうもん》』『口鐸日抄《こうたくにっしょう》』などがある。とくに『口鐸日抄』は一六三〇年から四〇年までの間になされた福建の知識人との問答、四九五条がまとめられており、異文化の対話を知るうえで好適の史料と指摘されている。[四二]

一六三七年、福寧でドミニコ会士が追放される事件（福建教案）がおこる。ドミニコ会[四三]は一六三〇年頃から福建に入っていたが、祖先や孔子の崇拝をみとめないなど、中国社会に対する配慮に欠けていた。これにより当局がキリスト教を邪教とみなし、礼拝を禁止した。アレーニもこのとき福建を追放された。あとにした教会は没収され、信徒は巨額の罰金を科されて投獄された。アレーニとサンビアシが各方面の官僚に助けをもとめ、教会財産の回復と礼拝の自由を取りもどしたのは、一六三九年のことであった。

アレーニの晩年は明清の王朝交代期にあたる。戦乱のなかにあって、中国の宣教を南北の管区にわける必要があり、アレーニが南管区の上長になり、南京・上海・福建・広東・広西などを巡察した。北管区の上長はフルタドであった。一六四四年、李自成の反乱によって北京が陥落し、ついで清によって北京、南京が占領されると、一六四五年、福建では黄《こう》道周《どうしゅう》・鄭芝龍《ていしりゅう》らが隆武帝《りゅうぶてい》を擁立した。隆武は領内に教会の建設をみとめたが、翌年、清の福州進攻によって、隆武政権は短命でほろぶ。

このとき、アレーニは戦火を避けて信徒とともに逃げたと考えられる。一六四九年、延《えん》平《ぺい》の信徒の家で没した。享年六七であった。流暢な中国語を話し、「西来孔子」といわれる。遺体は福州北の十字山に葬られた。(四四)

二 『職方外紀』について

まず、書名の意味を確認しておきたい。「職方」とは中国古典をふまえた言葉である。古代の理想的官僚制を記した『周礼《しゅらい》』には「職方氏」という官職があり、天下の図を管理し、異民族を弁別し、貢ぎ物をうけとる。また、『礼記《らいき》』に「五官の長を伯といい、これ方を職《つかさど》る」(曲礼下)といい、版図に王や官を派遣して、地方を治めさせることをいう。これらの例から『職方外紀』という書名を考えると、「異民族を弁別する職方氏が知らない外国の記録」という意味があり、また、「版図の外の記録」ということになる。つまり、中国の歴代王朝に詳しく知られていなかった土地の記録という意味である。したがって、日本や朝鮮、東南アジア諸国など、中国とながく交流があった国は項目にたっていない(なお、日本については「海島」の記述にみえる)。

つぎに、版本の問題を指摘しておきたい。『職方外紀』には五巻本と六巻本の系統がある。五巻本は「自序」の成立(一六二三年)のあと、杭州で印刷された初刊本を祖とすると考えられる。のちに『天学初函《てんがくしょかん》』(一六三〇年頃)をはじめとする叢書に収められたのは、この五巻本である。いっぽう、六巻本はアレーニが福建にはいったあと、福建の知識人の求めに応じて再刊した本を祖とする。巻四の末尾にあった「メガラニカ」の部分が独立して巻五となり、福建の王一錡《おういっき》が解説をくわえ、全六巻とした。

また、五巻本にはユダヤ(如徳亜)の項目に注がある。この「ユダヤ注」は西安《せいあん》で一六二三年に出土したネストリウス派(景教)の碑文に言及している。すでに述べたように、『天学初函』に収める「読景教碑書後」は「天啓五年」(一六二五年)に李之藻《りしそう》によって書かれている。したがって、近年の注釈者、謝方《しゃほう》氏が指摘するように、「ユダヤ注」は李之藻が『天学初函』を編んだときに補った部分であろう。

つづいて、序文の問題を指摘しておきたい。『職方外紀』には六種の「序」がつけられている。①葉向高《しょうこうこう》「序」、②李之藻「刻職方外紀序」、③楊廷筠《ようていいん》「職方外紀序」、④瞿式穀《くしきこく》と許胥臣《きょしょしん》の「小言」、⑤艾儒略《アレーニ》「自序」、⑥龐迪我《パントーハ》・熊三抜《ウルシス》「奏疏」である。①葉向高序は六巻本にしかない。内容も福建で再刊された経緯にふれている。

これらの「序」のうち、李之藻とアレーニの序によって刊行の事情を確認できる。これによれば、リッチの死後、福建の税関が洋船から手にいれた地図を北京にもたらした。これをパントーハとウルシスが勅命《ちょくめい》を奉じて翻訳にあたったが、南京教案により頓挫し、未完の原稿を皇宮の門外に献呈して、両神父は北京を去った。この原稿の写しが北京の知識人の間に伝わったが、完全なものではなかった。そこで、原稿をみることのできたアレーニが、楊廷筠と協力して仕事をひきついだ。アレーニはヨーロッパから携えてきたメモにより、パントーハらの旧稿を補ったので、『職方外紀』の仕事について、みずから「増訳」としている。

「序」のあとには地図がつづく。『職方外紀』の「万国全図」は、基本的にリッチ『坤輿万国全図』(李之藻刊、一六〇二年)と同じである。ただし、リッチの世界地図が横幅三・六メートルにおよぶ大きな屏風であるのに対し、『職方外紀』の「万国全図」は書籍の四頁を占めるにすぎない。また、リッチの世界地図には多くの注記がある。序と跋《ばつ》(あとがき)のほか、ヨーロッパ天文学の知識が余白に書きこまれ、地名や海域にも多くの注記がある。いっぽう、『職方外紀』の「万国全図」にはリッチの図にみられるような注記はない。そのかわりに、両極から書いた「北輿地図《ほくよ》」「南輿地図《なんよ》」(日食月食図を付す)を補い、さらに「亜細亜図《あじあ》」「欧邏巴図《よーろっぱ》」「利未亜図《りびあ》」「南北亜墨利加図《あめりか》」など、各巻に領域図を示し、全七枚の地図を載せる。つまり、『職方外紀』は現在の地図帳に近いものである。

リッチとアレーニの地図は、オルテリウスの地図帳、『世界の舞台』（一五七〇年初版）などにもとづいている。[四五] リッチは中国を中心ちかくに置きなおしているが、アレーニの「万国全図」も同じである。興味深いのは北極である。メルカトルの『アトラス』（一五六九年）には、想像上の北極大陸があり、四本の河が北極に流れこんでいる。この北極大陸はオルテリウスにも確認できるが、リッチでは多島海のようになり、『職方外紀』では北極に陸地を確認できない。

万国全図のあとには、「職方外紀首」（以下「紀首」）がある。この部分については、『職方外紀』をよむときに、前提となる知識が多いので、ややくわしく説明しておきたい。

まず、「紀首」は宇宙について述べている。『職方外紀』の随処にみえる宇宙論は、アリストテレスとプトレマイオスによる地球中心説（天動説）である。これはクラヴィウスが注解し、リッチが世界地図に書きこんだものでもある。

この宇宙論は、まず、月下界と月以上の領域にわかれる。月下界は元素にみち、生成と消滅がある世界である。元素は火・気・水・土の四種である。このうち、土はもっとも重いために宇宙の中心にむかって落ちつづけ、球体となる。これが地球であり、地球の中心はそのまま宇宙の中心である。火はもっとも軽いため上昇し、火と土の間を中間の重さをもつ空気と水がみたす。

月以上の領域は九層にわかれる。これを「九重天」という。地球から近い順に、①月輪天・②水星天・③金星天・④日輪天・⑤火星天・⑥木星天・⑦土星天・⑧二十八宿天（恒星天）・⑨宗動天である。それぞれの天は透明なガラス状の球体で、これを「天球」（sphere）とよぶ。漢語では「天体」である。それぞれの「天球」は固有の速度で回転し、日月と星々は天球のうえに木材の節《ふし》のように固定されており、天球とともに動く。第九の天球、「宗動天」（primum mobile）は以下全ての天球をともない、一日で一周する。よく知られているように、コペルニクスやガリレオが問題としたのは、この最も大きな天球がわずか一日で回転しなければならない点であった。なお、九重天には異説がある。クラヴィウスの『サクロボスコ天球解』の改訂（一五七〇年〜一六一一年）に影響をうけ、漢訳文献でも十一重天（リッチ『乾坤体義』）や十二重天（ディアス『天文略』一六一五年）などが紹介されている。[四六]

以上のような宇宙論を背景にし、「紀首」は地球上の気候帯について述べている。ここにはすでに「熱帯」「温帯」「冷帯」という語がみえる。これはリッチが『乾坤体義』に「熱帯」「正帯」「寒帯」と訳していた。[四七] そして、「南北の緯度」と「東西の経度」の説明があり、北京の経緯度も示されている。緯度は現在の値と比較してもおおむね正しい。北半球では北極星の仰角（北極出地）によって緯度が比較的簡単に測定できるからである。これに対して、経度は正確ではない。当時、経度の起点はアフリカ大陸北西にうかぶカナリア諸島（福島）だったが、これにもとづいて計算しなおしても、一〇度を超える大きな差がみとめられる。『職方外紀』の刊行から、一〇〇年以上もの間、経度を正確に測ることは困難であった。一八世紀の初めにもイギリス艦が経度の測定を誤り、イングランド近海で沈没しているほどである。経度の精密な測定は、一七三五年、ハリソンによる航海用精密時計（クロノメーター）の発明をまたねばならない。[四八]

「紀首」の最後には、地球が球体であるので、平面に描くと「画線」が変化すると述べている。『職方外紀』の「万国全図」は、リッチの世界図と同じく、アピアヌス図法で描かれ、両極は線であらわされている。領域図をみると、アジア・ヨーロッパ・南北アメリカ図では、経緯線が直角に交わっているが、リビア図では経緯線が赤道を境に斜線となっている。

以上、「紀首」には、ヨーロッパでも中世には忘れさられていた地球説と宇宙論が紹介され、多額の投資と幾多の犠牲をはらった航海の成果も伝えている。当時の中国人は、一般に大地を平面であると信じていたので、『職方外紀』によってもたらされた知識に驚いたことは想像にかたくない。しかも、つづく本篇には、地球上にすむ人々の生活が、生き生きと書かれていた。地球は概念ではなく、人類が生活する場であった。

本節の最後に、この本篇の概要をあげておきたい。

巻一はアジア（亜細亜）をあつかう。「総説」以下、一五の地域を記述し、タタール、イスラムのあと、インド、ペルシャ、トルコ、ユダヤと、おおむね東から西に記述し、セイロン（スリランカ）などの島々を末尾にまとめる。中央アジアについてはゴエス（鄂本篤、一五六二年〜一六〇七年）の知識が反映されている。(四九) ゴエスは一六〇二年にゴアを出発し、中央アジアをへて、一六〇七年に粛州《しゅくしゅう》に到着し、この地で没した。その手記は北京にもたらされ、リッチの宣教報告、『中国キリスト教布教史』に採録されている。また、イエスの故郷、ユダヤの項はキリスト教の概説にもなっている。

巻二はヨーロッパ（欧邏巴）をあつかう。「総説」以下、一三の地域を記述し、イスパーニャ（スペイン）からウクライナまで、西から東へと記述し、北欧は「別天下」であるとの記述がみえる。アングリア（イングランド）などの島々を末尾にまとめている点は、巻一と同じである。「総説」では、ヨーロッパの歴史、文化、制度をつたえているが、その内容からみて、当時のヨーロッパを美化していることを否定できない。宗教改革（一五一七年〜五五年）にともなう暴動、アルマダ海戦（一五八八年）、ケルン戦争（司教座をめぐる改革派と反改革派の衝突、一五八三年〜九〇年）などの記述はみえない。それどころか、

「国主はたがいに通婚して、世相は平和である」などの記述がみえる。また、各国の記述にも分量の差がある。フランチャ（フランス）、アルマニア（ドイツ）と比べると、イスパーニャ（スペイン、ポルトガル）はおよそ三倍、イタリアは四倍半である。聖母マリアの家が移されたと伝わるロレート（イタリア）には、アレーニみずから巡礼に赴いたという記述もみえる。つまり、こうした分量のちがいは、著者の見聞を反映していると考えられる。

巻三はリビア（利未亜）、つまり、アフリカ大陸をあつかう。「総説」以下、八の地域を記述し、エジプトは独立している。地中海に面した地域は一つにまとめられ、アビシニア、モノモタパ、コンゴについても記述がある。聖ロレンツォ島（マダガスカル）などの島々は末尾にある。目をひくのは野生動物の記述や、食人などの習俗である。野生動物の記述を検討すると、プリニウス『博物誌』（七七年頃）の影響を無視できない。やや増補はあるものの、アレーニは『博物誌』か、これにもとづく書物からメモをとっていたのではないかと推定できる。アフリカの一部の地域については「愚か」であると意見を述べているが、これは宣教師が殺害された事件が影をおとしているのかもしれない。

巻四はアメリカ（亜墨利加）をあつかう。「総説」ではコロンブスの新大陸発見などをのべ、以下、南アメリカと北アメリカにわけて記述している。南アメリカはペルー、ブラジルなど四地域を記述し、北アメリカはメキシコ以下、フロリダ、カリフォルニアなど五項目に分けて記述している。カリブ海の島々は後ろにまとめている。巻四末尾には、メガラニカ（墨瓦蠟尼加）の「総説」がある。一七七〇年のキャプテン・クックの上陸まで、オーストラリアは確認されておらず、マゼランの世界周航以来、巨大な南極大陸があるとされていた。これが「メガラニカ」である。その名は「マゼラン」の名からつけられた。「総説」ではマゼランの航海をのべ、メガラニカの詳細はいまだ明らかでないとする。

巻五は海洋をあつかう。「四海総説」以下、八項目にわけて記述している。まず海域や島の名称をのべている。そして、クジラなどの海洋生物をあつかった「海族」、真珠などの「海産」をのべた部分が巻五全体の半ばを占める。船舶の構造や乗務員の職務、航路についても記している。

全巻の末尾に、熊士旂《ゆうしき》による「跋《ばつ》」（あとがき）をつけるテキストもある。謝方氏は日本の写本にだけみられる特長であると指摘している。

三 『職方外紀』の影響

『職方外紀』は当時中国に知られていなかった国々を紹介した書物なので、人々の好奇心をかきたてたのは想像にかたくない。また、リッチの世界地図のように大型のものではないので、その軽便さも魅力だった。葉向高も「この書が浙江で刊刻されると、福建にも求める者が多かった。ゆえにアレーニ君は重ねて上梓した」(「序」)とのべる。その人気のほどをうかがい知ることができよう。

ところで、明末清初、イエズス会士によってもたらされた「西学」に反応した知識人に、方以智《ほういち》(一六一一年〜七一年)がいる。かれが著した『物理小識《ぶつりしょうし》』(一六四三年序)は、およそ八九〇項目からなる百科事典である。そして、この『物理小識』には『職方外紀』や『外紀』の名で引用する例が三二条にみられる。書名をあげずに引いている例も多数にのぼる。

たとえば、『物理小識』巻二に以下のようにいう。

空中から火を取りだす法

(古代の字書)『爾雅《じが》』には艾《もぐさ》を「氷台《ひょうだい》」とするが、郭璞《かくはく》の注、邢昺《けいへい》の疏には火を取ることを言っていない。(宋の)陸佃《りくでん》は『埤雅《ひが》』に『博物志《はくぶつし》』を引き、「氷を削って球にし、もちあげて日にかざし、艾でその影をうければ、火を得られる。ゆえに氷台と名づける」という。わが師、楊用賓《ようようひん》は「凹は光が前に交わり、凸は後ろに交わる。すると、琉璃《がらす》に火斉《かせい》の名があるのも、その光で火を取りだすからである。材料を焼きかためて火《か》圜珠《えんじゅ》をつくり、紙や艾でその後ろにうければ、火を得られる」という。シチリア（西斉里亜）に巧師がいて、名はアルキメデス（幾墨得）という。かつて巨大な鏡を鋳て、火を取り、船を燃やした。

ここのアルキメデスの記述は『職方外紀』イタリアの項目を参照している。

方以智は九歳（一六二〇年）のときに、父孔炤《こうしょう》につれられて、福建僉事《せんじ》（地方行政副官）の任にあった熊明遇《ゆうめいぐう》（進賢の人、字は良孺《りょうじゅ》、一五七九年〜一六四九年）に会い、以後、師と仰いだ。熊明遇は『天学初函』に収める『七克《しちこく》』及び『表度説《ひょうどせつ》』に序を書いた人物である。方以智の父も「西学」に興味をもち、みずから『崇禎暦書約《すうていれきしょやく》』をあらわし、西学の梗概をつくった。また、以智自身は二〇代後半、南京でサンビアシに会っている。このときまでに『天学初函』を読んでいた。北京ではアダム・シャル（湯若望）にも会った。以智の次男、中通《ちゅうつう》は父につれられ、アダム・シャルに暦算を学び、長じてのち、南京でポーランド出身のイエズス会士スモゴレンスキ（穆尼閣、一六一一年〜五六年）に幾何学を問うた。このように、方以智の師父や子弟はイエズス会士と関わりが深い人々であった。(五〇)

方以智が書いた『物理小識』は、長崎を通して日本にも輸入され、その価格は銀四匁《もんめ》ほどであった。江戸時代の学者に与えた影響はひろく、新井白石《あらいはくせき》、平賀源内《ひらがげんない》、小野蘭山《おのらんざん》、杉《すぎ》田玄白《たげんぱく》、三浦梅園《みうらばいえん》、大槻玄沢《おおつきげんたく》、平田篤胤《ひらたあつたね》、滝沢馬琴《たきざわばきん》など、二一種の書物に『物理小識』の引用が指摘されている。(五一)かれらのなかには『職方外紀』をじかに参照した者もいるかもしれないが、すくなくとも『物理小識』をとおして、間接的に『職方外紀』の内容にふれることはできた。

『職方外紀』そのものは、日本では寛永七年（一六三〇年）から禁書であった。キリスト教の叢書に入っており、教義を語っている部分もあるからである。しかし、長崎の学者、西川如見《にしかわじょけん》がひそかに『職方外紀』をみて、『増補華夷通商考《ぞうほかいつうしょうこう》』（一七〇八年）に引用した。その巻五は『職方外紀』の部分訳といってよい。もちろん、禁を犯していることが露見しないように、文章の順序をかえ、長崎でオランダ船から聞いたことをおりまぜるなどの工夫もみられる。(五二)

『職方外紀』は享保五年（一七二〇年）に禁書から外されたが、寛政七年（一七九五年）に再び禁書となった。ながく禁書であったために、和刻本はないが、日本各地の図書館に現在まで多くの写本がのこっている。早稲田大学は岡村千曳《おかむらちびき》旧蔵写本など、四種の写本をインターネット上で公開しており、荒川清秀《あらかわきよひで》氏は、鮎沢信太郎および増田渉の旧蔵本を調査し、二〇種を指摘している。(五三)これらは代表的なものであり、写本の総量を把握すること

は、きわめて困難であろう。読者のすむ土地の図書館にも、写本があるやもしれない。(五四)

※参考文献の詳細は巻末の文献リストを参照。

(一)来華イエズス会士の伝記はおもにPfister 1932を参照した。ルイ・フィステ(費頼之、一八三三年~九一年)はフランスのナンシーに生まれ、二一歳でイエズス会に入り、一八六七年以後、上海で働き、同地に没した。かつて中国に入った四六〇名余の会士の伝記を著した(一八七五年序)。アレーニが生まれたブレッシアの地誌については、『世界地名大事典』を参照した(六巻・二六五一頁以下)。現代ではクラシックカー・レース(ミッレミリア)のスタート地点であり、ゴールでもある。

(二)Pfister 1932およびCollani 2010を参照。

(三)永田諒一(二〇〇四)一七五頁。

(四)イエズス会は一五四〇年に教皇パウルス三世から認可をうけた修道会であり、初代総長はイグナチオ・ロヨラ(一四九一年~一五五六年)である。イグナチオはスペインのバスク地方に生まれ、青年期は騎士として暮らした。ルターが破門された年(一五二一年)に戦闘で負傷し、治療中に聖人伝を読み、使徒のように生きると決心した。その後、マン・レサのドミニコ会のもとで苦行し、エルサレム巡礼をへて、スペインに戻り、三七歳からラテン語を学んだ。学習の過程で人にも教えたので異端の嫌疑をかけられたが、その後、パリに行って神学を学んだ。ここでフランシスコ・ザビエルらと知りあい、一五三四年、六人の仲間とモンマルトルの聖堂で修道の誓いを立てた。イエズス会が認可されると、ロヨラはローマを拠点にプロテスタント再改宗、学院設立の指揮をとり、ポルトガル王ジョアン三世の要請で海外宣教も指揮した。ロヨラの主著『霊操』(一五四八年)は苦行期の体験から書かれ、イエスの生涯を観想し、神が万物のなかに偏在することを感じる境地にいたるもので、現在もカトリックの一部で使われる「霊魂の訓練法」である。なお、リッチも中国宣教で信徒の一部に『霊操』をさずけた。イエズス会の中国における活動は、岡本さえ(二〇〇八)を参照。

(五) クラディウスについてはLattis 1994参照。

(六) リッチ『中国キリスト教布教史』(川名公平訳、以下『布教史』)、平川祐弘(一九六九)を参照。

(七) 浅見雅一(二〇一一)参照。

(八) ミケーレ・ルッジェーリ(羅明堅、一五四三年～一六〇七年)はヴェネチア共和国に生まれ、法学を学んだ。二九歳のとき、イエズス会に入る。一五七八年、リッチとともにリスボンを発った。七九年からマカオで働き、画家に漢字を学ぶ。官僚をミサに招くなどして、宣教の準備をはじめ、八三年、広東省肇慶に居住が許可されると、リッチとともに行く。八六年、肇慶知府の招きで杭州へいき、教区をひらいた。八八年、帰欧の途につく。八九年、スペイン王フェリペ二世に宣教を報告した。その後、ローマにいき、教皇から中国皇帝に使者を送ってもらおうとしたが、九〇年から九一年にかけて四人の教皇が交替し、目的を達せられなかった。過労から病にかかり、晩年はサレルノで療養した。
（九）前掲『布教史』一巻一五三頁参照。
（一〇）同前、二巻・一八一頁。マテオ・リッチの漢文著作については、柴田篤氏が『天主実義』を訳しており、中国人の宗教観とキリスト教の対話が詳細に示されている。
（一一）Collani 2010 を参照。
（一二）アレーニの学生時代は Colpo M. 1997 (See Lippiello and Malek) に詳しい。リッチがローマに天文学者を要請したことは D'Ellia. 1960 にも指摘がある。一次史料のリッチ書簡はヴェントゥリ編纂（一九一三年）のものがあるが、稀覯書であった。近年、コッラディーニ編纂（二〇〇一年）のものが出版され、閲覧に便利となった。一六〇五年、総長秘書ホアン・アルバレス神父宛て書簡に「天文学が得意な神父か会士」を要請していることを確認できる。
（一三）アルヴァロ・デ・セメード（曾徳昭、一五八五年～一六五八年）はポルトガルに生まれた。一七歳でイエズス会に入会、ゴアで学問を終え、一六一三年から南京でヴァニョーニとともに働いた。南京教案でマカオに追放となったが、二〇年、内地にもどり、杭州で宣教した。二五年から西安に移り、このとき景教流行碑を目にした。その後、江西に宣教し、三六年、帰欧の途についた。四〇年、ポルトガルに到着、四二年にローマで会士の増援を要請した。四四年ふたたび中国にむけて出航し、四九年に広州につくが、すでに清朝が成立していたので、南明の永暦帝のもとにいく。五二年にマカオに戻り、五八年、広州で死去。漢葡字典を編んだとされ、『チナ帝国誌』がのこる。

（一四）フランシスコ・サンビアシ（畢方済、一五八二年～一六四九年）はナポリに生まれた。イエズス会学院で教育をうけ、一六一一年にマカオにつき、一三年から北京で働く。南京教案で徐光啓の弟子、孫元化にかくまわれた。教案終息前に北京にいき、徐光啓のもとに身をよせる。二二年、徐光啓とともに上海へいき、ここで宣教した。二八年から山西にいき、三四年から南京で宣教した。このとき、一〇代の方以智に会った。三八年から淮安・揚州・蘇州・寧波で宣教し、北京陥落（一六四四年）以後は南京の弘光帝、福建の隆武帝を助け、四六年に永暦帝を輔佐した。広州失陥のとき、満州兵に捕らえられたが救出され、その後も広州で宣教した。四九年、広州で死去。霊魂論『霊言蠡勺《れいげんれいしゃく》』（一六二四年、『天学初函』所収）、睡眠や西洋絵画に関する問答（『睡答』『画答』）などがのこる。

（一五）ニコロ・ロンゴバルディ（龍華民、一五五二年～一六五四年）はシチリアに生まれた。メッシーナに学び、一五八二年に入会した。九七年にマカオにつき、韶州《しょうしゅう》で宣教し、中国の女性に宣教する道をつけた。上長となった当初はリッチの遺志をつぎ、数学に堪能な会士の派遣をローマに要請している（D'Ellia 1960 参照）。南京教案の期間は杭州に身をよせた。一六二〇年に天啓帝に招かれ、練兵監督を命じられるが、これを辞退した。嘉定会議ではリッチの方針に異を唱え、トリゴーらと論争をしたとされる。山東省を中心に高齢になるまで説教し、七九歳までは徒歩で旅をし、以後はロバにのった。九五歳のとき、ケガで寝たきりになり、一六五四年に北京で永眠。清の順治帝が葬儀に銀を拠出した。洗礼の祈禱文を漢訳し、また『地震解』（一六二四年）がのこる。かれの生き方には托鉢修道会の祖であるドミニコやフランシスコの姿を重ねることができるように思われる。

（一六）ニコラ・トリゴー（金尼閣、一五七七年～一六二八年）はフランドルのドゥエーに生まれた。一五九四年、イエズス会に入り、長い準備期間をへて、一六〇七年、リスボンを出航、一〇年、マカオに着く。翌年から南京に宣教し、一三年、ロンゴバルディの命で帰欧の途についた。インドをへて、アラビア半島を横断する陸路をとり、ビルス・ニムロド（バベルの塔の伝説の地）を通り、砂漠をさまよう苦難をへて、シリアにつく。イスケンデルンから地中海を渡り、一四年末にローマに到着した。ローマでは教皇に宣教を報告し、リッチの遺稿を出版した。その後、ヨーロッパ諸国を旅し、メディチ家・フランス王妃・スペイン王妃・神聖ローマ帝国の選帝侯らに会い、中国への贈り物や宣教資金を獲得した。一八年二月、宣教志願者とともに再びリスボンを出航した。航海中に熱病が発生し、多くの同志を失い、自身も幾度となく熱病に倒れたが、一〇月にゴアに着いた。一九年五月、一〇名をゴアにのこし、数名をともなって出発、同年マカオに到着した。この時、ヨーロッパ遊説中にあつめた大量の書物を中国にもたらす。その後、いったん、杭州に身を寄せ、二三年から開封《かいほう》・絳州《こうしゅう》に宣教し、西安にいたる。西安では王徴《おうちょう》（一五七一年～一六四四年）の協力をえて、中国語音韻論『西儒耳目資』（一六二六年）を著した。二七年末、パルメイロを広州から案内し、嘉定会議に参加し、リッチ路線を支持した。会議の後、病に倒れ、二八年、杭州に没す。帰欧の際、故郷で数週間をすごし、このとき、バロック絵画の巨匠ルーベンスが儒服を着たトリゴーの肖像画を描き、いまものこる。

（一七）王重民編『徐光啓集』（一九六三）、朱維錚『増補徐光啓年譜』（『全集』二〇一〇）を参照。徐光啓の奉教については、後藤基巳（一九七九）にくわしい。

（一八）徐昌治『聖朝破邪集』巻一を参照。

（一九）アルフォンソ・ヴァニョーニ（王豊粛・高一志、一五六六年〜一六四〇年）はトリノに生まれた。一五八四年に入会、ミラノで哲学を教えた。一六〇五年にマカオにつき、南京にいく。一六一一年、南京で落成した教会を祝福し、婦人によるマリア信心会も組織した。南京教案では主な標的となり、一六一七年、マカオに追放される。二四年、漢名を高一志に改め、山西省絳州で宣教した。三四年、山西の大飢饉では病者をみとり、孤児院を設立した。この活動は教外にも賛同者を得た。一六四〇年、絳州に没す。多くの漢文著作がのこる。『天主教要解略』（一六一五年）などの教義書のほか、『西学修身』『童幼教育』などの教育書、『空際格致』などの自然学の書物も著した。葛谷登訳注『天主教要解略』（二〇〇五年〜）に詳細な解説がある。

（二〇）ディエゴ・デ・パントーハ（龐迪我、一五七一年〜一六一八年）はスペインのセビリアに生まれた。トレドで学び、一五八九年に入会、九六年、ロンゴバルディとともにリスボンを出航、九九年に南京に派遣される。翌年、北京へ行き、リッチの助手となる。宮廷の楽士にマニコルド（ギターの一種）を伝授した（リッチ『布教史』）。葉向高・ウルシスとともにリッチの墓所の獲得にも尽力した。改暦の基礎作業をし、中国主要都市の緯度を担当した。南京教案で追放され、教案の終息をみず、マカオに没す。『天学初函』におさめる『七克』がのこる。

（二一）サバティーノ・デ・ウルシス（熊三抜、一五七五年〜一六二〇年）はナポリに生まれた。一五九七年に入会、一六〇六年にマカオに着く。北京でリッチの指導をうけ、中国の自然学を課題に与えられた。リッチ亡き後、徐光啓・李之藻とともに惑星論を漢訳し、欧州・インド・中国の月食の記録から中国主要都市の経度を推定したとされる。改暦が妨害にあうと、治水術の紹介にうつり、『泰西水法』（一六一二年）を著す。南京教案で追放され、マカオに没す。『泰西水法』は『天学初函』と徐光啓『農政全書』に収める。

（二二）魏忠賢（一五六八年〜一六二七年）は、もと保定府（北京南）の無頼少年であったが、家産を蕩尽して北京に流れ、自宮して宦官となる。太監王安《おうあん》を通じて後宮に入りこみ、天啓帝の乳母と結んで王安を謀殺、反東林の官僚と結び、朝廷を専断した。一六二五年から東林党に大弾圧をくわえる。二七年八月、天啓帝が崩御すると自殺した。謝国禎（一九九八）参照。

（二三）一九三八年、北平天主堂が蔵書を整理したとき、パウロ五世の印璽とイエズス会徽章が押された数百冊がのこっており、「西書七千冊」の一部であろうと指摘されている。樊洪業（一九九二）四八頁。

（二四）ヨハン・テレンツ・シュレック（鄧玉函、一五七六年〜一六三〇年）はスイスに生まれた。はじめ医師として名を知られ、ミドルネームでテレンツ、テレンティウスなどとよばれ、また、シュレックともよばれる。一六一一年、ローマに遊学し、ガリレオによる望遠鏡の実演が行われた晩餐会に出席した。同年四月二五日、ガリレオが晩餐会の主催者、チェージ公のアカデミア（リンチェイ学士院）の会員となると、五月三日、テレンツも会員に迎えられた。しかし、同年一二月、会員資格をすて、イエズス会に入る。一八年、リスボンを出航し、ゴアで休養をとり、二一年にマカオに到着。嘉定（上海）で中国語を学び、杭州に宣教した。二九年、改暦の主幹として北京に招かれたが、翌年に病没した。短い中国滞在であったが、『人身説概』（一六四三年）で西洋の解剖学を紹介し、『遠西奇器図説録最』（一六二七年）で力学・機械工学を伝えた。インド滞在中に動植物を観察し、『インドのプリニウス』という博物書がのこる（本書「インディア」参照）。中国の改暦について、ガリレオの協力を得ようと手紙を何度もだしたが、ガリレオは宗教裁判のさなかにあり、協力できなかった。これにはガリレオ自身が暦を作るための計算天文学を得意としなかったとの指摘もある。のちにプロテスタントのケプラーから応答があった。

（二五）フランシスコ・フルタド（傅汎済、一五八七年〜一六五三年）は、ポルトガル領アゾレス諸島ファイアル島に生まれる。一六〇八年に入会、トリゴーとともにマカオに到着。嘉定で中国語を学び、李之藻のもとで杭州に宣教。李の没後は陝西にうつり、三四年に西安で教会をたてた。清の侵入後は北管区の上長となる。五一年に巡察使となり、五三年、マカオに没す。著作に李之藻と訳した『寰有詮《かんゆうせん》』（一六二八年）と『名理探』（一六三一年）がある。これらはアリストテレスの天球論と論理学に、コインブラ大学が注解をほどこしたテキストの漢訳である。前者はガリレオの発見にも言及している。

（二六）ジャコモ・ロー（羅雅各・羅雅谷、一五九三年～一六三八年）はミラノに生まれた。少年時代から数学に異彩をはなち、イエズス会学院で学んだ後、故郷で実験を行った。トリゴーに同行することを願いでて、一七年、枢機卿ベラルミーノにより司祭となる。ゴアで神学を終え、二二年にマカオに着く。マカオ滞在期、オランダ船団の上陸作戦に遭い、大砲でこれを撃退したと伝わる。二四年からヴァニョーニに同行し、山西で宣教した。三〇年、テレンツを継ぎ、北京でシャルとともに改暦の準備を行い、三四年、『崇禎暦書』を完成させた。三八年没す。足が不自由であった。

（二七）ヨハン・アダム・シャル・フォン・ベル（湯若望、一五九一年～一六六六年）は、神聖ローマ帝国ケルンに生まれた。イエズス会学院に学び、ローマのゲルマン学院にすすんだ。一六一一年、ローマ学院が催したガリレオ式典に出席した。Villoslada 1954 p.198 および、シーア（二〇〇五）五九頁を参照。その後、トリゴーに同行し、二二年、マカオにつく。北京で中国語を学び、陝西に宣教した。三〇年から北京でローとともに改暦作業に従事し、『崇禎暦書』を完成させる。三一年から宮中でミサを行い、三六年から大砲製造も監督した。王朝交替後も清の順治帝につかえ、五一年、通議大夫に任ぜられ、五三年、「通微教師」の号を賜る。順治帝の没後、六四年、楊光先らに誣告され、翌年一月に投獄、死刑にさだまったが、地震のために赦免され、六六年、北京で永眠した。望遠鏡の解説書『遠鏡説』（一六二六年）、イエズス会士レオンハルト・レッシウス『神の摂理と魂の不滅』の部分訳である『主制群徴』（一六二九年）などがのこる。なお、改暦は明朝のもとでは実現しなかったが、清朝の時憲暦は明末の改暦作業が基礎になっており、順治帝は時憲暦をつくったシャルの功績をたたえた。

（二八）D'Ellia. 1960を参照。

（二九）李之藻の生年は近年「進士履歴」により修正されている。龔纓晏・馬瓊（二〇〇八）参照。また、趙暉（二〇〇七）にも詳細な伝記がある。

（三〇）楊廷筠の生年も近年修正されている。趙暉（二〇〇七）参照。これによれば、徐光啓と同じ年の生まれとなる。

（三一）「楊淇園先生超性事蹟」（『徐家匯蔵書楼明清天主教文献』一巻、二一七頁以下）を参照。

（三二）安大玉（二〇〇七）参照。

（三三）南明永暦帝の周りにクリスチャンが多かったことは沙不烈（Chabrié）馮承鈞訳、三二頁を参照。

（三四）葉向高（一五五九年～一六二七年）は福建省福清の人。万暦一一年（一五八三年）の進士、翰林院編修をへて、礼部右侍郎となる。万暦三五年（一六〇七年）礼部尚書兼東閣大学士となったが、意見を用いられず辞職した。天啓帝の即位後は魏忠賢の専政に抗しえないと悟り、帰郷してまもなく没す。

（三五）中国におけるアレーニの著作・生涯については、羅群（二〇一二）にくわしい。

（三六）朱漢民（二〇一二）参照。

（三七）矢沢利彦（一九七二）参照。

（三八）アンドレ・パルメイロ（班安徳、一五六九年〜一六三五年）はリスボンに生まれ、一五八四年に入会。コインブラ大学で人文学・哲学・神学を教え、一六一七年からインドにいく。一六二七年、嘉定会議を傍聴し、以後、中国各地を巡察し、マカオに没す。晩年のフランシスコ・スアレス（一五四八年〜一六一七年）の同僚で、インドからスアレスに手紙を送った。スアレスについては本書巻二「イスパーニャ」を参照。

（三九）『崇禎暦書』治暦縁起巻一、『徐光啓文集』巻七・治暦疏稿を参照。

（四〇）『天学初函』の成立を羅光は一六二八年、方豪は一六三〇年、安大玉氏は一六二九年にとる。

（四一）榎一雄（一九六三）参照。

（四二）岡本さえ（二〇〇〇）、また、羅群（二〇一二）を参照。

（四三）ドミニコ会（説教者兄弟会）はスペインのドミニコ・グスマン（一一七〇年〜一二二一年）によって設立され、一二一五年に公認された托鉢修道会である。カタリ派などの南仏の異端をカトリックにつれもどす活動が端緒であった。この異端説得のために、ドミニコ会は神学を重視し、大学とも接点があった。のちにその学識によって異端審問にも動員された。トマス・アクィナス、ラス・カサスなどもドミニコ会士である。ドミニコ会の来華については矢沢利彦（一九七二）七一頁を参照。

（四四）アレーニの晩年については羅群（二〇一二）参照。

(四五) 織田武雄(一九七四)によれば、リッチの世界地図はオルテリウス、メルカトル、プランシウスなどが参照され、中国の資料も用いたという(二一〇頁)。また、三好唯義(一九九九)によれば、イエズス会が宣教のために地理調査をおこない、「日本海」や朝鮮半島の記述について、リッチ世界図は同時代のヨーロッパの地図より進んでいるという(一〇八頁)。オルテリウス『世界の舞台』の改訂・流布については、クーマン(一九九七)に詳しい。メルカトルの北極図はルーニー(二〇一六)九九頁に言及がある。

(四六) アリストテレスの宇宙論は『天について』(池田康男訳、一九九七)を参照。プトレマイオスの宇宙論については藪内清訳『アルマゲスト』(一九八二年)を参照した。中国における宇宙論の伝播についてはセビン(一九八四)、安大玉(二〇〇七)を参照。クラヴィウスの宇宙論はLattis 1994を参照。『天文略』を書いたエマニュエル・ディアス(ジュニオル、陽瑪諾)については、塩山正純(二〇一三)を参照。

(四七) 荒川清秀(一九九七)四五頁を参照。

(四八) 経度測定法の歴史については、ソベル(一九九七)を参照。

(四九) 榎一雄(一九六一)参照。

(五〇) 方以智については坂出祥伸(一九九九)、及び拙論(二〇〇七・二〇〇九)を参照。

(五一) 劉岸偉(一九九一)の指摘による。

(五二) 鮎沢信太郎(一九三五)を参照。

(五三) 荒川清秀(一九九七)三二頁。

（五四）愛知県刈谷市中央図書館には、藜園谷世符（不詳、美濃の人）が寛政四年（一七九二年）に書きうつした写本があり、「玩鷗太田象（一七五四年〜一八〇四年）の「職方外紀跋」（寛政一一年、一七九九年）がついている。

職方外紀　序

凡例

一、底本は謝方氏の校注になる『職方外紀校釈』中華書局（一九九六年）にしたがい、わずかな誤植は訂正した。ほかに天学初函本・守山閣叢書本・四庫全書本・叢書集成簡編校勘本を参照した。謝方氏の注解には大いに助けられたが、調査により従わなかったところもある。

一、地図は叢書集成簡編校勘本による。写本は一般的に地図を写していないことが多い。

一、現代日本語で通読できる範囲で翻訳した。原文は日本語に訳してみると冗長になる部分がある。そうした部分は読みやすさを重視し、簡潔に意訳したことをお断りしておく。

一、事物の名を中心に重要と思われる原語を（　）にのこした。

一、達意のために補った部分は［　］に示した。

一、動植物の名にはカタカナを用いた。

一、距離などの数値は桁取りで訳した。概数は「二〜三〇〇〇」のように示した。

一、現代からみて差別的表現もあるが、史料でもあるので、そのままとした。

職方外紀自序

アレーニ

造物主がわれら人類を世に生んだのは、広々とした庭園にまねきいれ、盛大な宴《うたげ》をひらき、歌舞でよろこばせるようです。（一）仰《あお》いで天象を観ると、日月五星と星々の華麗があり、まるで広間のようです。星々はその壁をかざる宝石です。俯《うつむ》いて地形を察すると、山河がみごとにならび、草木が香り、まるで舞台のようです。（二）そのうえ、空には鳥が飛び、川や海には魚が泳ぎ、穀物や果物の実りがあり、まるで名酒やごちそうが食卓にならんだようです。こう考えると、造物主の恩の厚いことは、この上がありません。なぜ、人は毎日その恵みを用いながら、なにも知らずに当たり前として、「そうであるわけ（三）」をきわめた者がいないのでしょうか。

かつて、万暦《ばんれき》の盛時に遠くの人も賓客となりました。わが友リッチ氏は『万国図誌』をもたらし、パントーハ氏も西洋の地図を翻訳せよとの命をうけ、その見聞により、図説に訳して献上しました。都には道をたのしむ者が多く、手書きで伝えています。

今上［天啓帝］の世になり、文物は新たになり、王が万国の人々に会う盛世にすすみました。わたくしジュリオは愚かですが、さいわいにも中国の光を観て、（四）先帝の庇護《ひご》を追慕し、［パントーハ氏の訳した原稿が］このまま滅びさってしまうのを惜しいと思いました。たまたま旧稿をみることができたので、西から携えてきた手稿から増補して、『職方外紀』と名づけました。［自分の書きつけから］ひそかにとって公刊するのは、大工の木くず、料理人のありあわせ、俳優の曲芸にちかいものです。大局にあたるものではなく、また、実学（五）にかかわるものでもありません。ただ、旅の案内（臥遊）について、万分の一も提供すれば、すこしは補うところがあるかもしれません。

士《し》は高い志をいだいて遠くに旅をします。風俗をみて教化をひろめ、宝をもとめて美観をみたし、世界の境界をきわめて地形を察し、聖賢や名流をたずねて師友となり、産物の有無を貿易（貿遷）して利益を求め、山川形勝を考えて古典（経伝）の記述を証明し、奇観をみて胸のうちを富まして神智をひらきます。こうした類《たぐ》いのことは志があっても、遠い道のりを歩く苦労、舟や車の費用のやりくり、盗賊や波風の警戒をしないわけにはいきません。これらは往々に危惧となります。まして、人の寿命はどれだけでしょうか。鳥の翼をかりなければ、世界（八荒）を遍歴できず、一生の大旅行（壮遊）の願いはかなえられません。そこで、古今の同志をたより、その見聞をあわせ、この書を作りました。家を出ないで遠くを旅するためです。はじめて聞く人は驚き、不思議に思うにちがいありませんが、じつは日常のことです。虚構であると疑うかもしれませんが、実際のことです。

ああ、造物主の御わざ（神化）は無限です。だから、宇宙万国の奇異はつきません。もし、考えをめぐらせ、そのよるところを思い、源にかえろうとするなら、路はそもそも遠くありません。賢愚はこれに気づくかどうかです。そして、淇園《きえん》楊公［楊廷筠］はこの書物をほめて、文章を訂正して上梓しました。旧友の志を忘れないならば、世の終わりに、天をいただき、地をふもうと願う約束をはたすのです。

さいわいにも、この宴《うたげ》に招かれ、歌舞をみて、その根本を求めるなら、それは言葉と意念で万物を創造（創設）した一大主宰です。その感嘆すべき明らかな事実には畏怖の念がおこります。ならば、この寄せあつめには、小説をつくったという責《せ》めがのこりましょう。異様な見聞を言葉にし、耳目を惑わすというならば、ジュリオごときが学海の名区に、あえてこの技をみせたのは、「物を玩《もてあそ》んで志《こころざし》を喪《うしな》う」(六)の甚《はなは》だしいものでしょう。

天啓三年癸亥《きがい》［一六二三年］八月望月、西海のジュリオ・アレーニ（艾儒略）しるす。

（一）「造物主」も「人類」も原文のまま。宴については「自然の造化のどんなものでも……それは神なる叡智の豪華にして豊潤な招宴のごとく思われる」（アコスタ『新大陸自然文化史』

上、八二頁）とある。

（二）「仰いで以て天文を観、俯いて以て地理を察す」（『周易』繋辞上）による。「観察」の語源の一つである。

（三）原文「所以然」は「その然る所以《ゆえん》は見聞の及ぶ所にあらず」（朱熹『中庸章句』）をふまえる。

（四）「観光」は「国の光を観る」（『周易』観卦）による。

（五）「実学」は朱熹・王陽明などでは体認をともなう為政者の学問を指すが、徐光啓はキリスト教や西洋の技術を「実学」とした（徐光啓『泰西水法』序）。

（六）『尚書』旅獒《りょごう》による。外物に誘われて内面の涵養を失うことを指す。

職方外紀序

楊廷筠

大地は大きい。その間に生をむさぼるもの(一)は日々新たにふえ、一方に一方の用があり、周囲を満足させ、貸し借りがない。［『荘子』にいう奇談を知る人］斉諧《せいかい》も書けず、人々も記さなかったのは「だれがそうしたのか」である。つまり、大いなる主宰(二)がいるのだ。『楚《そ》辞《じ》』に「天地はどこに窮《きわ》まるか(三)」と問うが、学者（儒者）は答えられない。いま、天地の果てを考えると、きっと狂乱して気絶しても、どこなのか分からないであろう。

西方の人は千古の誤りから醒《さ》め、「天地には果てがあるが、じつは果てがない。その形は大きな球（圜）なのだ。ゆえに始めも終わりもなく、中央も周辺もない」といった。もっとも軽く清《す》むものは天となり、天球《てんきゅう》（天体）は重《かさ》なりあい、はるか地の外につづく。もっとも重く濁ったものは大地となり、その中心はちょうど天の中心である(四)。重く濁って形や質があるものは、すべてこの中心につくからである(五)。このそとの上下四方は、みな軽く清《す》む。重い大地は軽いものにつけず、みずからどこかに落ちることもない。［元素の］きまった場所について言えば、天は火を、火は気を、気は水を、水は土を、それぞれを内につつむ。(六)肉眼には水と土の二元素（二行）がみえるが、気と火の二元素はみえない。大地の周囲がすべて人の居るところならば、大地の下の人はこちらの足の裏に対して立つことになり、傾いて倒れてしまうのではないかと思うかもしれない。これは地図や学説にはっきりと根拠がある。なんとも不思議である。

その根拠を考えると、西国には焚《や》かれなかった書物があり、遠く旅して海をきわめた畸《き》人《じん》がいる。(七)その見聞は中国より詳しい。しかし、この書物が記録するのは、かの国の図書の百分の一、かの国の図書も宇宙の万分の一を記すにすぎない。世にも珍しい業《わざ》は不可思議であるが、地よりのぼって無窮の果てをきわめ、無極のかなたをきわめようとすれば、なおさらである。これを進むと虚空であり、さらに進むと天地の間に目に見える差や数はなくなる。人の分別で測ることなどできようか。かの九重天の宮殿をみれば、(八)高く輝いて偶然になったものとはいえない。きっと技師（工師）がこれを構成し、建築官（司空）が監督し、至尊がこれに臨んでおられる。大地は至大で、生をむさぼるものは日々新たに富み、地にあまねく生まれ、各々その用を給し、たがいに重複しない。これは測りえない造物主の全能と貴重であり、人類だけが万物を超えているのである。造物主が全能であると知れば、世に一尊のみで、並ぶべきものはないとわかる。生まれながらに知り、やすんじて行う聖人も有と無に出入りする神《しん》(九)であるが、全能のなかに造られた万物の一類にすぎない。灯火《ともしび》が太陽と比べられようか、蹄《ひづめ》のくぼみが大海と並ぶだろうか。ただ、聖人はその然《しか》るべきところを見て、事を明らかにして慎《つつし》み、天命をかしこまり、上帝にむきあい、だれも見ていなくても日々監督し、あえて戯れに移らず、怠けてだめにしない。これがほんとうに天を知り、天に事《つか》えることである。よく考えれば、東海と西海は符合するのだ。

西士は人を引いて天帝（天帝）に帰依させるのに、よく事を借りて梯子《はしご》とする。記述は多くのことにおよぶが、どれも深い意味がある。この書物は耳目をよろこばせ、人の心にふれる。言葉は近いが、指《さ》すことは遠い。浅くしか読まない者は旅行の雑録、博物の話題とするのみだが、それは珠をかえして箱を買う者である。(一〇)

泌園居士　楊廷筠

（一）原語「馮生」は賈誼「鵩鵡賦」による。馮は貪の意であり、「生を馮《むさぼ》る」は生物の意。
（二）「主宰」は唐・孔穎達『周易正義』復卦疏にみえる。ここで天地の主の意と考えられる。
（三）「九天の際、いずこに放《いた》り、いずこに属す」（『楚辞』天問）
（四）アリストテレス『天について』二・一四。リッチ『乾坤体義』上「天地渾儀説」参照。
（五）「質」は物の目にみえる側面を指す。

（六）アリストテレス『天について』二・四。
（七）畸人は「人に畸《まれ》にして天に侔《ひと》しい」者をいう（『荘子』大宗師）。また、リッチに『畸人篇』がある。
（八）注三『楚辞』の「九天」を参照。リッチ『坤輿万国全図』も九重天説をとる。解説を参照。
（九）「神」はいわゆるゴッド（天主）ではなく、凡人の知性では計りしれない作用を指す。
（一〇）『韓非子』外儲説。

刻職方外紀序

李之藻

万暦辛丑《しんちゅう》［一六〇一年］、リッチ氏が北京に来たので、わたしは同僚数人にしたがい、これを訪れた。その壁に「大地全図」がかけてあり、画線と分度はとても詳しかった。「これはわたくしが西からきた路程です。その山川・形勝・土俗の詳細は別に大著があり、すでに手を借りて宮中に進呈しております」と、リッチ氏はいった。そして、わたしにいった。「地は小円で天の大円の中心に位置し、度数は天に応じて三六〇度です（一）。およそ地の南北が二五〇里へだたれば、太陽や星の高さは、かならず一度差があります（二）。その東西は交食に証拠があり、三〇度へだたれば、食［月食］の差は二時間（一時）です」と。

この方法で測ると、その結果は正しかった。そして、唐《とう》の時代にあった四角に区切り距離を分ける術が疎略であるとわかった。ついに漢文に訳し、万国図屏風を印刷した。リッチ氏の北京滞在が長くなると、御覧をけがすものがあり、これを求めるようにと御命があったが、その版本はすでに南方に渡っていたので、宮中の貴人が翻刻したもので応じた。福建の税関（税瑠）も地図二枚を献上したが、どちらもヨーロッパ（欧邏巴）の文字で、これを洋船からえた。このとき、リッチ氏（利氏）はすでに世を去り、パントーハとウルシス（龐・熊）の二友が北京にいたので、御命を奉じて、翻訳することになった。パントーハは「地の全体は五大州ですが、いまその一つを欠くので、補わねばなりません」と上奏し、まず原図を訳して進呈した。べつに八枚の屏風もつくり、見聞を記載し、風土と物産について楷書で解説をつけ、たいへん詳細であった。

甲寅《こういん》［一六一四年］の年、わたしは補佐に赴き、幸いにもこれを見ることができた。その地図は完成がのびて放棄され、通政司《つうせいし》（三）に送られたが、そこでもおさめられず、大明門（四）のそとに奉じて、［両神父は］叩頭して去った。いまなお、北京の都察院《とさついん》（五）（察院）におさめる。このあとすぐ、パントーハとウルシスは［マカオに］移り、みち半ばに死した。その底本には北京の紳士が写したものもあるが、どれも断片的で一貫していない。

今年［一六二三年］の夏、わが友、楊廷筠氏と西士アレーニ氏が増補と編纂を行った。およそ王に封じられ、朝貢する諸国については記載せず、あまりに遠く中国に通じたことがない国を記載した。ゆえに『職方外紀』という。種々みな善悪を述べ、喜び驚くべき、前代未聞のことを聞かせてくれる。しかも、かならず渡航した者の見聞や、かの国の旧聞によるので信じられる。世に伝わる胸に穴のあいた人や、踵《かかと》が前についている人や、竜王・

小人《こびと》などについては、デタラメであるからのせない。(六)

アレーニ先生はわたしにいった。「この仕事は、なんと狭い見聞でしょう。大地はこのように大きいのですが、天にあれば一粒の粟《あわ》です。わが州・わが郷《さと》も粟の芒《のぎ》で、わたしはぽつんとその中にいます。なのに蝸牛《かたつむり》の角《つの》(七)に住んで、名利を争うでしょうか。そうなれば、精神(性)が身体(形)のために働くことになり、じつに履《くつ》のはき違えです。その見聞や思想をほこるものは、自らを閉じこめますが、見聞や思想のそとがわかるでしょうか。地方のめずらしい習俗・地霊・物産が嘘ではないことから、人の知識に限りがあり、造物主が無尽蔵であることがわかるのです。そして、[造物主は]変化をきわめ、あらゆることに備え、随所に人類の用を供します。さらに、人にもっとも霊《たえ》なる精神(性)をあたえ、天地に通徹させ、草木鳥獣のように、愚かで朽ちる者としませんでした。造物主が人にだけ手厚いことは明らかです。人が自己にうち克ち、事を明らかにし、天命の根源に帰らないでよいでしょうか。このようにみると、天の道も明らかにしていないのに、さきに大地が円であるというのは、顚倒した誤りなのです」

アレーニ先生の友、トリゴー先生(金子)は、「このことは屏風の地図に書いてあります。わたしがその説をひろげ、諸国・山川・経緯・度数の図を一〇巻、風俗・政教・軍備・物産・技芸についても一〇巻の書物をつくれば、のちに地誌(職方)の解説になるでしょう」という。トリゴー先生はかの国の書籍七〇〇〇余部をもたらし、朝廷にいれて、東西聖賢の学術を総合しようとする人である。その徳のおよぼす庇護は明らかで、文運はくまなく輝くだろう。この時代に異国の書物が九万里の彼方からもたらされたのは、史上の鮮烈である。聖主は文を尊び、ひろく英才をあつめ、分類して出版し、壮観をつくすだろう。まさに河図《かと》・洛書《らくしょ》(八)は誇るにたらず、鳳鳥《ほうちょう》はむなしく至らない。(九)まえに手に入れた屏風や冊子による旅の案内(臥遊)も、ちょっとした目くらましにすぎない。

わたしは西域の天文学が[明の]洪武《こうぶ》の中ごろに翻訳されたと聞いている。(一〇)文を尊ぶ家法は、本来こうなのだ。礼楽《れいがく》は一〇〇年さかえ、声教は四海に及び、学者は純粋でほかにうつらず、いつまでも称えられる。鳩摩羅什《クマラジーヴァ》や玄奘《げんじょう》(一一)の書物と並べることはできない。

天啓癸亥《きがい》[一六二三年]、太陽は天駟《てんし》[サソリ座]にある。浙西の李之藻、龍泓精舎にて書く。

(一) 中国では円周を一年の日数に対応させる場合がある。円周を三六〇度とするのは西学伝来後である。

(二) 明代の一里は五七六メートル、二五〇里はおよそ一四四キロメートル。

(三) 通政司は皇帝への密奏を司る役所である。

（四）大明門は皇城の南にある正門である。
（五）都察院は官の不正を糾弾する役所である。地図が不正の証拠とされたのであろう。
（六）『山海経《せんがいきょう》』などの奇譚を指すと考えられる。
（七）蝸牛の角にある国については『荘子』則陽を参照。
（八）「河は図を出《いだ》し、洛は書を出す」（『周易』繋辞上）。河図・洛書は中国古代の魔方陣で、象数の典拠。
（九）「鳳鳥至らず、河は図を出さず」（『論語』子罕）
（一〇）洪武一五年（一三八二年）のイスラム暦法の翻訳を指す（『明史』暦志・暦法沿革）。
（一一）鳩摩羅什（クマラジーヴァ、三四四年〜四一三年）は『法華経』『阿弥陀経』『中論』などを翻訳し、玄奘（六〇二年〜六六四年）は『大般若経』『倶舎論』などを翻訳した。いずれも大翻訳家である。

職方外紀小言

瞿式穀・許胥臣

鄒衍《すうえん》の「九州」の説（一）は広大で異常であるが、すべて誤りとはいえない。天地の果て、中国（赤県神州）の外は九つだけだろうか。つまり、見識がすみずみに落ちていないのだ。ひとり笑う学者（儒者）は門を出ずに、口をひらくと国で絶ち、夷狄《いてき》と中華のちがいしかいわず、中土のそとは野蛮な土地で、王化の賓客にならないとする。ああ、なんたることだ。

わが夫子《ふうし》［孔子］は『春秋』をつくり、「夷狄を攘《はら》う（二）」といったが、呉や楚もじつは周の臣であるといった。はじめて王を僭称《せんしょう》したので褒めはしないが、遠方にいる者をすべて夷狄と言ったのではない。嵩山《すうざん》・黄河《こうが》・洛水《らくすい》のあたりが古《いにしえ》の天下の中央で、これ以外はみな夷狄であった。いま、古の夷狄の土地では礼装をつけ、春と秋に祭を行い、詩経や書経をよく知り、礼や楽を説くではないか。なぜ、海外だけがそうではないのか。つまり、見識がひろくないからである。

序

地図によって論ずれば、中国（中国）はアジアの一〇分の一であり、アジアも天下の五分の一である。すなわち、中国以外に中国のごときものが、一〇分の九もあるのだ。わずかにこの一地方だけを天下のすべてとし、ほかを蛮族とするのは井の中の蛙ではないか。先儒がいう「東海と西海、心は同じく、理は同じ（三）」に証拠がある。心と理が同じなのに、精神についてその精彩を論じないで、こちらは正しく、あちらは誤りだと断ずるなら、大きな執着であろう。そのうえ、夷狄と中華にもどんな常《きまり》があろうか。その人が信頼できて、聡明で根本が同じなら、遠く風俗がことなる地方にいても中華である。もし、汚《けが》れ乱れて恥を知らないなら、肩をならべるほど近くても夷狄である。土地によって人を律し、華と夷によって土地を律し、軽々しく誹《そし》ることができようか。

ゆえに、ここにこれを刊行するのは、世の道に大いに功があると思う。細部にこだわる者には蝸牛《かたつむり》の国の偏見を破らせ、荒唐無稽を好む者にはその虚しい見識に事実をみたすだろう。心に楽しみ耳目に喜ぶだけの者には、たとえ天空のかなたをきわめても、『山海経《せんがいきょう》』や『穆天子伝《ぼくてんしでん》』のような怪談でしかなく、地の底をきわめても、妖怪物語（志怪）や斉諧《せいかい》の怪談でしかない。どうやって、生成に御わざ（玄造）を追い、みごとな匠《たくみ》（神工）を天地の営みにかさねるのか。くどくどと無益の話をしないなら、鄒衍をこえているのだ。

後学、海虞《かいぐ》［常熟］の瞿式穀《くしきこく》、しるす。

(一)騶衍(鄒衍、前三〇五〜前二四〇年頃)は中国の戦国時代の思想家。儒者のいう「中国」は天下の八一分の一で、「赤県神州」という名であるとした(『史記』孟子荀卿列伝)。

(二)「夷」は異民族の総称。方向が問題となる場合には「東夷」「南蛮」「西戎」「北狄」という。「攘夷」は『春秋公羊伝』僖公四年の言葉である。

(三)陸九淵(象山、一一三九年〜九二年)の言葉、『象山先生全集』巻二十二雑説による。本来は「東南西北の海に聖人出づることあれば、この心を同じくし、この理を同じくす」という。

楊雄《ようゆう》の『法言《ほうげん》』にいう。「遠くを好む人をみかけない。近い文のみるところ、近い言葉のきくところも、遠ければ眼をそむける。なぜこう極端なのか。聖人の道によく心をつくす者は君子であるが、人がその心をつくすのは、聖人の道ばかりとはかぎらない。多く見聞して正道をしるのは最高の見識だが、多く見聞しても邪道をしるのは迷いである」と（一）。迷いは天に昧《くら》いより大きいものはない。西の賢者が天地を述べるとき、もっぱら人を導き、天を敬《うやま》い、天に事《つか》えるようにし、天にあらざる天［すなわち天主］を弁ずる方法が多くそなわっているが、やかましい者の訴えが天下にみちるのは、どうしようもない。天下に聖人をなくすや久しい。赤子もその親をしるが、やかましい学問は各々その師に習う。班固《はんこ》は「その習うところに安《やす》んじて、見ないところを毀《そし》り、ついに自ら蔽《おお》う。これが学者の大きな患《わずらい》である」（二）という。精進をかさねてこそ、そのなかに正しさがある。天下には三つの好みがある。庶民は自分が従うのを好み、賢人は自分が正しいのを好み、聖人は自分の師を好むのだ。

『職方外紀』は小説のように奇談をあつめ、造物主の御わざ（功化）が無限であることを知らせる。その見るところを拡げ、まだ見ていないところを限りとせず、これにより因襲の迷いをさまし、大いなる正しさに帰する。であれば、その見聞をますだけではない。人が本性を知り、天を知ることに心をつくすならば、暗闇は照らされ、閉塞はとおり、狭隘はひろがり、散漫は繁茂し、みな根本にかえるだろう。どうしてこれを顧みないか。それが遠いからであり、近くに心をつくすことを好むからである。広々とした海を船でわたるとき、舵《かじ》がなければ、どうするのか。魂はむなしく枯れ、飢えた身体はむなしく滅び、粘土をこねるように「手さぐりで」途《みち》をもとめて暗がりをいくだけだ。だから、「聖人は聡明で深く美しい。天を継ぎ、霊を測り、群倫に冠たる」(三)という。天地と一体になり、身体で天地に参与するのだ。

「天地は簡易で聖人はこれによる。どうして[西洋の]支離《ばらばら》な学問をするのか」と問う者もある。思うに、支離は簡易にする手段である。わが華をひろい、わが実を食わないのは、小知の師のいやしさである。言葉が多くて混乱するなら、これを聖人で折中する。万物が錯綜すれば、これを天に懸《か》ける。かの国の「天を敬《うやま》い、天に事《つか》える」のは、朝日のようにはっきりし、みなに見えるものだ。渾々《こんこん》とわきでる聖人の道も、みなが心に思うことである。すでに簡易ならば、どうして支離であろう。

後学、銭唐の許胥臣《きょしょしん》、しるす。

（一）楊雄（前五三年～一八年）『法言』寡見。
（二）班固（三二年～九二年）『漢書』芸文志・六芸略・小学。
（三）楊雄『法言』序。

職方外紀序

葉向高

ヨーロッパの学者（泰西氏）が中国に来たばかりのころ、「天地万物にはみなこれを造る者がある」といい、尊んで「天主」とよんだ。その敬《うやま》い事《つか》えるものが、天の上にいるといい、「これを聞いた者は」たいへん不思議に思った。また、『輿地全図《よちぜんず》』を描き、「地の四周にみな国土があり、中国は掌《てのひら》の大きさにすぎない」というと、いよいよ異常だと思った。しかし、その「天主」は、わが国の学者（儒）の「天を畏《おそ》れる」説[一]にちかいので、その教えを奉ずる者もふえた。その地理（輿地）については、わが国に「地は卵黄のごとし」という説がある。[二] ただ、ヨーロッパの学者が図に記すように、その道のり・名称・風俗・物産をきわめることができない。要するに、広々とした天地は俯《うつむ》いても仰《あお》いでも果てがなく、わが中国人の耳目見聞は限られており、大地のはてまでいった奇人がみずからその地をふみ、何年もかけて蓄積したものではない。どうして、このような詳細がえられようか。

むかし、張騫《ちょうけん》は西域に使者となったが、その足跡はパミール（葱嶺）やインド（天竺）

の外にでなかった。(三)元《げん》の人は黄河の源をきわめたが、崑崙山《こんろんざん》までであった。(四)わが明朝の陳《ちん》誠《せい》や鄭和《ていわ》は流沙をこえ、大海をわたったが、(五)旅の記すところはみな地方のうちにあり、宝が朝貢されるところであった。こうして、[天子の]明徳が遠くまで及んでいることを確かめたのである。

いま、ヨーロッパ(泰西)のアレーニ君に『職方外紀』がある。すべて、わが中国では太古から聞いたことがないものである。想像のいたらぬところであり、夸父《こほ》も追えず、太《たい》章《しょう》と竪亥《じゅがい》(六)も歩けなかったもので、広大の極致、人の世の驚異というべきだ。しかも、その言葉は一つ一つ根拠があり、道家の諸天や、仏教の恒河《こうが》・須彌山《しゅみせん》のような、未来永劫そこに行く人がいない、果てしない作りごとではない。ヨーロッパは中国を去ること九万里、上古より中国に通じたことはない。いま、アレーニ君の同輩は中国の義を慕い、遠くからきて、その異書数千種を朝廷に献じた。越裳《えつしょう》(七)がキジを献上したことに比べれば、天地のちがいである。ああ、こののち、『外紀』に書かれたことを知れば、ヨーロッパの噂を聞き、列をなして学びにくるものがいるだろう。そして、ますます聖治を明らかにし、声教を伸張するだろう。

この書物が浙江で刊行されると、福建の人に求める者が多くいたので、アレーニ君はこれを再刊した。わたしはその端にこのように書いた。

福唐の葉向高、書く。

（一）『尚書』酒誥、『毛詩』周頌・我将などによる。

（二）『晋書』天文志にみえる渾天説を指す。

（三）『漢書』張騫伝による。

（四）『元史』地理志・河源附録。闊闊《かつかつ》がアムド・カムにまで黄河の流れを遡った。

（五）陳誠は洪武九年（一三七六年）、トルファンにいき、酋長をつれて帰った。鄭和は永楽三年（一四〇五年）に船団を率いて遠征し、アフリカ東岸に至った。

（六）夸父は太陽を追いかけた伝説上の人物（『山海経』海外北経）。太章は東極から西極までを歩き、竪亥は北極から南極までを歩いたとされる（『淮南子』墜形訓）。

（七）『漢書』平帝紀。顔師古注に「越裳は南方の遠国」という。

奏疏（一）　計二本

（一）

大西洋国の陪臣パントーハ等、謹《つつし》んで奏す。聖旨の事を欽《つつし》んで奉ずるため、九月二日、霊台官の龐成《ほうせい》らが聖旨を伝え、印板図画二枚を臣等に詳しくみせ、四度確認させたので、欽んでこれに遵《したが》いました。臣と同伴する陪臣ウルシス（熊三抜）が図画二枚を詳しくみるに、臣の国、大西洋が刊刻した『万国全図』です。原板は四枚であるべきですが、いま二枚を得たのみで完全ではありません。勅命により、献上した二枚によって対照することをお許しいただければ、この全図を中国の文字に訳して、別に一冊の書物をつくり、御覧の便にそえられます。なお、臣の国には刊刻『万国図誌』一冊があり（二）、その各国図説は詳しく、みな臣の国の遊学の者や商人の見聞であり、空想の説はありません。その書物はかつて臣等が御前に献上しましたが、西国の文字であり、観覧に便ではありません。

臣、伏して申し上げますに、聖恩をこうむり、年来の扶養をうけ、ほぼ経書の大義に通じましたので、勅命にて原書を下《くだ》していただければ、臣等がすべて中国の文字に訳し、聖覧に塵《ちり》をそえることがかないましょう。つまり、四方万国における地形の広狭、国俗の善悪、政治の得失、人類の強弱、物産の怪異など、一覧してあますところはありません。ただ見聞をひろめるのみならず、聖治のたすけともなりましょう。臣等、任にあたるなきは切に恐縮の至りです。このため、謹んで原図二枚に略解を加えました。後ろに条目をつらね、謹んで奏聞にそなえます。

（二）

大西洋国の陪臣パントーハとウルシス奏す。聖旨のことをつつしんで奉ずるため、九月二日、時刻管轄にあたる近侍、龐成《ほうせい》らが聖旨を伝え、西洋印板『万国地海全図』二枚を臣等に詳しく見せ、すでに返答をいたしました。つづく五日、龐成が御茶房牌子を担当する魏学顔《ぎがくがん》につたえ、御前にもとの屛風二枚をだすことをねがい、臣等を派して、再び詳細に写させたので、つつしんで遵《したが》いました。

思うに、臣の国が刊行した『万国地海全図』はもともと四枚あり、いま二枚を得るのみです。つつしんで、もとの屛風と図画を照らしあわせると、『中国図』及び『西南方国図』

の二枚を補い、四枚とすれば、みな中華の文に訳せるでしょう。おそらく図中の書きこみでは明らかにできないので、さらに各国の政教・風俗・産物などを別に一編とし、下にならべて御覧の便にそなえ、装幀して四軸とし、もとの屛風二枚とあわせて献上いたします。

臣らは才質が浅薄にして、記憶の少なきを恥じるもので、訳した文字が大部分欠落するのではないかと思います。皇上が机務の暇《いとま》に万国の様子を知ろうと思し召すならば、『万国志』一冊があります。先年、臣等が御前に献上したものです。その中に説くところは詳細で、みな臣の国の人が商旅に見聞し、手紙に伝えたことを記録した書物であり、空想の説はありません。臣等は聖恩をうけ、年来扶養をこうむり、ほぼ経書の大義に通じましたので、翻訳して書物にすることができましょう。いま臣に副本がなく、聖意が詳細を必須となさるならば、原書を下して詳細に書き写し、聖覧に塵をくわえることをお許しいただきますよう、伏してお願い申しあげます。すなわち、四方万国について、地形の広狭、風俗の善悪、道術の邪正、政治の得失、人類の強弱、物産の怪異、すべて載せて余すところはありません。いたずらに見聞をひろめるのではなく、やや聖治に助けとなるやもしれません。

臣等は恩をこうむる日々の久しいものです。わずかの労で功績となり、味気ない学問の恥を略解できれば、あまりある栄誉です。このほか、象牙の日時計（時刻晷）二具は日月と星々をみて、時刻を測り知ることができます。臣等は道を学ぶ余暇にやや暦法を習い、この二つは臣等が製造いたしました。つつしんで御前に進呈し、皇上の政務の一助となればと存じます。臣等は任務なく恐懼の至りであり、このため、もと屛風二枚に新訳図説四枚と日時計二具をあわせ、謹んで奏聞にそえるものであります。

万暦四〇年［一六一二年］九月二日、内霊台の看時刻近侍、龐成等は聖旨を伝え、西洋印板『万国地海全図』二枚を下し、陪臣パントーハ、ウルシス等に詳しくみせ、すでに返答した。つづく本月五日、近侍龐成が御茶房牌子を担当する魏学顔に伝え、御前に屛風二扇を出すことを願った。陪臣パントーハ、ウルシスを派し、これを再度明白に写させ、御命をつつしむ。(三)

（一）この「奏疏」は六巻本にある。奏疏は皇帝への上申書のこと。
（二）オルテリウス『世界の舞台』（一五七〇年初版）などの地図帳を指すと考えられる。
（三）この末段の部分は奏疏に対する批語であると考えられる。

巻首　地球と世界

萬
國
亦利多的蘭地
北
巴革老地
新拂郎察
花地
諾龍伯尔瓦農地
大東洋
道
七
金
加
西
南
阿勒利亞那河
伯西兒
孛露海
孛露
亞
墨
利
加
智勒國
銀河
太
平
火地
白峰
南湾

北
線
界
極
沙瓦乃國
亞泥俺峡
線
長
晝
小東洋
夜
平
線
沙蠟門島
南
東南海
極
南

極
大茶荅島
新增臘
海
冰
北高海
沙漠
細而
天方
回回
大明
朝鮮
女直
亞
日本
大明海
小西洋
印第亞
榜葛剌海
赤道
渤泥
馬路
瓜哇
海
晝短線
馬力肚
蠟
泥
界
極

全
圖
利
未
加

職方外紀首

西海　ジュリオ・アレーニ増訳
東海　楊廷筠　彙記

五大州総図の境界と経緯度の解説

天の本体は大きな球（圜）である。大地はこの球のなかの一点であり、中心にとどまり、永久に移動しない。中心だけが天から最も遠く、最も下のところであり、重さをもつ物すべてが赴《おもむ》くところだからだ。そして、地の本体はもっとも重く、下につくので、中心にとどまらざるをえない。［中心から］やや移るところは、天球（天体）の一辺と近く、最も下の場所となりえない(一)。

古《いにしえ》の賢者は「大地を掘りぬけば、一物を通すことができ、つり下げて［地球の］中心に至ると、きっと止まるだろう。その足の裏の方も一物をつり下げ、地の中心に至れば、きっと止まるだろう(二)」という。「天は円、地は方《しかく》(三)」とは、動と静の徳をいうもので、形を論ずるのではないとするべきである。地が円ならば中央でないところはない。いわゆる東西南北は、人の立つところから名づけるにすぎず、きまった基準はない。地の度と天の度は対応し、天の南北二極が運動の軸である。

両極からへだたる中央の境界が赤道であり、天の南北を等しく分ける。［太陽の通る］黄道は斜めに赤道と交わり、南北ともに二三度半まで外《はず》れる。黄道を運行するものは、一日に約一度を行き、西から東に宗動天(四)の運動を帯びる。そして、東から西に一日で天を一周する太陽が赤道に交わるときが、春分・秋分となる。赤道から南に二三度半ずれると、冬至（東至）(五)の境界となり、赤道から北に二三度半ずれると夏至の境界となる。黄道の軸と赤道の軸も二三度半離れている。天をめぐる経緯は各々三六〇度であり、地は天の中央にあるから、その度はすべて天と同じである。赤道の下と南北二極の下はそれぞれ二三度半、また、南北極の境界と冬至・夏至の境界の間は四三度であり、五帯に分かれる。その赤道の下をふくみ、冬至と夏至の境界［両回帰線］のなか、この一帯は日輪がつねに頭上を行く。ゆえに「熱帯」とする。夏至の境界（規）の北から北極の境界まで、冬至の境界の南から南極の境界まで、この両帯は日輪からそれほど離れていないので「温帯」とする。北極の境界と南極の境界の内側、この両帯は日輪が半年しか照らさないので「冷帯」とする。(六)

赤道の下は一年中昼夜の長さがひとしい。赤道以北は夏至に近づくほど昼が長くなる。一日（十二時）の昼があり、一ヶ月の昼があり、三ヶ月の昼がある。そして、北極の下では半年が昼となる。南にいくのも同じである。南北の角度（距度）から考えれば、そうならざるをえない。その東西同帯の地で、南北極の出入が等しい［同じ緯度の］土地は、昼夜と寒暑の節気が同じであるが、その時刻（時）だけは先後がある。一八〇度の差があると、この地が子《ね》の刻であれば、かの地は午《うま》の刻である。九〇度の差があると、この地が子の刻であれば、かの地は卯《う》の刻である。ほかは類推できよう。

赤道の下にいる者は地平に南北二極を望む。南を離れて北にいくと、二五〇里ごとに北極は地を出ること一度、南極は地に入ること一度である。二万二五〇〇里を行けば、北極はまさに人の頭上にあり、地を出ること九〇度である。南極は地に入ること九〇度であり、まさに足の方向にあたる。南にいくのも同様である。これが「南北の緯度」である。

「東西の経度」については、天球はたえず回転しているので、よることはできない。［日月をふくむ］七惑星（七政）でこれを測れば、はじめて最初の度をつくることができる。天文家はさらに一法を立て、これをかぞえた。宗動天の一周により、日月は三六〇度をいく。だから、二時間（一時）ごとに三〇度である。ふたつの場所の差が二時間であれば、東西は三〇度はなれている。いま、二つの場所で月食を観測し、それぞれ時刻がちがうなら、二時間の差はその地が三〇度はなれていることをしめす。(七) これにより、東西の度についても計算することができる。距離で考えると、古代の地理家はみな西洋で最も西の場所を初めとした。つまり、カナリア島（福島）を過ぎる子午の境界を最初とする。天の度にならい、西から東へと一〇度ごとに一区として東西の度を分ける。

ゆえに、地図を描くにはまず東西南北の境界（規）を描き、つぎにその地が赤道の南北からどれだけ離れているかを考える。そして、カナリア島から東西の何度であるかを考えて、本地の方位を定める。たとえば、中国の北京（京師）は、まず赤道以北に四〇度であり、カナリア島以東に一四三度である。すなわち、二つの経緯線が交わるところが北京の位置である。(八)

しかし、大地の形は円なので、木で作った完全な球に図を描いてこそ、像《すがた》を似せられる。平面に描くなら、たてに切って一つの地図とするか、よこに切って二つの地図とするしかない。ゆえに本書の「万国」全図には二種がある。一つは細長い卵のような形で南北極は上下にあり、赤道は中央にある。もう一つはまるく皿の形で南北極を中心とし、赤道を輪郭とする。また、この二つの全図のほかに各図をつくった。アジア（亜細亜）、ヨーロッパ（欧邏巴）、リビア（利未亜）、アメリカ（亜墨利加）という。メガラニカ（墨瓦蠟尼加）についてては不詳であるから、べつに図は作らない。図の南北の境界は等しい。すべて二五〇里を一度とし、赤道の度もそうである。赤道を離れて東西を平行する区線［緯度線］は両極に近づくほど小さくなる。しかも、三六〇度に分けると、その距離はだんだん狭くなるので、べつに算法がある。いま、図に描いて四角にすると、その線はやや変わらざるをえないが、つまり円形の図だけがその真をえるからである。

（一）アリストテレス（池田康男訳）『天について』二・一四。

（二）地球の「重力」はクラヴィウス『サクロボスコ天球解』にみえる。「片方から他方へ大地を貫く穴があけられ、重い物体がその穴に落とされたと仮定する。その物体は大地の中心でのみ、最大の勢い（impetus）に達するだろう。しかし、他方へむかうとそうならない。その物体は上昇しはじめ、運動の勢いの蓄積において始めのようになるからだ。そして、少しずつ運動の勢いを失うまでしばらく前後に振動し、中心で休むことになるだろう」（一六〇二年版、二一五頁）。ここで、アレーニは「縋下至中心必止」とし、物をつり下げるとするので、勢いを捨象して重力のみを問題にしている。地球に穴をあけ、そこに物を落とすという観点はすでにプルタルコス『モラリア』にみえる（河野与一訳、一三三頁）。また、ルクレーティウス『物の本質について』には、すでに宇宙が無限ならば中心はないと批判しているが（五七頁）、カトリック教会にとって無限宇宙論は異端であった。これを唱えたジョルダーノ・ブルーノは一六〇〇年にローマで焚刑に処された。なお、ダンテ

『神曲』地獄篇・三四にも地球の中心の記述がみえる。

（三）天円地方は中国の蓋天説による。『周髀算経』、『大戴礼』曾子天円、『晋書』天文志などにみえる。

（四）宗動天は日周運動を表す天球で、『サクロボスコ天球解』では第九の天球である。解説を参照。

（五）原語「東至」は「冬至」の誤記であろう。

（六）「境界」と訳した原語は「規」で、本来「コンパス」を指す。地球上に線を引けば円弧にならざるをえないので、この語を用いたのであろう。気候帯はアリストテレス『気象学』二・五にみえ、両回帰線の間と大熊座の下（北極）に人は住めないとする。アコスタは熱帯が湿潤であるとアリストテレスを批判する。ここは極点から二三度半が「冷帯」、赤道から回帰線（二三度半）までが「熱帯」、のこる四三度が「温帯」である。

（七）月食は地球の影に月がはいる現象のため、各地で観測できるが、現地時間は異なる。これを利用して経度の差を推定できるが、当時の時計の精度からいって、精密にはなりえなかった。

（八）ここにいう北京の経度はおよそ一二度東に誤る。

巻一　アジア

北
北亞墨利加
亞泥俺國
亞泥俺峽
小東洋
北道晝長
晝夜平線
七十
六十
五十
四十
三十
二十
十

朝鮮
日本
北京
南京
大明一統
大明海
盜島
呂宋
安南
遼東
女直
西金山
亞東金山
登部國
白湖
河南
湖廣
廣西
廣東
浙江
江西

界
烏洛侯
樂伯野
天方
加勒野
度兒格斯單
陰山
金山
細而
漠
翰海
回回
哥辣剌
巴辣馬斯
加補爾
土番
西番
雲南
小西洋
榜葛剌海
赤道

地中海
利未亞
亞昆心域
泥祿河
如徳亞國
度兒格
紅海

アジア総説（亜細亜総説）

アジア（亜細亜）は天下第一の大州であり、人類がはじめて生まれた地、聖賢がはじめて出た故郷である。その西はカナリア島（福島）以東、六二度のアナトリア（那多理亜）から、東はカナリア島以東、一八〇度のアニアン海峡（亜尼俺峡）(一)にいたる。南は赤道以南一二度のジャワ（爪哇）から、北は赤道以北七二度の氷海にいたる。

ふくまれる国土は一〇〇余にとどまらない。その大国はまず中国があげられる。このほかに、タタール（韃而靼）、イスラム（回回）、インディア（印第亜）、ムガール（莫臥爾）、ペルシャ（百児西亜）、トルコ（度児格）、ユダヤ（如徳亜）があり、みなこの州の大国である。海には大きな島があり、セイロン（則意蘭）、スマトラ（蘇門答剌）、ジャワ（爪哇）、ボルネオ（浡泥）、ルソン（呂宋）、モルッカ（馬路古）があり、さらに地中海の島もこの州に属する。

中国はその東南にある。古代から帝王が立ち、聖人・哲人がつぎつぎに興《おこ》り、名声・文物・礼楽・衣冠の美しさと、その山川・土俗・物産・人民の豊かさは遠近の諸国がともに本家とする。その緯度（北極出地）を仰《あお》げば、南は海南島（瓊州《けいしゅう》）の一八度にはじまり、北は開平衛（開平）(二)などで四二度にいたる。南から北まで二四度、距離は六〇〇〇里、東西もほぼ同じである。ヨーロッパ（大西洋）との距離は九万里で、天地開闢《かいびゃく》以来、通じたことはないが、尊称が「大チーナ」（大地納）であると伝わっていた。一〇〇年前、西洋の船が貿易（貿遷）に往来し、その途《みち》をひらいた。(三)そして、イエズス会（耶穌会）の諸士がさいわいにも遍歴し、国の光を観て、ますます中華の風土を習う。いま、その万分の一をあげたいが、『大明一統志《だいみんいっとうし》』(四)などが詳細をつくす。中華に朝貢する属国、韃靼《もんごる》(五)、西番《ちべっと》、女直、朝鮮《ちょうせん》、琉球《りゅうきゅう》、安南《あんなん》、暹羅《しゃむろ》、真臘《しんろう》(六)などは、みな『一統志』につきているので、ここではいわない。だから、中国の地誌（職方）に載せないものについて、左にあらましを述べる。

（一）アニアン海峡はマルコ・ポーロ『東方見聞録』（以下『東方見聞録』）の「アニア」（元の雲南行省安寧州）にもとづき、アジアの東端にあるとされた海峡である。この説はガスタルディーが一五六二年に発表し、一五六六年、ツァルテリウスの地図に描かれた。この点は織田武雄（一九七四）一三八頁を参照。オルテリウスの地図（一五七〇年）にはアメリカ側にANIAN.とみえ、南にキヴィラ等の伝説上の地名が配されている。現在のベーリング海峡はロシア人デジニョフが一六四八年に発見し、ベーリングによる到達は一七二八年である。

（二）原文「開平」は『明史』地理志にいう「開平衛」（一四三〇年設置）であり、内モンゴル・ドロンノール県にあたる。

（三）ポルトガル人と中国人の最初の接触は一五〇九年頃。一五一三年にはマラッカ商館の商務員が中国を訪れ、一五三三年以後、広東で交易がはじまった。金七紀男（二〇〇三）八二頁。

（四）『大明一統志』は李賢《りけん》が天順五年（一四六一年）に編纂した地誌で、中央アジアについては、陳誠《ちんせい》『西域蛮国志《さいいきばんこくし》』（一四一五年）にとる。羅曰褧《らえつけい》『咸賓録《かんひんろく》』（一六〇一年）にもトルコ（佛菻）、メディナ（默徳那）、ジャワ（爪哇）、ルソン（呂宋）などの名がみえる。

（五）宋以降モンゴルの遊牧民を「韃靼」といい、明では元の子孫を「韃靼」とよんだ。ここの「韃靼」は次項のタタール（韃而靼）と異なり、永楽帝によるモンゴル親征（一四一〇年〜一四二四年）で朝貢するようになった東モンゴリアのオイラート部などを指すのであろう。土木の変（一四四九年）では正統帝がオイラートのエセンに大敗し、帝自らが捕虜となったが、于謙《うけん》（一三九八年〜一四五七年）らが北京を防衛し、エセンの軍を破り、正統帝が送還されて和議がなった。

（六）安南はベトナム、暹羅はタイ、真臘はカンボジアにあたる。

タタール（韃而靼）

中国の北、西に広がる一帯からヨーロッパ（欧邏巴）の東の境までは、すべて「タタール」（韃而靼）という。(一)その土地は河がきわめて少なく、平地には砂が多い。大半はみな山であり、大山をイリ（意貌）という。(二)アジアの南北を分けると北はみなタタールである。気候はきわめて寒い。冬は雨がふらず、夏はわずかに湿る。人の性格は勇猛を好み、病没を恥とする。まれにその地を遍歴できても、通じる文字がないので、詳細はわからない。

おおむね、城郭や家はすくなく、車に屋根をつけて移動の便とする。ウシ・ヒツジ・ラクダを産し、馬肉を食う。とくに馬の頭を絶品とし、貴い者が食べられる。移動のとき、飢え渇《かわ》くと、乗っている馬を刺し、血をしたたらせて飲む。また、酒を飲むと一度に酔うのを光栄とする。(三)国の習俗はだいたいこのようである。さらに異常な不道徳（不倫）がある。夜に移動して昼に寝て、シカの皮をかむり、尸《しかばね》を樹にかけ、ヘビ・アリ・クモを喜んで食うなどである。気候はきわめて寒く、夏に氷が二尺［約六五センチ］もはるので、羊の足をした人がいる。背の高い人は跳躍が得意で、三丈［約九・六メートル］も跳び、水をふんで陸を歩くようにいく者もいる。人が死んでも葬らず、鉄のヒモで尸《しかばね》を樹につるす者もいる。父母が老いると殺して食い、親の恩を思うとし、かならず腹に葬り、丘陵「の墓」にゆだねるに忍びないとする者もいる。(四) これがタタール東北の諸種である。

西には昔、女の国があった。アマゾン(亜瑪作搦)といい、もっとも勇敢でよく戦った。(五) かつて、エフェソス(厄仏俗)という有名な都を破壊したが、その地には神殿があり、ひろく華麗にして巧みで、想像の及ぶところではなかった。西国では天下に七不思議(七奇)(六)があるとするが、ここにその一つがあった。習俗は春に男子を一度だけその地にいれ、男子が生まれると、そのたびに殺した。いま、他国に併呑されて名を残すのみである。

また、ダバダ(得白得)という地がある。金銀を貨幣とせず、サンゴ(珊瑚)だけをもちいる。大カーン国(大剛国)では樹皮をくだき、銭のような餅にして、王の号《よびな》を押して貨幣にする。その習俗は国主が死ぬと、棺《かんおけ》を輿《こし》にのせて葬りにいき、道中で人にあえば殺し、「死者が主につかえる」と信じこんでいる。かつて、ある王の葬儀で数万人を殺した。(七) これがタタールの西北の種である。

(一) タタールは八世紀からある民族名であるが、ここはモンゴル、シベリアなどの主にトルコ系の民族を指すと考えられる。

（二）原文「意貌」について、謝方氏は北京大学蔵本に「意猊」（イニ）の誤りとする書き込みがあるとし、イリに音が近く、伊犁《いり》付近の天山山脈を指すとする。これに従う。ここはイリ盆地南南東ハンテングリ山（標高六九九五メートル）などを指すと考えられる。この南二〇キロに天山山脈の最高峰ポベーダ（標高七四三九メートル、一九四三年発見）があり、「大山」という記述にあう。

（三）乗馬を刺して血をのむことは、『東方見聞録』にもみえる（八〇頁）。酪酊することはヨーロッパでは恥辱とされていた（巻二「ヨーロッパ総説」参照）。

（四）ヘロドトス『歴史』巻三にインドの部族が死んだ父親の肉を食うとある（松平千秋訳、上巻三五五頁）。

（五）アマゾンについては前掲『歴史』巻四にみえ、大航海時代によく読まれた奇譚集、マンデヴィル『東方旅行記』（一一〇頁）にもみえる。新大陸にはアマゾン国が探索され、アマゾン川やカリフォルニアはこれに関する名である。増田義郎（一九七一）、及び本書、巻四カリフォルニア参照。

（六）七不思議は前二世紀のアンチパトロスによる巨大建築のリストである。①エジプトのピラミッド、②エフェソスのアルテミス神殿、③バビロンの城壁、④バビロンの空中庭園、⑤アテネのゼウス像、⑥アルテミシアの大霊廟、⑦ロードスの巨像を数える。また、アレクサンドリアの大灯台をいれるなど、いくつかのヴァリエーションがある。

（七）『東方見聞録』に似た記述がある。「モング・カーンが死んだ時には、こうして道の途中で出会った二万人以上の人間たちが殺された」（七七頁）。

イスラム（回回）

中国の西北、嘉峪関《かよくかん》をでると、ハミ（哈密）、トルファン（土魯番）を通るが、この一帯は「カシュガル」（加斯加爾）という。高い山が多く、二種の玉石を産する。水の中からとれるものはきわめて美しい。山からとれるものは石を焼いて割り、けずって取りだすので、たいへん手間がかかる。[一] ウシ・ヒツジ・ウマなどの家畜は多いが、ブタを食わないので、諸国にブタがいない。

ここから西はサマルカンド（撒馬兒罕）、カラカタイ（革利哈大薬）、カフィリスタン（加非爾斯当）、トルキスタン（杜爾格斯当）、チャリース（査理）、カブール（加木爾）、クチャ（古査）、ブカラ（蒲加剌得）という。みなイスラム（回回）の諸国である。

その人々は武術を習うものが多い。商旅で盗賊をふせごうとすると、数百人があつまらなければ出発できない。[二] 学問や礼を好む者もいて、はじめはムハンマド（馬哈黙）の教えを宗《もと》とし、諸国はだいたい同じだったが、のちにそれぞれ門戸をたて、たがいに排撃した。[三]

戒律を守るにも数種あるが、重大なことは教えの内容について弁論しないことである。「教えがこのように立つので、心からしたがい、深くうける」といい、理がでなくても気にしないのだ。(四)

(一) ここの中央アジアの記述はゴエスの旅行にもとづく。宝石についてはリッチ『布教史』二・一一三頁にみえる。また、榎一雄(一九六二)を参照。
(二) 前掲、リッチ『布教史』二・一〇七頁。
(三) 六六一年のスンニー派とシーア派の分裂を指す。
(四) イスラムとは「神の意志に任せる」ことを指す(『コーラン』イムラーン一家・一八節)。一方、キリスト教ではアンセルムス(一〇三三年〜一一〇九年)が「知解せんがために信ずる」(『プロスロギオン』長沢信寿訳、二四頁)という。ここはこの差異をいったものであろう。

インディア(印弟亜)

中国の西南はインディア(印弟亜)といい、天竺《てんじく》、「東西南北と中央の」五つのインドである。インダス河（印度河）流域では、国人《くにびと》の顔が紫色である。［航海民が多いので］南の民は天文に詳しく、よく哲学（性学）を知り、職人たちの技巧もよい。筆や紙がなく、樹の葉《は》に錐《きり》でかいて書物とする。(一)国王の統治は世に例がなく、姉妹の子を後継《あとつぎ》とし、［国王の］直系の子弟は禄《ろく》をもらって暮らす。男は衣を着ないで、一尺の布でヘソの下をおおうのみだ。女は布を首に巻き、足まで垂らす者もいる。習俗は士農工商（士農工賈）がそれぞれ家業をつぐ。もっとも貴いのはバラモン（婆羅門）、つぎはナイリ（乃勒）(二)という。たいてい仏《ほとけ》を奉じ、寺院（斎醮）が多い。(三)いま、沿海諸国で西国の客と往来する者は天主の正教を信じている。

その地にガーツ山（加得山）があり、中央で南と北をわけている。南の山川・気候・鳥獣・虫魚・草木は、きわめて怪異である。立夏から秋分まで雨のふらない日はないが、それ以外は一片の雲もなく、暑さは耐えがたい。昼に涼風があれば、これがやわらぐ。その風は巳《み》の刻［午前一〇時］から申《さる》の刻［午後四時］まで、海がある西から吹き、亥《い》の刻［夜一〇時］から寅《とら》の刻［明け方四時］まで、陸がある東から吹く。

草木の異常なものは数えきれない。西国の友、ヨハン・テレンツ（鄧儒望）はその国に遊んだことがあり、草木の通常みられないものを観察し、五〇〇余種をあげた。(四)ここで産する木で舟を造ると、きわめて堅く壊れない。また、ヤシ（椰樹）を産し、天下第一の良材である。幹で舟や車をつくり、葉で屋根をおおう。実《み》は飢えを癒やし、汁《しる》（漿）は渇きをとめられる。さらに酒・酢・油・糖をつくり、堅い部分は削って釘《くぎ》にし、殻《から》は飲食を盛り、瓤《わた》は縄にできる。ヤシを一本植えると、一家の利はすべてこれによる。（五）

ほかにも二つ変わった木がある。その一つはソケイ（陰樹）という。花はジャスミン（茉莉）のようで、朝と昼は咲かず、夜に咲いて、朝までにすべて散る。人々はこの樹の下で眠るのを好み、朝には花が全身をおおっている。もう一つの木は、花が咲かずに、実がなるが、その実は食べられない。枝は風にゆれて垂れ、地面につくと根が生えて柱のようになる。長いあいだに巨大な林となり、木陰に入れば、屋根の下とかわらず、一〇〇〇人をいれるものもある。その根もとに仏を供養するので、ガジュマル（菩提樹）という。

鳥類はもっとも多く、巨鳥のくちばしは百毒を解《と》き、国中で貴重とされる。一本が金貨五〇にあたる。この地にゾウがいて、ほかの種と異なり、人の言葉がわかる。土地の者（土人）が「荷物を背負って、どこどこにいけ」と命ずれば、まちがえることはない。他国のゾウがこれにあえば、伏せて挨拶をする。（六）ユニコーン（独角）という獣もいる。天下でもっとも少なく、もっとも珍しいが、リビア（利未亜）にもこれがいる。額に一本の角があり、きわめて強い解毒作用がある。この地にはつねに毒ヘビがいて、ヘビが泉の水を飲めば、水がその毒に染まる。人や獣がこれを飲めば、かならず死ぬので、百獣が水場にいて、渇いていても、あえて飲まない。この獣がきて、角でその水をかき混ぜ、解毒されてから飲むのである。(七)ヴェネチア（勿搦祭亜）の国庫にユニコーンの角が二本あるそうで、国宝とされる。また、ウシのような姿の獣［サイ］がいる。大きさはゾウのようだが少し低い。二本の角があり、鼻の上に一本、頭頂と背の間に一本である。全身の皮甲はとても堅く、銃弾や矢も通らず、ぴたりと並んで鎧《よろい》のようである。皮の表面に凸凹があり、サメの皮のようだ。頭は大きいが尾は短く、水の中に一〇日もいることができる。小さな時から飼えば、馭《ぎょ》することもできる。百獣はみな恐れて伏せるが、とくにゾウとウマを憎み、たまたま出会うと、かならず追いかけて殺す。その骨・肉・皮・角・牙・蹄《ひづめ》・糞はみな薬である。西洋では貴重として「バダ」（罷達）という。中国の麒麟《きりん》、天禄《てんろく》、辟邪《へきじゃ》のなかまである。(八)そのネコは肉の翼があって飛べる。コウモリ（蝙蝠）はネコのように大きい。ヘビの種類はきわめて多く、大半は毒がある。

地勢は三角形で、その先端の岬は百歩の広さにすぎない。ここでは東西の気候が反対にならざるをえない。こちらが晴れれば、あちらは雨、こちらが寒ければ、あちらは暑い。こちらで波風が天をおおっても、あちらは平地のように穏やかである。だから、海洋をいく船舶が順風に乗り、この鋭い先端にくると大荒れになる。これが南インドの不思議である。

（一）いわゆる「貝葉」を指す。ヤシの葉を加工した紙で初期仏典はこれに書かれた。

（二）原文「乃勒」について、マゼランに同行したピガフェッタは当時のインドに六つの階級があるとする。ナイリ（支配階級）・パニカリ（市民）・イラナイ（醸造業）・パンゲリニ（船員）・マクアイ（漁師）・ポレアイ（農民・不可触民）である（長南実訳、二四八頁）。謝方氏は馮承鈞『諸蛮志校注』により「南毗」が即ちNairであるとし、マラバールの王族であるとする。

（三）原文「斎醮」は仏教・道教の祈禱の場を指す。アレーニはヒンズー教と仏教を区別していないようであるが、ヒンズー教の寺院を道教・仏教の寺廟に似ていると考えたのだろう。

（四）テレンツ（鄧玉函・鄧如望）に『インドのプリニウス』（Plinius indicus）がある。Pfister, p.154。

（五）西川如見『増補華夷通商考』（一七〇八年）巻四に「椰子」の項があり、ここを写す。

（六）ゾウの知性については、プリニウス『博物誌』八・五を参照（以下、『博物誌』という）。

（七）ユニコーンの角による水の解毒は『フィシオログス』（二〇〇年頃成立）にみえる。ゼール（梶田昭訳）一九九四年を参照。

（八）麒麟・天禄・辟邪はみな中国の瑞獣である。麒麟は『春秋左氏伝』哀公一四年に「春、西に狩りして麟を獲る」というもので、シカの体でウシの尾、肉に包まれた一角がある。天禄は『後漢書』孝霊帝紀・中平三年にみえ、李賢注に「天禄、辟邪は並びに獣の名」という。

ムガール（莫臥爾）

インド（印度）は五つに分かれる。南インドだけが昔のままだが、ほかの四つのインドはみなムガール（莫臥爾）に併呑された。ムガールの国はたいへん広く、一四道に分かれ、ゾウは三〇〇〇余頭にのぼる。この一〇〇年で併呑された隣国はたいへん多い。[一] かつて西インドを攻め、西インド王は兵五〇万、馬一五万、ゾウ二〇〇を率《ひき》いた。ゾウは一頭ごとに、二〇人が乗れる木製の台を背負い、銃一〇〇〇門をのせた。その大きなもの［大砲］は四門あり、一門ごとに牛二〇〇にひかせ、金銀でみたした五〇の大甕《かめ》でこれを守った。それでも戦いに勝てず、すべてムガール王にとられた。

また、東インドにガンジス（安日）という大河がある。この水を浴びれば、罪業《ざいごう》がすべて消えるという。五つのインドから人々がみな沐浴にいき、罪を滅ぼし天に生まれることを願う。[二] 東のマラッカ（満剌加）に近い地方の人は、四元素（四元行）の一つに奉《つか》え、死後にその元素（本行）に葬る。土に奉える者は土に埋め、水や火に奉える者は水火に投ずる。気に奉える者は尸《しかばね》を空中にかけ、大いに異なる。

（一）ムガール帝国（一五二六年〜一八五八年）はティムール五世の孫バーブル（一四八三年〜一五三〇年）により建国された。一七世紀初期はジャハーンギール（在位一六〇五年〜一六二七年）の時代であるが、ここにいう版図拡大はアクバル（在位一五五六年〜一六〇五年）の時代のことであろう。

（二）インドに歌手を焼死させるラーガ（音階）があるとされ、アクバル帝の頃の歌手がこの音階の魔術を防ぐため、ガンジス川に首まで入ったが、水中で焼死したという話がある。ザックス（一九六八年）六九頁。

ペルシャ（百爾西亜）

インダス河（印度河）の西にペルシャ（百爾西亜）という大国がある。太古、民が生活をはじめたとき、人類はあつまって住み、言語は一つだけであった。［ノアの］洪水のあと、機智が生まれ、人の心は異常なものを好むようになった。そして、この地に高い台《うてな》（一）をつくり、天の果てをきわめようとした。天主はその傲慢・増長をにくみ、ついに語音を乱して七二種にし、人々はその言語によって五つの方向に散った。その跡は今もあり、バベ

ル（罷百爾）という。訳すと「乱」であり、天下の言葉を乱したことをいう。(二)

ペルシャ（百爾西亜）のはじめは、バビロニア（罷鼻落你亜）であった。領域はたいへん広く、都（都城）に一二〇の門があり、ウマで疾駆しても一日で一周できなかった。国の中央に庭園があった。空中につくり、下は石の柱でささえ、上に土石をうけた。楼台《たかどの》・池沼・草木・鳥獣などないものはなく、街よりも大きかった。天下の七不思議（七奇）の一つである。(三)

のちに、その国はペルシャ（百爾西亜）に併呑され、ついにこの名となって以来、ずっと強大である。国主はかつて楼台を建てたが、すべて殺したイスラム（回回）の頭をつみあげた。楼台が完成したとき、髑髏《どくろ》は五万にちかかった。二〇年前の国主は狩猟が好きで、シカを囲んで三万頭をえて、その事をほこり、角《つの》をあつめて高台をつくり、いまものこる。(四)

東のサマルカンド（撒馬兒罕）の近くにも塔があり、黄金を鋳てつくり、頂上にクルミのようなダイアモンド（金剛石）をつけ、光は夜に一五里を照らした。その河はきわめて大きく、ひとつ河があふれると、水が及ぶところに各種の名花が生える。

南にホルムズ（忽魯謨斯）という島がある。(五)赤道の北二七度で、地はすべて塩か硫黄である。草木は生えず、鳥獣は跡を絶つ。人々は革の靴をはくが、雨が降って底をぬらすと、［腐食して］一日で破れる。地震が多く、気候はきわめて暑いので、人はいつも水のなかに座ったり、寝ころんだりしており、口まで沈んで、はじめて気づく。また、まったく淡水がないので、ひとさじの水も海外から運ぶ。［生活の］困難はこのようであるが、その地は三大陸（三大洲）の中継にあたり、アジア、ヨーロッパ、リビアの富商が、多くこの地にあつまる。百貨や人々があつまり、世界（海内）の珍しく手に入りにくい商品も、行くたびに預けたようにうけ取れる。土地の者は「天下が指輪なら、この地は指輪についた宝石なのだ（六）」という。

（一）「台」は遠くを見られる高層建築、または見はらしのよい土地を指す。「天文台」の「台」もその名残であろう。本書巻二・ダニア諸国にみえるティコが建てた「一台」や、巻三・エジプトにみえる「石台」（ピラミッド）も同じ。
（二）バベルの塔については『旧約聖書』創世記・一一を参照。アウグスティヌス『神の国』一六に「七十二の氏族とそれだけの数の言語とに分けられていたと推測されるあの当時の人々」（服部英次郎訳、一五四頁）とあり、言語の数がセム民族の数と対応する。
（三）タタールの注を参照。
（四）当時のペルシャはサファヴィー朝（一五〇一年～一七三六年）、アッバース一世（一五八七年～一六二九年）の時代である。
（五）ホルムズ島は一五一四年、ポルトガルに占領され、一六二二年にアッバース一世が奪還した。『東方見聞録』にホルムズの人々が熱風のため水に入って暮らすという（四二頁）。馬歓『瀛涯勝覧《えいがいしょうらん》』（一四四四年序）に「忽魯謨斯国《ほるむす》」があり、大山の一面に紅色の塩がでるという。

（六）クルス『中国誌』（一五七〇年）を参照。クルスは三年間ホルムズに住み、「全世界は一個の指輪であり、ホルムズはその石である」という諺を伝える（日埜博司訳、三二〇頁）。

トルコ（度爾格）

ペルシャ（百爾西亜）の西北諸国は、みなトルコ（度爾格）に併呑された。そのなかにアラビア（亜刺比亜）という国があり、国内にシナイ（西乃）という大山がある。上古、天主が民に訓《おしえ》を垂れ、この山に聖人モーゼ（美瑟）を召して、十誡をたまわった。石版にあらわし、左の石版に三つの戒め、右に七つの戒めであった。いまに伝わる十誡はこれである。（一）

金銀を産し、きわめて純度がたかく、宝石も多い。二つの海にはさまれ、気候はつねに穏やかで、一年に二度みのる。ナツメ（橡栗）のような樹「ナツメヤシ」があり、夜露《よつゆ》がその上に落ちると、固まって蜜となり、朝にとって食べると、きわめて甘美である。さらに百物を産し、みな豊かで、古《いにしえ》から「福土」といわれる。

その地には砂漠（沙海）もあり、広さは二〇〇〇余里、砂が大風にのると波のようである。旅人がこれを通り、砂の波に圧《お》されると、あっという間に、丘に上《のぼ》っている。砂漠を渡ろうとする者は羅針盤（羅経）で方向を定め、道のりを測らねばならない。さらに食糧および一〇日分多い水を準備し、ラクダにのせねばならない。ラクダはたいへん速く、一日に四～五〇〇里を駆ける。また、渇きに耐え、一度飲めば五～六日も行く。その腹の水はたいへん多く、水が乏しくなれば、ラクダを屠《ほふ》って腹の中の水を飲む。(二)

伝え聞くところに、フェニックス（弗尼思）という鳥がいる。その寿命は四～五〇〇歳、死期をさとると、乾いた香木を積み、その上に立ち、暑い日をまち、尾をふって火を燃やすと、みずから焚《や》けてしまう。骨肉の遺灰が虫に変わり、虫がさらに鳥に変わる。ゆえに、天下に一羽だけである。西洋では人物が奇異で二つとないことを「フェニックス」という。(三)

西北に昔、ソドム（瑣奪馬）があった。きわめて富み、西土にも名が聞こえたが、男色の罪にふけったので、天主がこれに重罰をくだした。天使（天神）(四)に下界へいけと命じ、ロト（落得）という聖徳の士と、その家人だけを国外に出すと、ついに火を下し、ことごとく国を焚《や》いたのである。いまでも、そこは小石に火をつけると燃え、悪臭がして近づけない。ユズ（橘柚）のような果物を産し、形や色はつややかで愛玩すべきだが、皮をむく

と臭い煙がでるだけである。(五)

この地方に一つの海がある。長さは四〇〇里、広さは一〇〇里、水の味はきわめて塩辛く、凝結する性質がある。波はなく、松ヤニのような塊が湧いている。物を沈められず、力をいれて押さえても水中に入れない。かつて、ある国王が不思議に思って見にいき、水に沈むようにと人に命じたが、ついに［水中に］入ることはできなかった。海の色は一日に何度も変わり、日光が輝くと五色の文《あや》があらわれる。［魚などの］水族がいないので「死海」（死海）とよぶ。(六)

トルコ（度兒格）の西北はアナトリア（那多理亜国）という。山には玉石が多い。国人はかつて、これを削って穴をほり、石となった人が無数にいるのをみた。むかし、戦乱を避けた民が穴に住み、死後、気によって固まり、石と化したのであろう。(七)この地の西はヨーロッパ（歐邏巴）である。あいだに五里ばかりの海を隔てる。むかし、名王ユスティニアヌス（曰失爾塞）が、海をまたぐ石橋をかけ、二つの地をつなげたが、いまは波風にあたって崩れてしまった。(八)

またチラ（際刺）という土地は、特殊なヒツジを産する。その羊毛の軽く細やかなことは類をみない。雨のなかでこれを着ても、ほとんど濡れず、油につけても、すこしも汚れない。ふしぎなイヌもいて、衣服・クツ・ハンカチを好んで盗む。すこしでも目立つ服装をすると、盗んで隠してしまう。山があり、生えている草木はみな香る。ここを通ると、馥郁《ふくいく》と香り、裾《すそ》に香りがのこるのである。

（一）シナイ山とモーゼの「十戒」については、『旧約聖書』出エジプト記・二〇を参照。初めの三戒は神に関すること、唯一の神・偶像の禁止・神の名の忌避であり、のこりの七戒は人に関することであり、安息日の聖別・父母の尊敬・殺人・姦淫・窃盗・偽証・財産侵害の禁止をいう。
（二）ラクダが渇きにたえることは『博物誌』八・二六を参照。
（三）フェニックス（不死鳥）は『博物誌』一〇・二、および『フィシオロゴス』を参照。イタリア語 fenice、フランス語 phénix に「第一人者」の意があり、英語 phoenix にも同じ意があるほか、「絶世の美女」の意もある。
（四）原文「天神」は「天使」を指す。漢字の「神」はいわゆる「ゴッド」ではなく、万物を伸ばし引きだす霊妙な作用をするものである。
（五）ソドムの滅亡とロトについては『旧約聖書』創世記・一九を参照。
（六）ここの死海を調べたトルコ王の記述は不詳である。
（七）カッパドキアのオズコナック（地下都市）を指すと考えられる。
（八）ボスポラス海峡・金角湾に石橋をかけた記述は、イブン・バットゥータ『大旅行記』にもみえる（家島彦一訳・四巻・六八頁）。これによれば、バットゥータが訪れた一三三〇年頃にすでに橋はなかった。一九世紀のビザンツ史研究家ミリンゲンは、パシャールの年代記を引き、ユスティニアヌス（在位五二七年〜五六五年）が五二八年に石橋をかけたと指摘している（Millingen A., 1899, pp.174-175）。したがって、ここは原文「日失爾塞」を「ユスティニアヌス」の音訳にとるべきと考える。この橋は「ユスティニアヌス橋」「聖カリニクス橋」「聖パンテレーモン橋」「ラクダ橋」「ブラケルナエ橋」等とよばれた。

ユダヤ（如徳亜）

○古名は拂菻《ふつりん》(一)、また大秦《だいしん》(二)。唐の貞觀、経・像とともに来た賓客に「景教流行碑(三)」があり、刊刻して詳しく考えるべきである。

アジアの西、地中海（地中海）ちかくにユダヤ（如徳亜）という有名な邦《くに》がある。ここは天主の開闢《かいびゃく》の後、はじめて人類が生まれた邦である。天下諸国にのこる上古の事蹟《じせき》は近いもので一〇〇〇年、遠いもので三〜四〇〇〇年以上であるが、ぼんやりして不明なことが多く、異同があり、根拠もない。ユダヤの史書だけが人類の誕生から今まで六〇〇〇年(四)、世々に伝え、時代を分け、万事万物、原始の成り立ちについて、記録してまちがいはないので、諸邦は宗国とする。その地はたいへん豊かで、住居は密集している。天主が人を生み、最初にこの肥沃な土地をたまわったのである。

その国の初めに、アブラハム（亜把剌杭）という大聖人がいた。およそ中国の舜《しゅん》のときにあたり、孫が一二人、一族は繁栄し、天主は［彼の子孫を］一二区にわけた。その後、聖賢をはぐくみ、世々に絶えない。ゆえにその人民は百千年の間、純粋一途に天主につかえ、異端（異端）に惑わされなかった。その国王にも聖徳をもつものが多く、天主の選び命ずるところである。春秋時代になると、二人の聖王がでて、父はダヴィデ（大味得）、子はソロモン（撒剌満）という。天主の大殿をたて、みな金や玉を積み、宝石で飾って美麗をきわめ、その費用は三〇億であった。その王徳も立派で智恵は並びなく、名声はもっとも遠くまで聞こえた。中国に伝わる「西方の聖人」はこれを指すのであろう。(五)

この地は昔から天主の命を受けた聖賢が多く、未来の事を前もって知ることができた。国王に迷いがあれば、かならずこの聖賢にしたがって決めた。聖賢は誠をつくして祈祷し、天主の啓示（黙啓）をえて、その前もって知ったことをすべて経典にのせ、符合しないことはない。経典における第一の大事は天主の降誕であり、人の罪を救済し、万世昇天の路をひらくことである。この預言（預説）はたいへん詳しい。(六)のちにユダヤ、ベツレヘム（白徳綾）の地に降誕し、イエス（耶穌）という。訳すと「救世主」（救世主）である。

世にあったのは三三年、世の人を教化し、あらわれた神霊・奇蹟（聖蹟）はたいへん大きく、かつ多い。盲者に命ずれば眼があき、聾《ろう》者は聴こえ、唖《あ》者は言い、足をひきずる者は歩き、病人は起き、死者は生きかえった。(七) すべてを述べることはできない。使徒（宗徒）が一二人いて、みなイエス（耶穌）の天よりうけた力により、学びの力によらず各国の言語文字に通じた。(八) イエスが肉身で天に昇ったあと、弟子たちは万国に散り、経典を明らかにし、教えを宣べて人々を教化し、それぞれ奇蹟をあらした。病者を癒《いや》し、死者を復活させ、悪魔（邪魔）も駆逐できた。以前、天下万国はほとんど悪魔に誘惑され、天主の正教に遵《したが》わず、みだりに邪主をたて、それぞれに崇拝していた。そのつかえる像も諸国で異なり、千万にとどまらなかった。天主が降誕して教えを垂れると、はじめて真理を悟り、むかし崇拝した悪教を絶ち、一つの天主をつつしんで信仰（信崇）するようになった。教化された国土はユダヤ諸国が最初であり、ヨーロッパ（欧邏巴）、リビア（利未亜）の大小一〇〇〇余国に及び、いま一六〇〇余年を経て、その国々はみな久しく安定し、ながく治まる。その人々はみな忠孝・貞廉《ていれん》で、聖賢となった男女は数えきれない。(九)

ここに教中の要義について、あらましを述べよう。

一、天地のあいだの至尊至大は、人と物の真の主、大いなる父で、唯一無二である。一なる者は天主上帝だけで、その全智・全能・全善は浩大無窮である。天使たち（万神）と人と物はみな天主がつくった。また、つねにその保持安養にたより、禍と福、寿命の長短はみなその主宰による。ゆえに、われわれがまさに敬《うやま》い畏《おそ》れ、愛《あい》し慕《した》うべきは、一つの天主だけである。このほかの天使や人は、純粋一途に天主につかえよと教えるなら、善人・吉天使である。ほかの道に人を誘い、福を求めて禍《わざわい》を免れようとするのは、天主の位をおかし、その権を奪うことが明らかである。その凶天使・悪人であることは疑いない。このような教えを信仰（崇信）・祭祀《さいし》する者は罪を免れない。

一、天地のあいだで唯一の天主が真の主である。だから、その聖教も真の教がただ一つである。これに従うならば、真と善を行い、絶対に悪を行わず、天国（天堂）に昇って永久に地獄からのがれる。ほかの教えは人の立てたものであり、真と善を行い、罪悪を免じ、天国にのぼり、地獄をのがれるものでは、けっしてない。

一、人には身体《からだ》（形駆）があり、霊魂（霊魂）がある。身体は滅ぼせるが、霊魂は滅ぼせない。(一〇) 人は世にあるときに、善を行い、悪を去ることができる。命《いのち》の終わりに人品は定まり、永遠にかわらない。天主がそのときに審判をして賞と罰をあたえる。その人が純粋で、天主につかえ、自分のように人を愛すれば、かならず天にのぼり、天使（天神）や聖賢たちに配され、つきることない真福を受ける。天主を愛さず、信じないで、教えの戒めに違犯する者は、かならず地獄に堕ち、永遠の苦難をうける。その苦と楽は永遠に改められない(一一)。業《ごう》がつきて人に生まれることも、異類《けもの》に輪廻《りんね》することもない。ゆえに、ほんとうに天国（天堂）にのぼり、地獄からのがれたいなら、生前に善を行い、悪を去るしかない。ほかに方法はない。

一、大小の過《あやま》ちを犯せば、みな天主に罪をえる。ゆえに天主だけがゆるす（赦宥）ことができる。天使や人がゆるすのではなく、念誦《ねんじゅ》や喜捨《きしゃ》で贖《あがな》えるものでもない。いま、人生が熟して過ちがなく、ゆるしを求めるなら、前非を深く悔い、勇気をだして改める。だから、初めて教えに入るとき、まず罪を悔いるのに洗礼（抜地斯摩《バプテスマ》）の礼がある。すでに何度も罪を犯していれば、罪の解除を求めるのに告解（恭棐桑《コンフエッシオ》）の礼がある。聖教に帰依して、戒めを守り、祈り求めれば、かならずゆるしをえる。そうでなければ、一生の罪過は、とりさる方法がなく、地獄からのがれる方法もない。

したがって、教えの重要な点は、ほんとうに過ちを改めて善にうつり、ゆるし（赦免）をえて、天にのぼる真福をうけようと望むことである。これには専門の書物があり、論がそなわっている。

ユダヤ（如徳亜）の西には、ダマスクス（達馬斯谷）という国があり、綿《めん》糸・絨毯《じゅうたん》・刀剣・顔料などを産し、きわめて良い。城壁は二層で、レンガ（甎石）をつかわず、活きた樹が隙間なくからんでいる。たいへん厚く高く、登ることはできない。天下に二つとない(一二)。

土地の者は良い薬をつくる。テリアカ（的里亜加）といい、百病を治すが、とくに様々な解毒ができる。（一三）これを試す者はわざと毒ヘビに咬まれ、毒がきいて腫れあがると、薬を少し飲む。癒えないものはない。各国ではとても貴重とする。

（一）「払菻国、一名は大秦、西海の上にあり、東南はペルシア（波斯）に接す」（『旧唐書』西戎）

（二）『後漢書』西域伝に、延熹九年（一六六年）、大秦王安敦の使者が象牙・犀角・瑇瑁を献じたという。大秦はローマ帝国、安敦はマルクス・アウレリウスを指すとされる。

（三）一六二三年に西安で出土した「大秦景教流行中国碑」を指す。景教はネストリウス派キリスト教とされる。碑文に「大秦寺僧、景浄述」とあり、建中二年（七八一年）一月七日の日付がある。大秦寺は天宝四年（七四五年）に波斯寺から改称された。翁紹軍（一九九六）を参照。

（四）ここの「六〇〇〇年」は創世紀元と考えられる。アウグスティヌス『神の国』巻一八によると、イエスの生誕は創世紀元五三四九年であるという。創世紀元については岡崎勝世（一九九六）を参照。

（五）『旧約聖書』サムエル記・列王記上を参照。ソロモンの在位は前九六一年～前九二二年頃。「西方の聖人」は『列子』仲尼篇にみえる。一般的には仏陀を指した。

（六）イエスの誕生に関する預言は『旧約聖書』イザヤ書七・一四を参照。

（七）『マタイによる福音書』一五・二九。

（八）『使徒言行録』二・三を参照。使徒に聖霊が降り、ほかの国の言葉を話すようになったとされる。

（九）キリスト教の聖人については、ウォラギネ（一二九八年没）『黄金伝説』を参照。

（一〇）マテオ・リッチも『天主実義』で、これをのべている。

（一一）天国・地獄についてはダンテ（一二六五年〜一三二一年）『神曲』を参照。

（一二）不詳。ウマイヤード・モスクのモザイク画（樹が描かれている）の伝聞が変化したものか。

（一三）テリアカは前二世紀からある。毒へビを主な材料とし、はじめへビに咬まれたときの解毒剤であったが、やがて万能薬とされた。イブン・スィーナー（九八〇年〜一〇三七年）や一七世紀のロンドン薬局方（一六一八年）にも鎮痛剤・解毒剤として記述がある。中村輝子・遠藤次郎（一九九九）参照。

セイロン（則意蘭）以下、みな海島である

インディア（印第亜）の南にセイロン（則意蘭）という島があり、赤道の北四度である。(一) 人は幼いころから耳環をつけ、少しずつ増やして肩まで垂らす。海には真珠（珍珠）が多く、河では猫目石（猫睛）・スピネル（昔泥紅）(二)・ダイアモンド（金剛石）などがとれる。山林に桂皮・香木が多く、水晶も産する。かつては彫刻して棺《かんおけ》をつくり、死者をおさめた。中国人も住んでいるという。いまの住居も中国とよく似ている。西に小島があり、まとめて「モルディブ」（馬兒地襪）といい、［島の数は］数千をくだらない。すべて人が住んでいる。海中に一本ヤシが生え、実《み》はとても小さいが、いろいろな病を治療できる。

（一）セイロン島（スリランカ）は一五一〇年ごろまでに、ポルトガルの支配下に入った。一六五六年にオランダがポルトガルを駆逐することになる。
（二）「昔泥紅」は一種の赤い宝石で、元の陶宗儀『輟耕録』に「昔剌泥」という。は不詳。音からルビーに似た宝石スピネルとしておく。

スマトラ（蘇門答剌）別名、須文達那

スマトラ（蘇門答剌）は、広さ一〇余度、赤道にまたがる。非常にむし暑く、ここにくると他国の人は多く病む。君長は一人ではない。その地は多く金を産し、以前は「金の島」

といわれた。銅・鉄・錫《すず》、および様々な染料も産する。大山があり、油の泉があって油を取れる。沈香《じんこう》・龍脳《りゅうのう》・金銀香《きんぎんこう》・胡椒《こしょう》・肉桂《にっけい》が多い。(一) 人は強健で武術を習い、いつも敵国を攻めて殺しあう。海獣・海魚が多く、ときに岸にあがって人を傷つける。

その東北はマラッカ国（満剌加国）であり、土地は広くはないが、海商があつまる地で、まさに赤道の下にあり、春分・秋分が頭上にあたる。気候はきわめて暑いが、雨の降らない日はないので、人がここに住める。ゾウや胡椒を産し、一年中よい果実の樹が生える。人は善良だが、仕事をせず、琵琶を弾いて遊んでいる。

（一）沈香はジンチョウゲ科の材を土に埋めて腐敗させた香料、伽羅は沈香の良品、龍脳はフタバガキの材を蒸留した香料である。金銀香（金顔香）はエゴノキ科の香木で、バニラに似た匂いがする。安息香と成分は同じ。胡椒はコショウ科の常緑多年ツル草である。肉桂はクスノキ科の植物でシナモンのこと。

ジャワ（爪哇）

ジャワ（爪哇）には大小二つがあり、(一) どちらもスマトラ（蘇門答剌）の東南にある。赤道から南の一〇度である。島にそれぞれ主がいる。ゾウが多く、ウマやロバはいない。香料・蘇木(二)・象牙などを産する。銭を用いず、胡椒や布を貨幣（貨幣）とする。人は凶暴で狡猾、鬼神邪術を好む。諸国はいつも白いゾウを争い、武装して攻撃する。白いゾウがいるところが盟主となるからである。

（一）大ジャワ島はスマトラ南の島であり、現在のジャワ島（インドネシア）にあたる。小ジャワは大ジャワ島の南東、南回帰線近くにあるとされた島である。小ジャワの北には伯旦(petan)という島があるとされた。リッチ『坤輿万国全図』、オルテリウス『世界の舞台』を参照。

（二）蘇木（スオウ木）はマメ科の植物、心材から深紅の染料がとれ、この色を蘇《す》芳《おう》色という。本書巻四「ブラジル」を参照。

ボルネオ（渤泥）

ボルネオ島（渤泥）［カリマンタン島］は赤道の下にある。龍香（片脳）(一)のきわめてよい品を出し、燃やして水中に沈めても火が消えず、なくなるまでずっと燃える。ヒツジとシカに似た獣がいて「バゼル」（把雑爾）という。(二) その腹に石があり、百病を治療できる。西洋の客はきわめて貴重とし、百金で換え、国王に利となる。

（一）香木の一種、龍脳に同じ。
（二）不詳。ジャコウネコの一種か。『東方見聞録』のエルギュルの記述に、麝香をとれる動物がガゼルに似ているとする（八四頁）。

ルソン（呂宋）

広州の東南はルソン（呂宋）である。(一) その地はタカを産し、タカの王がいる。王が飛べばタカたちがしたがう。獲物をとれば、タカの王がまずその眼をとり、そのあとで群れのタカたちが肉を食べる。また一種の樹はあるが、百獣は近づけない。その下を通りすぎれば、すぐに斃《たお》れる。

（一）フィリピンには一五二一年、マゼランが到達している。一五二九年のサラゴサ条約により、スペイン領となり、一五六五年からアカプルコ＝マニラ間の航路がはじまった。一五七一年、レガスピがマニラを建設し、フィリピン初代総督となる。こうしたフィリピンの植民地化のなかで、この記述は簡潔すぎる。南京教案（解説）でイエズス会士がルソンを征服したフランキ人の仲間であると糾弾されたことに関わるのであろう。

モルッカ（馬路古）

ルソン（呂宋）の南にモルッカ（馬路古）がある。穀物はないが、サグ（沙谷米）を産する。これは、ある種の木を磨《す》って粉にしてつくる。丁香・胡椒を産し、天下絶無である。（一）もとの場所で枝を折り、地に挿しても根づく。性質はもっとも熱く、湿気をはらう。水や酒と同じ場所に保管すると、すぐに吸って乾かしてしまう。この樹のそばにほかの草は生えない。土地の者が草を除こうとするとき、その枝を折って地に挿すと、草はたちどころに枯れる。また、不思議なヒツジを産し、オス・メスどちらも乳がでる。大きなカメがいて、甲羅は一人がはいれるほどだ。盾にして敵の攻撃をふせぐ。

（一）モルッカ諸島はいわゆる「香辛料諸島」で、マゼランの目的地であった。丁香はチョウジ（クローヴ）の花のつぼみからとれる香料を指す。

地中海諸島（一）

アジアの地中海に百千の島がある。その大きなものを挙げると、以下である。

一、コス島（哥阿島）（二）。むかし、国人がすべて病にかかったが、国内にヒポクラテス（依卜加得）という名医がいて、薬を使わずに治療した。街（城）の内外すべてに火をはなち、一昼夜焼きつづけたのである。火が消えると病も癒《い》えた。疫病は邪気に侵されたもので、猛烈な火気が邪気を動かし洗ったのであろう。邪気がつきて、病が癒えたのも至理である（三）。

一、ロードス島（羅得島）。天気はいつも清れて、一年じゅう日が照り、一日中くもっていることはない。その海岸に巨大な銅人が鋳てあった。高さは大仏（浮屠）をこえ、海のなかに二つ台を築いて、両足をのせ、風をうけた帆がその袴の下を過ぎ、その指の中で一人が立てた。掌《てのひら》に銅盤があり、夜はそこに火を燃やし、海ゆく者を照らした。一二年の間、鋳造しつづけて完成したが、のちに地震のために崩れた。島民はその銅をはこびだし

たが、ラクダ九〇〇頭が必要であった。(四)

一、キプロス島（際波里島）。物産はきわめて豊かで、毎年の国税は一〇〇万にいたる。ワイン（葡萄酒）がきわめて美味で、八〇年保存できる。またアスベスト（火浣布）を産する。(五)これは石をあぶって作り、ほかの物はいれない。地は暑く、雨が少ない。かつて三六年間つづけて晴れ、土地の者は他国に去ったが、いまはやや集まる。

（一）巻二にも「地中海諸島」の項がある。ここはトルコ近海エーゲ海諸島の紹介にとどまる。
（二）原文「哥阿島」は、音はやや異なるが、医師ヒポクラテスの記述からみて、かれの出身地であるコス島であると考えられる。なお、ヒポクラテスの漢訳「依卜加得」にはH音を発音しないロマンス語の影響がみられる。
（三）ヒポクラテス（前四六〇年～前三七五年）には流行病を予測し、ギリシアを救ったという話がある。『博物誌』七・三七。また、流行病にかがり火が有効なことは、同前三六・六九を参照。
（四）七不思議のひとつである。タタールの注を参照。
（五）アスベスト（石綿）は「サラマンダー」ともいい、『東方見聞録』のチンニータラス地方の記述にみえる（六七頁）。

巻二　ヨーロッパ

新增職
阿比河
矮人國
窩尔加河
一目國
撒馬兒罕
北高海
度兒格
回回
百兒西亞
九十
一百

十六
十七
冰
比亞爾彌亞
禮勿尼亞
哥勒理亞
歐
波羅尼亞
魯西亞
百爾彌亞
古馬你
博多署
莫爾大未亞
海
大
那多里亞
地
甘第亞

十四
十五
海
玻帝亞
匪馬爾如
蘇厄祭亞
剌北亞
勿匪爾湖
里都亞厄亞
波的海
肥良的海
博厄美亞
邏
厄勒祭亞
北亞滿德
意大里亞
羅馬
察
海
中
巴
爾
勒亞

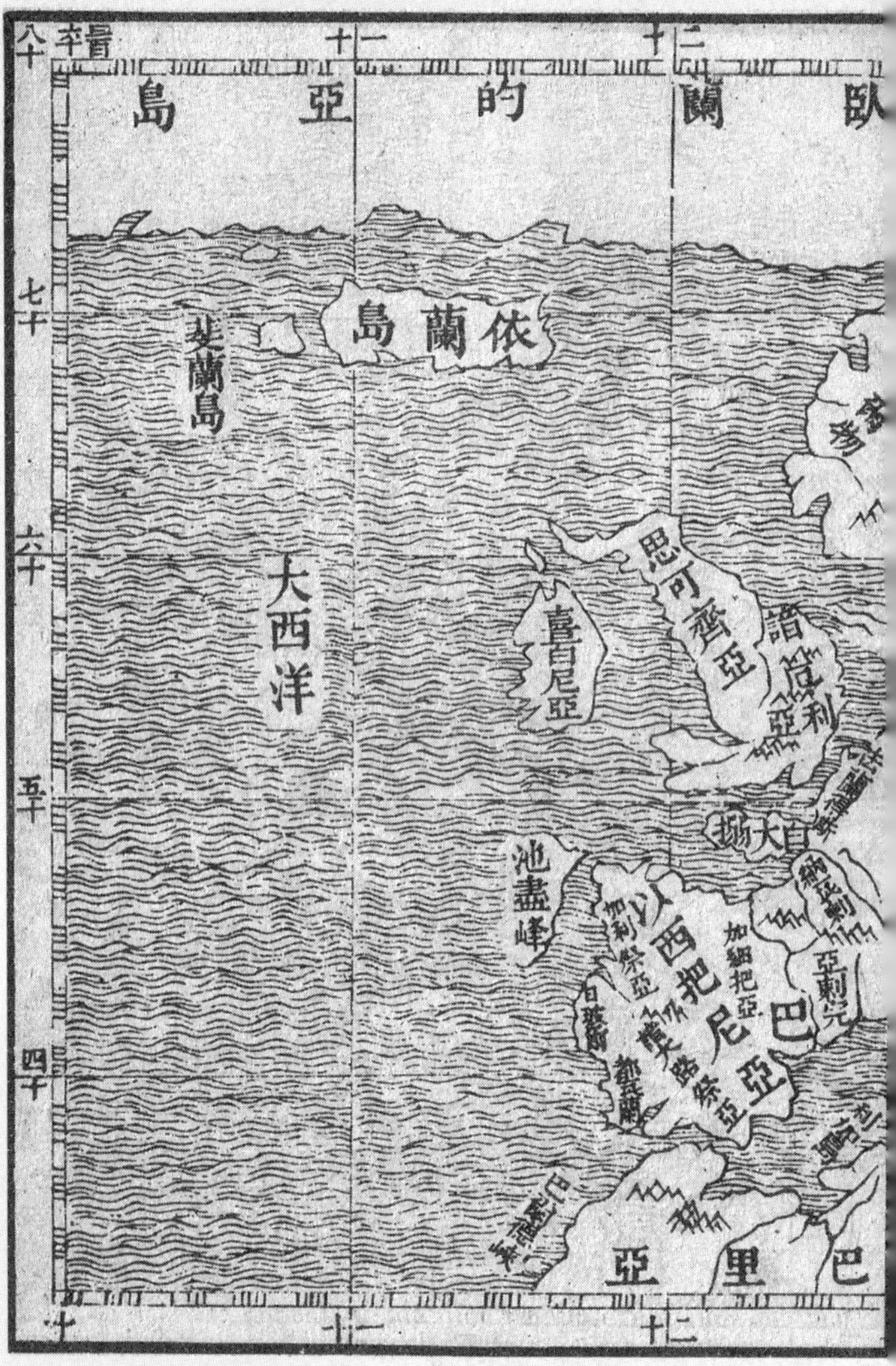

亞島
的
蘭
依蘭島
大西洋
思可齊亞
喜百尼亞
池盡峰
以西把尼亞
巴
亞
里

ヨーロッパ総説

天下第二の大州はヨーロッパ（欧邏巴）である。南は地中海の緯度（北極出地）三五度から、北は氷海の緯度八〇余度まで、南北四五度、距離一万一二五〇里である。［経度は］西の海にあるカナリア島（福島）の初度から、東はオビ河（阿比河）(一)の九二度、距離二万三〇〇〇里、七〇余の国がある。

大国にイスパーニャ（以西把尼亜）、フランチャ（払郎察）、イタリア（意大里亜）、アルマニア（亜勒馬尼亜）、フランダース（法蘭徳斯）、ポロニア（波羅尼亜）、ウクライナ（翁加里亜）、ダニア（大尼亜）、スエジア（雪際亜）、ノルヴェジャ（諾勿惹亜）、グレキア（厄勒祭亜）、モスコーヴィア（莫斯哥未亜）がある。地中海にカンディア諸島(二)（甘的亜諸島）があり、西海にイルランド（意而蘭大）、アングリア（諳厄利亜）諸島がある。

ヨーロッパ諸国は国王から庶民まで、みな天主イエスの正教に奉《つか》え、異学がわずかも入りこむことはない。国主は通婚して、世は和睦している。財物の有無を融通しあい、独占はしない。その婚姻は男子がおおむね三〇歳、女子が二〇歳までに行うほか、随時、婚姻を相談するが、まえもって結納をおさめて通じることはない。国じゅうは一夫一婦で、あえて側室（二色）をもつ者はいない。(三)

土は肥沃で五穀を産する。コメ・ムギを重んじ、果実も多い。五金を産出し、金・銀・銅を貨幣とする。衣服・蚕糸に金襴緞子《きんらんどんす》のように織ったビロード（天鵞絨）があり、羊毛では［毛織物の］毯《たん》、罽《けい》にあたるもの、ソハラ（鎖哈剌）がある。また、チョマ（苧麻）の類にリンネル（利諾）があり、細い糸で堅く織り、軽く滑らか、綿布にまさる。やぶれれば搗《つ》いて紙にし、きわめて丈夫である。いまの西洋の紙はすべてこれである。(四)

君臣の冠服には区別があるが、人に会うときは冠をとるのが礼である。男子は二〇歳以上になると、おおむね青色を着るが、兵士に決まった服装はない。女人は金や宝石でかざり、羅紗《らしゃ》を着て、香をつける。四〇歳ちかくで寡婦となると、隠居して白い服を着る。酒はブドウで醸《かも》し、ほかの物を混ぜない。その酒は積んで数十年も保存する。息子が生まれた年に醸した酒を、三〇歳で娶《めと》るときに用いれば、美味となっている。酒の種類はいろいろあり、ブドウがないところではコムギで醸す。油は味がよく用途の多いものがあり、オリーブ（阿利襪）という。これは樹になる実であり、熟した後はすべて油となる。よく繁り、育てやすく、平地や山地でも栽培できるので、法で制する。いちばん風味がよいものは、これを食べれば、歯や頬に唾を生じ、カンラン（橄欖）や馬檳榔《ばびんろう》（馬金嚢）よりよい。オリーブの種は炭となり、しぼりかすは石鹸（鹻）になり、葉はウシやヒツジに食わせる（五）。資産（貲産）がある者は、オオムギ・コムギをたくわえるのが第一、ワイン（葡萄酒）がこれに次ぎ、オリーブ油がまたこれに次ぎ、ウシやヒツジをたくえる者は下である。習俗には酒が多いが、客に飲むのを勧めるのは礼ではない。たまたま酔った者は生涯恥辱とする。飲食に金・銀・ガラス（玻璃）および磁器（磁器）を用いる。天下の万国はみな地面にすわるが、中国とヨーロッパ諸国だけは椅子《いす》や卓《テーブル》を用いることを知る（六）。その家屋には三等がある。最上のものはすべて石を積む。その次はレンガ（磚）を壁や柱として、材木を棟や梁にする。その下は土を壁にして、材木を梁や柱にする。石やレンガの家屋は基礎がもっとも深く、六～七層を重ねることができ、高さは一〇余丈（七）［約三二メートル］になる。地中にも一層があり、穴蔵にして湿気をのぞくこともできる。瓦には鉛や軽い石板、陶器をつかう。レンガや石の家屋は一〇〇〇年たってもこわれない。壁は厚く頑丈で、外気が通りにくいので、冬は寒くはなく、夏はむし暑くない。その仕事をする者、木工・石工・画工・塑工・刺繍工は、みなよく幾何学（度数之学）を知り、製造したものはきわめて精巧である。国の工匠となる者はみな選考をへて用いられる。その車は国王が八頭の馬を用い、大臣は六頭、その次は四頭か二頭である。運搬にはラバやロバもつかう。戦馬にはオスを用いる。去勢すれば弱くて戦いにたえない。（八）また、良馬はオオムギかワラで飼い、ほかの草やマメをまぜない。マメを食う馬は足が重く、速く走ることができない。これがヨーロッパの飲食・衣服・宮室・制度の大略である。

ヨーロッパ諸国はみな文学（文学）をとうとぶ。国王はひろく学校（学校）を設置し、一国一郡に大学（大学）・中学（中学）があり、一村ごとに小学（小学）がある。小学は学問徳行の士をえらんで師とし、中学・大学はもっとも優れた者を師とする。生徒は多く、数万人になる。小学は「文科」といい、四種ある。一、古代の賢者の名高い教訓。一、各国の史書。一、各種の詩文。一、文章議論である。学ぶ者は七～八歳から始め、一七～一八歳で学問が成ると、本学の教師（師儒）がこれをためす。すぐれた者は中学にすすむ。「理科」といい、三科目（三家）がある。（九）初年度はロギカ（落日加）を学ぶ。訳すと「是非を弁ずる法（一〇）」である。第二年はフィジカ（費西加）を学ぶ。訳すと「性理を察する道（一一）」である。第三年はメタ・フィジカ（黙達費西加）を学ぶ。訳すと「性理以上を察する学（一二）」である。まとめて、フィロソフィア（斐録所費亜）という。学問が成ると、本学の教師がまた試す。すぐれた者は大学にすすむ。大学は四科にわかれ、聴く人がみずから選ぶ。一、「医科」、おもに疾病を治療する。一、「治科」、おもに政治を習う。一、「教科」、おもに教法を守る。一、「道科」、おもに教化をおこす。どれも数年学んで後に完成する。学問が成れば、教師がまた厳しく審査する。士を試す法は教師が上にあつまり、生徒（生徒）は下で北面し、一人が問いただすと、また一人にかわり、応対が流れるようであれば、やっと合格である。一日に試験するのは一人か二人で、一人がすべての師の問いにこたえる。こうして合格すれば、国事に任ずることを許される。道を学ぶ者は民を教化することに専念し、国事には参与しない。民を治めるものが官職をみたすと、国王が官を派遣し、その政治の功績を審査する。民間を訪れ、訴訟の処理、農業の勧業、利害の振興、人民の養育について、その功罪を調べ、王に告げて、進退を決める。すべて四科の官禄《かんろく》は厚く、清廉であっても余りがあり、貧しい人にめぐむこともでき、賄賂《わいろ》はたえてない。

諸国が読む書籍は、みな聖賢があらわしたものである。古《いにしえ》から伝わった天主の経典だけを宗《もと》とする。のちの賢者にも著作があるが、かならず大道にあい、人心に益があるものが、国内に流伝するのを許される。検閲官（検書官）を設け、群書をみて、くわしい審査を終えてから、書店（書肆）に刊行をゆるす。(一三) ゆえに、図書館（書院）には数十万冊をつむが、一字も人心を惑わし、風俗を敗《やぶ》るものはない。都市には、だいたい官設の図書館があり、書籍をあつめている。毎日二度門をひらき、はいって筆写や朗読をゆるすが、もちだすことはゆるさない。また、四科の大学のほかに「度数の学」があり、マテマティカ（瑪得瑪第加）といい、フィロソフィア（斐録所）の科に属する。これは形ある物の「度」と「数」

を専門にきわめる。その完全なる者（完者）がどれだけの大きさかと度をはかり、その切り取られた者（截者）がどれだけ多いかを数える。この二つは、物を脱して空論することもある。数に算法家をたて、度に量法家をたてる。あるいは具体的に論ずることもある。数が音にあれば調和するので、音楽家（律呂家）をたてる。度が天にあれば運行して時となるので、暦法家をたてる。この学問も学校を設けて師をたてるが、士を取らない。(一四)これがヨーロッパの学校と官職の大略である。

ヨーロッパの国人《くにびと》は天主の正教に奉《つか》え、二つのことを守る。一つは「天主を万物の上に敬愛する」こと、もう一つは「人を己《おのれ》のように愛する」ことである。

「天主を敬愛する」とは、信・望・仁の三徳(一五)を心に堅く信じ、礼拝（瞻礼）をみずから行うことである。礼拝堂は国都から村落までどこにでもある。また、聖職者（掌教者）が教えの事をつかさどり、人は「神父」とよぶ。独身（童身）を守って俗縁をしりぞけ、純全に天主につかえ、世の人を教化する。その礼拝堂はすべて寄進（共億）であり、国王・大臣・庶民が次々に財物をいれ、たえることはなく、国人はこぞって行き、争わない。七日ごとに公共の礼拝を行い、ミサ（彌撒）という。この日、職人たちは仕事をやめ、全国の上下の人々がここにきて、聖職者が経典を講じて、善を勧めて悪を戒める。婦人は別所で聴講し、男女には別がある。(一六)

「人を己《おのれ》のように愛する」とは、一、その霊魂を愛し、善を行い悪を去り、天が生んだ福を享受することであり、二、身体を愛することである。自分が人を慈《いつく》しまなければ、天主も自分を慈しまない。だから、ヨーロッパの人はよろこんで施しをする。千年来、貧しさで子女を売る者はおらず、飢餓で路に死ぬ者はいない。あちこちに救貧院（貧院）があり、身寄りのない者（鰥寡孤独）を養う。その中にいる者にも仕事があり、障がいがある人や病人も見すてない。盲目の者は手足を動かし、手足が麻痺した者は耳目をはたらかせ、それぞれ担当があり、仕事にその才をつくさせ、天地の廃物としない。また、孤児院（幼院）があり、小児を養育する。貧者が子を産んで養う力がなくても、これを殺すのは罪である。だから、とくにこの院を設けて、人に養育させ、子どもの命を全うさせる。その一族が貴くても家が貧しい者は、子を孤児院に送るのを恥じるので、両方を立てる法がある。院の壁に穴があり、回転盤を設け、内と外が隔たり、たがいに見えない。子どもを送る者は人に見られることなく、子を盤に置く。壁をたたけば、院のなかの人が盤を回転させて、子がはいる。洗礼をうけたかを子の胸に明記し、時がすぎて、父母がまた養育するなら、入れた年月によって、その子をえるのである(一七)。

また、病院（病院）がある(一八)。大きな街では数十ヶ所になる。中下の院には中下の人がおり、大人《たいじん》の院には貴人がいる。貴人のうち、旅客や使者が病になれば、この院にはいる。

病院は通常の家よりずっと美しく、必要な薬は係の者が管理し、名医が準備しており、毎日病人を診察する。また衣服や寝具があり、看護（調護看守）の人もいる。病が癒えて去るとき、貧者には旅費を給する。これは国王や名家が設立したものであり、街じゅうの人が力をあわせてつくった。月ごとに有力な貴人がその事を総領し、薬物や飲食などは実際に試して比べる。街は豊年にあたると穀物を積み、凶作には通常の価格で拠出する。いわゆる「常平倉」である。(一九) 道で遺失物や家畜などをみつけると、かならず飼い主をみつけてかえす、飼い主がわからなければこれを養う。国々では毎年数日、公共の場（公所）を定め、いなくなった家畜をもちよる。失った者と得た者はみな集まる。もとの持ち主にあえば、受けとるかどうかを聴き、持ち主があらわれなければ、肉にするなり、売り払うなりして、貧しい人に恵む。もし、金銀宝物をひろえば、教会（天主堂）の門外に書いて知らせる。前もってその様子を言わせ、一つ一つ符合すれば、これをかえす。持ち主をえられないと貧しい人に恵む。

国の中央には元老院（天理堂）があり、世に求められないほど徳が高く才が広い者がこれをつかさどる。国家がこぞって大征伐に動くときは、まずここで質《ただ》し、天理に合うかどうかを問う。検討して誤りがないとなれば、そのあとで行う。国人《くにびと》は病が危ういと、過ちを悔い、ゆるし（赦）を祈り、財産（産業）をわけて、一部をのこし、慈善の費用（仁用）とし、貧しい人を救うのに用いたり、病院を助けたり、敵国に捕虜となった者を贖《あがな》ったり、天主の宮殿を飾るのに用いる。一切の慈善（仁事）は病人の意に従う。子孫に遺すのを「子孫の財」といい、慈善にのこすのを「己の霊魂の財」という。

その聖教の人で、もっとも深く道を慕う者は、世間の福楽をすて、山や谷に隠居し、聖人や聖女の立てた会に入り、死ぬまで修道（修持）をつづける。会に入るには三つの誓いをせねばならない。一、貞潔を守って色を絶つ、一、貧に安んじて財を絶つ、一、命令に服従して意を絶つである。[二〇]ヨーロッパ諸国では一六～一七歳から、入会を願い、独身を守る誓いをたてる者が、国王・大臣・宗室以下、男女庶民まで数えきれない。女子が会に入った後は、父母か近親が会いにゆけるが、ほかは決して会えない。居室は広く、休息（遊息）をさまたげない。男子が入会する例は多い。みずから修道するだけで教化を務めとしない会があり、人を教化するが遠遊できない会もあり、また人を教化して天下に及ぼそうとする会もある。これは本国をはなれ、友をすて、親戚をすて、遠方に遍歴し、天下を一家として艱難《かんなん》を辞さず、人を食い、人を炙《あぶ》る地であろうと、身ひとつで行き、普天《ふてん》のもと、みな真の主を知り、その霊魂を救い、天にのぼり、素志をとげられるようにと祈る。[二一]これがヨーロッパの天を敬して人を愛する大略である。

ヨーロッパ諸国の税は一〇分の一にすぎない。民はみなみずから納め、徴税・催促の法はない。訴訟は簡潔である。小さな事案は里《さと》にいる有徳者が和解させ、大きな事案は官府に訴える。官府の裁判は己の意で決めない。依拠する法律条例（法律条例）は、かつて物の理を究めた（格物窮理）王が立て、これ以上なく詳しく妥当である。官府はかならず「三堂」を設ける。大きな訴訟はまず第三堂に訴える。不服なら第二堂に訴える。さらに不服であれば第一堂に訴える。ついに不服であれば国堂にのぼす。この堂の判決のあと、理に従わないものはいない。裁判はみな事実により、誣告《ぶこく》すれば告発者と証人を罪とする。もし、告発した者と訴えられた者が証拠を示して対立すれば、生平の行いにない場合や、酒に酔っていた場合は証言をゆるさない。官府の判事（判事）は実犯、真の賊をのぞいて、さきに刑罰をくわえることはなく、かならず事が明らかになり、罪が定まり、承認して心服させてから、刑罰をくわえる。官も始終罵倒をくわえない。官の言葉や顔色に偏りがみえるなら、訴えた者は不服とし、あらためて他の官で裁判をする。官吏の事務費（餼廩）は訴訟を行う者からでるが、事案の大小を値段にして定例があり、役所の前に貼りだしてあるので、多く取ることはできない。だから、官府が勢をたのんで、強奪することはなく、官吏が文書を偽造してあざむくことがない。これがヨーロッパの刑政の大略である。

ヨーロッパの域内では戦闘がないが、邪教の異国が力ずくで侵略してくることがある。タタール（韃而靼）やトルコ（度爾格）などは徳によって馴らすことはできない。本国には兵を常設するほか、英明で賢く、智慧と勇気を兼備する名家の者が、数千人で騎士団（義会）を結成している。〔三〕たいてい一人で一〇人にあたり、みな国を保ち、民を護る志をもつ。はじめて騎士団にはいる者は、さまざまな困難を恐れないかどうかを試され、はじめて入ることを許される。地中海マルタ島（馬児達島）では長者がこれをとりしきる。警戒となれば、集まって軍団（師）となり、かならず賊を滅ぼすのに功がある。ほかの国にも別の騎士団があり、これにならう。国王がその会に参与するものもある。これまたヨーロッパの武備の大略である。

（一）一般にヨーロッパの東端はウラル山脈だが、ここはウラル山脈東、オビ川までとする。
（二）それぞれ、イスパーニャはスペインとポルトガル、フランチャはフランス、アルマニアはドイツ、フランダースはベルギー、ポロニアはポーランド、ダニアはデンマーク、スエジアはスウェーデン、ノルヴェジャはノルウェー、グレキアはギリシア、モスコーヴィアはモスクワ公国、カンディア諸島はクレタ島、アングリアはイングランドを指す。
（三）一夫一婦制は『マタイ伝』一九・五を参照。ルターは牧師が一人の妻をもてる点を強調した（「キリスト教界の改善に関してドイツのキリスト者貴族に宛てて」一五二〇年）。中国宣教では一夫多妻の解消が洗礼の条件であった。明代の進士は、家の繁栄のために帯妾するのが一般的であった。

（四）ビロードは綿・羊毛・絹などの起毛布、リンネル（リネン・亜麻布）の起源は古く、グルジアの洞窟から三万年前の染色糸が出土している。紙についてリッチは中国の紙を片面しか印刷できないので質が悪いとしている。リッチ『布教史』一・四。

（五）石鹼は前三〇〇〇年のバビロニアで作られ、『博物誌』二八・一九二にもみえる。イブン・バットゥータにも芳香つき石鹼の記述がある。前嶋信次訳・三五頁。

（六）食卓と椅子については、ルイス・フロイスも日本人について「脚を組んで畳の上か地面に坐る」と指摘している（『ヨーロッパ文化と日本文化』九三頁）。

（七）リッチも中国の家屋に地下室がないことや土台が脆弱なことをいう（前掲『布教史』一・四）

（八）リッチも中国人がウマの調教法を知らないとし、軍用馬も去勢し、蹄鉄を打たない点をいう（同前）。『東方見聞録』にもインド人がウマの飼い方を知らないとしている（二二〇頁）。

（九）「理学は義理の大学である。人は義理により万物をこえ、万物の霊となる。格物窮理は人において全であり、天に近い。だが、物理は物のなかに蔵《かく》れている。金が砂のなかにあり、玉が璞《あらたま》のなかにあるようだ。これを淘《と》ぎ、これを剖《さ》くにはフィロソフィア（斐禄所費亜）の学によられねばならない。このフィロソフィアには五家を立て、分類があり、支節がある。おおむね専門に学ぶ者は三〜四年で成る」（アレーニ『西学凡』）

（一〇）「初めの一年はロギカ（落日加）を学ぶ。ロギカとは訳すと『明らかに弁ずる道』であり、諸学の根基を立てる。その是非、虚実、表裏を弁ずる諸法である。即ち法律家（法家）・神学者（教家）が必ず径《みち》を借りる。六大門類をふくみ、一門はロギカの豫論である。…一門は万物の五公称（イザゴーケー）の類である。…一門は理有の論である。…一門は十宗論（カテゴリ）である。…一門は弁学の論である。…一門は知学の論である」（同前）

（一二）「第二年はフィジカ（費西加）を学ぶ。フィロソフィア（斐禄所）の第二科である。フィジカは訳すと『性理を察する道』である。万物の理を分析し、その本末を弁ずる。その性情をもとめ、その当然により、その然る所以を究める。顕《あきら》かなものにより隠れたものを測り、後により前を推し、その学はさらに広くなる。また、六大門類に分ける。その第一門は性を聞く学という。これは八支に分かれる。その一はフィジカの預論である。その二は物性を総論する。その三は有形自立の物性を総論する。その四は物性の三原を講ずる。その五は変化の成る所を講ずる。その六は物性の然る所以を講ずる。その七は有形に依頼するものを講ずる。その八は天地とその始まりの有無を総論する。その第二門は有形にして不朽なるものを論ずる。第三門は有形にして朽ちる者とその生長・完成・死滅の理を論ずる。第四門は四元素（四元行）の本体、火気水土とその結んで物と成ることを論ずる。第五門は空中の変化・地中の変化・水中の変化を論ずる。第六門は有形にして生活する物を論ずる。五支に分かれ、その一はまず生活の原を総論する。いわゆる魂である。つぎに生長する魂とその諸能を論ずる。つぎに知覚の魂とその五官の用および四識の職を論ずる。つぎに霊明が身にある魂と、その明悟愛欲の諸理を論ずる。つぎに霊魂が身を離れた後の諸能がどのようであるかを論じ、性命の理はつき、格物の学が完成する」（同前）

（一二）「第三年はフィロソフィア（斐録所）第三科の学にすすむ。いわゆるメタ・フィジカ（黙達費西加）であり、訳すと『性以上を察する理』である。フィジカは物の有形を論ずるにとどまるが、これは有形および無形の宗理を総論し、五門に分かれる。その一はこの学の範囲を論ずる。二は万物が有する形而上（超形）の理とその分合の理を論ずる。三は物の真と美を総論する。四は物の理と性と体と、これをもつ理由を総論する。五は天使（天神）の感覚を論じ、ついに万物の主と、その独一・至純・無尽・無終始・万物の原となること等、種々の理を論ずる。これはみな物によって究極を論じ、変化の自然によって然る所以を究める。ここは天主と天使（天神）について、人の学問の理により論ずるが、テオロギア（陡禄日亜）が扱う聖書・神学（経典天学）にはいたらない」（同前）

（一三）ヨーロッパの公的な検閲制度は、一五四二年にはじまる。一五五七年、トリエント公会議で検邪聖庁が「禁書目録」を作った。リッチ『天主実義』もゴアの異端審問官に許可を得て出版されている。『布教史』二・二二頁。

（一四）ガリレオが「哲学者」の肩書きを求めたように、当時の数学者の身分は低かった。

（一五）「それゆえ、信仰と、希望と、愛、この三つは、いつまでも残る。その中で最も大いなるものは、愛である」（『コリントの信徒への手紙』一・一三）。

（一六）一般に礼拝堂では男女の席がわかれているだけで、別の礼拝堂ではない。イエズス会は中国人の男女の別の観念に配慮し、礼拝堂をわけた。矢沢利彦（一九七二）二六〇頁。

（一七）捨て子院は六世紀のローマにあったが、一一八〇年ごろ、聖エスプリ派によって拡大をみた。ベックマン『西洋事物起源』四・二五二頁を参照。
（一八）「病院」の語源と指摘されている。
（一九）「常平倉」は穀物の安定供給のための施設で、前五四年に耿寿昌《こうじゅしょう》が設置した（『漢書』宣帝紀）。
（二〇）修道士の三大誓願、貞潔・清貧・服従で、ベネディクトゥス『戒律』などにみえる。
（二一）それぞれ観想修道会、托鉢修道会、海外宣教に関わる修道会と考えられる。イエズス会の「基本精神綱要」（一五四〇年）に「現教皇と将来のローマ教皇が、霊魂の利益と信仰宣布に属することを命じるならば、派遣しようと望む地域がどこであっても、私たちは反対も言い訳もせず、可能なかぎり速やかにその派遣を受け入れる義務を負う」とみえる。
（二二）「騎士団」は、エルサレムの巡礼警護のために創設されたテンプル騎士団、聖ヨハネ騎士団にはじまる。クレルヴォーのベルナルドゥスはテンプル騎士団の創設に尽力し、「キリストの戦士」という人間像を創始した。橋口倫介（一九七四）参照。聖ヨハネ騎士団は一二九一年のアッコン陥落後、キプロス島、ロードス島、マルタ島に根拠地をかえた。マゼランの航海に参加したピガフェッタもロードスの騎士であった。また、ポルトガルのエンリケ航海王子はキリスト騎士団の長であり、初期アフリカ探検航海は騎士団の事業であった。マヌエル一世の即位まで海外領は騎士団に属した。金七紀男（二〇一一）四六頁参照。

イスパーニャ（以西把尼亜）

ヨーロッパのもっとも西は「イスパーニャ」（以西把尼亜）という。南は三五度から北は四〇度にいたる。東は七度から西は一八度にいたる。周囲は一万二五〇〇里、植民地（疆城）はあまねく他国にまたがる。世に天下万国をたたえるとき、つらなるのは中国を冠とするが、分散するのはイスパーニャを冠とする。イスパーニャ本土は三面を海にかこまれ、一面は山にのぞむ。山をピレネー（北勒搦何）という。駿馬・五金・綿糸・羊毛・白糖などを産する。

国人《くにびと》はたいへん学問を好み、大学（共学）（一）がある。サラマンカ（撒辣蔓加）と、アルカラ（亜而加辣）の二ヶ所に、遠近の学者が馬をあつめ、学徳の高い人を輩出し、著作はたいへん豊かで、神学（陡禄日亜《テオロギア》）と天文の学にぬきんでてくわしい。

むかし、トスタド（多斯達篤）（二）という賢者がいて、司教（俾斯玻《ビスポ》）の地位にあった。著作はもっとも多く、享年は五二だったが、著書は生まれてから死ぬまで計算すると、毎日三六章、毎章二〇〇〇余言にあたり、すべて奥理に属する。のちの人が肖像をかいたが、両手に一本ずつ筆をもたせ、その勤勉と鋭敏をあらわした。

また、アルフォンソ（亜豊粛）[三]という王がいて、天文暦法を好み、諸天の運行と星座の運動を研究し、『暦学全書』を編纂した。世に伝わる歳差の本源を考え、一定の図象をつくり、いまの暦学家も大いに用いる。また、国典を七部に分類し、法はきわめて備わっている。また、天主の古今の経籍に註疏[四]をほどこしたものは、一〇〇〇余巻をくだらず、あまねく校閲すること一四度である。また、古代からの史書を編み、みずから国政に親しむかたわら、著述におよんだ。さまざまな事はこうであり、後世「賢者の王」とたたえられるが、もっともである。

この国の人は、古《いにしえ》から天主の聖教に敬虔に奉《つか》え、もっとも忍耐づよく、また剛毅でもあり、かつ、よく海上に遠遊し、大地を一周した者もいる。国内には二つの名だかい街（城）があり、一つはセビリア（西未利亜）という。地中海に近く、アメリカ（亜墨利加）の船舶があつまり、金銀は土のように多く、珍しい品物も無数にある。また、オリーブ（阿利襪果）が多く、長さ五〇〇里［約二九〇キロメートル］にわたる林がある。もう一つは、トレド（多勒多城）という。山頂に位置するので、ふもとの水を山頂に給し、その運搬がたいへんな労苦であった。一〇〇年ちかく前、巧者が水器をつくり、皿の水をじかに山のうえの街に運べるようになり、まったく人力に頼らなくなった。その器械は昼夜おのずから回転するのである。（五）また、天球儀（渾天象）があり、その大きさは家くらいで、人がはいることができる。その度数はみな天とあう。この天球儀を作るのに設計に一七年、製作に三年かかり、同じ輪をふたつ作らなかったという。（六）

国内にはグアディアナ（寡第亜納）という河がある。一〇〇余里［約六〇キロメートル］も伏流して橋のように盛りあがる。そのうえに牧場があり、ウシやヒツジを無数に飼う。また、ゼゴビア（塞悪未亜城）は甘泉に乏しく、はるか遠い山から水を運ぶために、石橋をかけて、橋のうえに水道（水道）をつくった。石柱で支えて数十里にわたる。また一つ都「マドリード」があり、みな火打ち石（火石）を積みあげてつくった。ゆえに、この国に「三つの不思議」があるという。万の羊を飼う橋があり、水が流れる橋があり、火を城壁とする街がある。

国中に天主堂は多いが、もっとも有名なものは三つある。

一つはヤコブ（雅歌黙）聖人にささげられている。一二使徒（宗徒）の一人であり、はじめてこの国に聖教を伝え、国人《くにびと》は大師・守護聖人（大保主）と尊び、四方から万国の人が礼拝にくる。（七）一つはトレドにあり、建築はきわめて美しく、金宝の祭器は数千を下らない。精巧な銀の殿堂があり、高さは一丈余［約三メートル］、広さも一丈、その中に小さな金の殿堂があり、高さは数尺、工費は本殿の金銀より多くかかった。その黄金は国人がはじめて海外のアメリカ（亜墨利加）に通じて、もってきたもので、これを王に貢《みつ》ぎ、王は天主イエスに供した。[八] 近年、国王はさらに大礼拝堂を造り、その壮大巧妙は比べるものがなく、修道の士が周りに住んでいる。[九] そのなかは、三国の王をいれ、泉が四〇余もある。礼拝堂の前に古代の王の像が六つあり、それぞれ高さは一丈八尺［約五・八メートル］、黒と白の玉石を彫ってつくった。堂のうちには三六の祭壇（祭台）があり、祭壇の左右にはオルガン（編簫）が二座ある。なかは三二層あり、一層に一〇〇本の管があり、一本の管は一つの音をだす。あわせて三〇〇〇あまりの管がある。およそ、風雨・波濤・歌声・戦闘・百鳥の声など、みな模倣ができ、まことに不思議な物である。[一〇] さらに、図書室（書堂）があり、広さは三〇歩、長さは一八〇歩、諸国の経典書籍をならべ、みな備わる。海外からグレキア（額勒済亜国）の古書も船でもたらされ、ここにたくわえる。その地はもともと広野山林であったが、この礼拝堂がつくられたので、職人たちがあつまり、七年で街となった。

　イスパーニャ（以西把尼亜）の属国は、大が二〇余、中下が一〇〇余ある。もっとも西にあるのはポルトガル（波爾杜瓦爾）といい、五道にわかれる。むかし王がいたが、後継を欠き、イスパーニャの君がその兄弟であったので、かりにその国事にあたっている。[一一] タホ（得若）という河があり、都リスボア（里西波亜）をへて、海にはいる。ゆえに、四方の商船はみな都にあつまり、ヨーロッパがすべて会する地である。土地は果実を産し、綿糸はきわめて美しく、魚類も多い。土地の産物はワイン（葡萄酒）がもっともよく、海をこえて中国にもってきても、少しもいたまない。国内の大学（共学）は二ヶ所、エヴォラ（阨物辣）、コインブラ（哥応抜）という。学を講ずる名だたる賢者は国王がまねき、講義をやめても死ぬまで禄がたえない。ヨーロッパの高士は多くこの大学からでる。最近、イエズス会士（耶穌会士）のスアレス氏（蘇氏）(一二)がテオロギア（陡禄日亜）の書物を著し、もっとも精しく広く、数百年の名だたる賢者をこえ、その徳はさらに文章よりすぐれている。

国都がもう一ヶ所あり、二つの河のあいだで周囲はわずかに七〇〇里だが、徳の高い士が修道に集まるところが一三〇ヶ所もある。さらに天主堂が一四八〇あり、泉は二万五〇〇〇、石橋はおよそ二〇〇、海に通ずる大きな市場が六ヶ所ある。ここからその地が豊穣であることがわかる。(一三)周囲が数十里もある貴族の荘園には、さまざまな禽獣がみちている。異国の王がその地をすぎれば、狩猟に訪れる。

あちこちに慈善会（仁会）があり、孤児・寡婦など身寄りのない者を世話し、衣食を給して生活費（貲賄）を援助し、その家を保護して死者を葬る。商船が到着して、船に死して主がないものがあれば、行李《こうり》に収めて、親戚を訪れて返す。(一四)種々の慈善（仁事）は他国にもそれぞれ会があるが、ここより盛んなところはない。このほか、国王が随所に官吏を派遣し、孤児を養育する。家産をおさめて、ひろく運用（生殖）し、子が成長すれば、すべてを返し、財産はふえている。

ヨーロッパで、はじめて航路（海道）を通じ、リビアをへて、喜望峰（大浪山）を通り、インド（小西洋）につき、中国に貿易（貿遷）にきたのは、この国にはじまる。くわしくは別記をみよ（一五）。

（一）原文「共学」はuniversitusを指す。教授と学生の共同体のこと。

（二）アロンソ・フェルナンデス・デ・マドリガル（一四〇〇年頃～五四年）、アロンソ・トスタドともいう。トルケマダ（一三八八年～一四六八年）と並び、一五世紀スペインを代表する知識人。サラマンカ大学で学んだあと、二二歳から説教をはじめ、一四四九年、アヴィラの司教となる。著作は一六一五年版で二四巻である。『カトリック大辞典』参照。なお、吉田松陰『猛省録』にここをひく。

（三）アルフォンソ一〇世（一二二一年～八四年）、カスティリア王。レコンキスタ（国土回復）を指揮し、『七部法典』を編纂した。天文学者に作らせた「アルフォンソ表」はケプラーの「ルドルフ表」があらわれるまでは、天文学の基本データであった。

（四）「註疏」とは中国古典の解釈方法であり、「註」（注）とは本文の注釈、「己の意を注ぐ」（『礼記正義』）の意、「疏」は本文及び注につけた注釈である。ここでは聖書の注解を指す。

（五）トレドはスペイン中部、標高四五〇メートルに位置し、一五六一年にフェリペ二世がマドリードに遷都するまでは首都であった。揚水装置はクレモナ生まれの技術者ジャネッロ・トゥリアーニ（一五〇一年〜八五年）が作ったといわれる。いわゆる「トレドの機械」を指すと考えられる。レイノルズ（一九八九）三〇八頁参照。

（六）原文「渾天象」はアルミラーリ・スフィア、一種の天球儀で、天体の座標測定に用いた。中国では水力でうごく「水運渾天儀」（一〇九二年）が蘇頌《そしょう》によってつくられ、その脱進機は機械式時計の発展に寄与したと考えられている。テンプル（一九九二）一七六頁を参照。

（七）サンティアゴ・デ・コンポステーラを指す。『黄金伝説』によれば、ヤコブはイエスの死後、イスパーニャに伝道したが、弟子が九人しか得られず、二人をスペインにのこし、ユダヤに帰った。ここで魔術師ヘルモゲネスを改宗させ、これにより民衆が帰依したので、大祭司が問題視し、ヤコブを処刑した。遺体を弟子たちがイスパーニャに運び、ルパという女王の国に埋葬した。その後、ヤコブの墓は不明となったが、八一三年、星の導きで洞窟のなかに墓がみつかり、童貞王アルフォンソ二世が教会を建てた。「サンティアゴ」は聖ヤコブ、「コンポステーラ」はカンプス・ステラエ（星の野）の意である。中世のヤコブ信仰については、アルテ（二〇一三）参照。

（八）トレドのサンタ・マリア大聖堂を指すと考えられる。

（九）スペイン王フェリペ二世が建てさせたエル・エスコリアル（一五六三年起工、一五八四年完成）を指すと考えられる。エレーラなど三人の建築家によって建てられた。マドリード郊外に位置し、王宮と修道院を兼ねる。増田義郎（一九九二）一九〇頁を参照。

（一〇）パイプ・オルガンは前二五〇年頃、アレクサンドリアの技師クテシビオスが作ったヒュドラリウスを原型とし、ビザンティン帝国やスペインで作られ、一四世紀からキーボードで鳴らした。

（一一）ポルトガル王ジョアン一世（一三五七年～一四三三年）にはじまるアヴィス朝は、一五七八年、セヴァスティアン一世がイスラム教徒との戦闘で消息を絶つと後継が絶えた。内戦のすえ、八〇年、ポルトガルはスペインに併合され、フェリペ二世（神聖ローマ帝国カール五世の子）がポルトガル王フィリペ一世として即位した。このフェリペ朝はジョアン四世によるポルトガル再独立（一六四〇年）までつづいた。

（一二）フランシスコ・スアレス（一五四八年～一六一七年）は、グラナダで財務長官の子に生まれ、一三歳からサラマンカ大学法学部で学んだ。一五六四年にイエズス会に入会し、七〇年からイエズス会神学校で哲学を教え、七四年からスペイン各地の大学で教えた。九四年にはフェリペ二世の招きでコインブラ大学神学部主席教授に就任した。一六一七年、リスボンで死去。その著作、『形而上学討論集』（一五九七年）は一八世紀まで西洋の大学で哲学の教科書とされ、その影響はデカルト、スピノザ、ライプニッツ、ヴォルフ、カントなどに及び、ハイデガーもその影響を認めている。小川量子（二〇〇七）参照。

（一三）ポルトガル第二の都市、ポルトのことと思われる。
（一四）船の中で死亡した船員の俸給が家族に与えられることは、「カタルーニャ海事法典」（一三四〇年）にもある。『西洋中世資料集』（二〇〇〇）三一三頁参照。
（一五）本書巻五「航路」にポルトガルから中国までの航路が示されている。

フランチャ（払郎察）

イスパーニャ（以西把尼亜）の東北はフランチャ（払郎察）であり、南は四一度から北は五〇度まで、西は一五度から東は三一度にいたる。周囲は一万一二〇〇里、地は一六道にわかれ、属国は五〇余である。その都はパリス（把理斯）といい、大学（共学）を設け、学生は四万人あまりである。ほかの校舎（方学）とあわせると全部で七ヶ所ある。また、学寮（社院）（一）を設けて貧しい士を教え、すべてが寄進（供億）され、王がこれをつかさどる。ひとりの士ごとに百金を費やし、ひとつの学寮（院）に住む者は数十人、学寮は五五ヶ所ある。

中古、ルイス（類思）という名の聖王がイスラム（回回）をにくみ、ユダヤ（如徳亜）

の地を占領しようと、はじめて兵を興《おこ》して征伐し、大砲（大銃）も製造した。（二）その国がヨーロッパにあったので、イスラムはついに西土の人をフランキ（払郎機）とよぶようになり、砲（銃）にもこの名をつかった。（三）

この国の王には天主がとくにふしぎな恩寵をたまう。歴代の主は、みな一つの奇蹟（神）をさずかり、手で人の瘰癧《るいれき》をなでると、それにこたえて癒《い》える。（四）今でも王は毎年一日、人を治療する。まず、三日間の斎戒をおこなう。この病を患う者は、遠く万里の外にあっても、あらかじめ天主殿にあつまる。国王が手をあげて、これを撫《な》で、祝して「王が汝を撫で、天主は汝《なんじ》を救う」という。一〇〇人を撫でれば一〇〇人が癒《い》え、一〇〇〇人を撫でれば一〇〇〇人が癒え、その奇蹟（神異）はこのようである。国王の後継ぎ（元子）はべつに土地をもち、その禄食を供され、小さな王とかわらない。他国はこうではない。

国土はきわめて豊かで、物資と人力は豊富、住民は安逸である。石を産する山があり、藍《あお》色で砕けやすい、ノコギリでひいて板にし、瓦として屋根にふく。国人《くにびと》の性質は親切で爽やか、礼儀をまもり、文を尊び、学を好む。都は書籍を刊行して繁盛し、とても有名である。また、たいへん篤く教えに奉《つか》え、天主を礼拝し、道を講ずる殿堂を建て、大小一〇万をくだらない。はじめて、この国に教えを伝えた者は、ユダヤ国の聖人ラザロ（辣

雑琭）であり、死して四日、イエスの御言葉をうけ、復活を命じられた。すなわち、この人である。(五)

（一）原語「社院」はソルボンヌなどの「学寮」を指すと考えられる。
（二）聖王ルイ九世（一二一四年～七〇年）、一二三五年から親政を行い、タイユブールの戦い（一二四二年）で貴族の反乱を平定、王領の私戦を禁じ、高等法院を独立させ、巡察官制をさだめた。第七次十字軍（一二四八年）を率い、エジプトで捕虜となったが、釈放されて帰国、第八次十字軍をチュニスに率いて陣没した。一二九七年に列聖。
（三）中国人がみた払郎機砲はポルトガル船に搭載してあったもので、母銃と子銃を組み合わせ、射程の長さと発射間隔の短さを実現した火器である。岸本美緒（一九九八）五一頁。
（四）王が瘰癧（リンパ腺結核）を治療することは、王と貴族の差を示す機能があった。フランスでは一八二五年にもこれを信ずる信者が多くいた。ホカート『王権』第四章を参照。
（五）ラザロの復活は『ヨハネ伝』一一・四七を参照。

イタリア（意大里亜）

フランチャ（払郎察）の東南はイタリア（意大里亜）である。南北は三八度から四六度、東西は二九度から四三度にいたる。周囲は一万五〇〇〇里、三面は地中海に囲まれ、一面はアルプス（牙而白）という高山にのぞむ。また、アペニン山（亜白尼諾山）が中央によこたわる。

地産は豊かで、物資と人力はそなわり、四方から遠方の人があつまる。むかしは一一六六の郡があり、その最大はローマ（羅瑪）であった。古代の皇帝（総王）の都で、ヨーロッパ諸国はみな臣服した。城壁の周囲は一五〇里、ティベレ（地白里）という運河があり、城壁をつらぬいて流れ、一〇〇里そとにでて海にはいる。四方の商船はみな珍しい宝をつみ、この運河にあつまる。古代から名だかい賢者が多くでた。かつて、大殿を建て、球形でひろく、壮麗無比である。上のドーム（円頂）はみなレンガ（磚石）でつくり、レンガの上に鉛の板をはった。中心に二丈あまりの穴があり、天の光を透して巧妙をあらわし、なかに諸神を奉納した。この大殿は今まで二〇〇〇余年のこっている。(一)

イエス（耶穌）が昇天した後、使徒（聖徒）は四方に分かれて布教した。そのなかに、ペテロ（伯多琭）とパウロ（宝禄）がいて、どちらもローマの都で天主の理を説き、多くの人が信じてしたがった(二)。この二人の聖人の後にも、徳たかい士がつづき、あいついで「天主のことを」明らかにした。皇帝コンスタンティヌス（公斯瑠丁）はとくに敬虔で、以前、邪神に奉《つか》えた堂宇を、すべて聖人たちを礼拝する聖殿に改め、さらにほかの聖殿をたて、天主にささげ、今ものこる(三)。教皇（教皇）がここにいて、天主に代わって世に在り、教えをつかさどり、ペテロより今まで一六〇〇余年絶えない。教皇はみな娶《めと》らず、世俗にかかわらず、ただ盛徳によって枢機卿たち（輔弼大臣公）が一人を推して立てる。ヨーロッパ列国の王はその臣下ではないが、みな敬意をあらわし、礼をつくし、「聖父神師」とたたえ、天主のかわりに人を教える君とする。およそ、大事が決まらないときは、かならず命を請《こ》う。その輔佐は列国の才徳をそなえた者や、王侯の身内から五～六〇人をえらび、教会の事務を分担する。

　このローマの名所（奇観）はたいへん多いので、思いつくまま、いくつか挙げてみよう。宰相の家に名園があり、水路をめぐらし、たいへん巧みである。銅の鳥がたくさんいて、しかけが働くと、羽ばたいて鳴き、本物のような声をだす。西洋の楽器、オルガン（編簫）はもっとも巧みな音を奏でるが、人工の風力で音をつくるものが多い。この庭園にもオルガンがあるが、水中に置いて、しかけが動くと鳴る。その音は妙《たえ》なるものである(四)。このほかに、均整のとれた高い石柱がある。外周に古代の王者の姿や故事をほり、はっきりとみえる。なかは空洞で数人が階段で上下でき、塔のようである。[五] 聖人ペテロ（伯多琭）の殿堂はすべて大理石（精石）でつくり、装飾は巧みで、五～六万人をいれ、その高みから下をみれば、大人が子供のようにみえる。[六] 街には七つの丘（七山）があり、その大きなものをカンピドリオ（瑪山）という。[七] 住居は密に集まるが、泉がないのに苦しんだ。近年、長さ六〇里の橋をつくり、上に溝があって遠い山の水をむかえて河のように流れる。［こうして］泉ができて、味は乳とかわらず、くんでもつきず、ためてもあふれない。

ローマの近くに「ロレート」（羅肋多）という地がある。その聖殿はむかし聖母マリア（瑪利亜）が住んだ家である。この家屋はもともとユダヤ国にあり、のちにイスラムが盗んだが、天使が空を飛んで運び、この地に移した。七〇〇〇里も海をこえたのである。国人《くにびと》は崇拝して飾りつけ、その旧態が失われるのをおそれ、玉の壁で囲み、大殿をおおった。いま、聖母の誕生日に巡礼にくる者はつねに数万人になる。わたくしジュリオ（儒略）はかつてこの聖殿に詣でた。いまも鎮座する。[八]

その西北はヴェネチア（勿搦祭亜）である。[九] 国王がおらず、有力者（世家）がともに徳のある者を君主に推す。街（城）は海中に建つ。一種の木材を杭にして打ちこむと、水に千万年入れても腐敗しない。その上を石で舗装し、さらにレンガ（磚石）で家を造り、きわめて精美である。街の通路はみな海で、その両側は陸を歩ける。街中にゴンドラ（艘）

が二万隻ある。また、きわめて広い橋があり、上に三つの街がつらなり、どれも民が入り、街と同じである。高さは橋の下に風をうけた帆船が通るほどである。（一〇）国は造船にくわしく、あらかじめ材料（物料）をそろえてあり、船が指顧《しこ》の間に完成する。他国の賓客がつねに来ていて、三~四時間（一両時）くらい参観すると、工程がおわり、海をゆく巨船が完成している。（一一）ガラス（玻璃）はきわめてよく、天下の一等品である。（一二）

また、ヴェリーノ湖（勿里諾湖）がある。これは山頂にあり、（水が）石の峡谷からくだり、その音は雷のようで、五〇里をはなれても聞こえ、飛沫に日光があたると虹がかかる。（一三）不思議な泉があり、山の石からでる。どんな物でもそのなかに落ちれば、半月で石の皮が生じ、その物をつつむ。また、沸泉や温泉がある。沸泉はつねに沸《わ》き上がり、高さは一丈あまり、[熱くて]指をぬらすことはできない。物を投げこむと、すぐに糜爛《びらん》する。温泉は女子が浴びたり飲んだりする。子を生育できない者は育ち、育てている者は乳が多くでる。産出する鉄鉱は掘りつくしても、二五年すぎると、また生じる。ただ、本土で火力を加えても、この鉄はとけない。ほかの所にいけば、はじめてとける。

その南はナポリ（納波里）であり、地はきわめて豊穣、君長がきわめて多い。火山があり、昼夜火を噴き、石弾を遠くに射て、一〇〇里の外にとどく。むかし、名士がそのわけを窮めようとし、その山に近づいて焼け死んだ。のちに聖人の遺体を移すと、害はやんだ。（一四）

アクイーノ（亜既諾）という街（城）があり、テオロギア（陸録日亜）を著した聖人トマス（多瑪斯）がこの地に生まれた。またの地名をカストロチェーロ（哥生済亜）という。（一五）二本の河があり、一本は髪を洗えば黄色になり、糸を洗えば白くなる。もう一本は糸や髪を洗えばともに黒くなる。

そのほかに、ボローニャ（博楽業）があり、学校（公学）が多いので「学問の母」といわれる。むかし、ふたつの家が争って珍事がおこった。一方の家が四角の塔を建て、高く雲をぬき、これをこえることはできないと思われたが、もう一つの家も塔を建てて、前の塔と並んだ。ただ、はじめの塔はまっすぐにそびえたが、こちらは斜めに傾いた。傾いた塔はいま数百年をへても壊れていないが、まっすぐに聳えた塔のほうは崩れてしまった。（一六）また、パドヴァ（巴都亜）という街（城）に公堂があり、縦に二〇〇歩、横に六〇歩、上に望楼があり、鉛の瓦でおおい、中には柱がない。また、パルマ（把而瑪）の公堂では馬を駆ることができ、これもまた柱がない。梁《はり》を「人」の字のように組み、大小の梁がすべてそうである。上が圧して重いほど、下は安定するのである。（一七）

ナポリ（納波里城）からポッツオーリ（左里城）までは、岩山がつらなり、山に穴をあけて通る。道の長さは四〜五里、広さは二台の車をいれる。向こう側の出口は明星のようである。また、火をふく土地があり、周囲はみな小山である。洞窟がたいへん多く、なかに入ると病を治療できる。それぞれの穴が一つの病を治す。汗を出したいなら、ある洞窟に入れば汗がでる。湿気をとろうとすれば、ある洞窟に入れば湿気がとれる。一〇〇の洞窟があるので、「百の場所」（一百所）という。(一八)

これがイタリア（意大里亜）に属する国である。その大きなものは六国あり、きわめて富む。西洋の諺に「ローマ（羅瑪）は聖《きよ》く、ヴェネチア（勿搦祭亜）は富み、ミラノ（彌郎）は大きく、ナポリ（納坡里）は華やか、ジェノヴァ（熱琴亜）は高く、フィレンツェ（福楞察）は整う」(一九)という。それぞれに書物があり、論をそなえる。

イタリアには名だかい島が三つある。

一、シチリア（西斉里亜）、土地はきわめて豊かで、俗に「国の穀倉」「国の金庫」「国の魂」といい、その豊かさをたたえる。大きな山もあり、噴火がたえない。一〇〇年前、その火が異常であった。海をこえてリビアに達したのである。(二〇)山の周囲に草木が多く、雪は消えず、いつも晶石がある。沸泉もあり、酢に入れたように物が黒くなる。国人はたいへん賢く、議論が得意で、西洋では「三舌人」という。天文にくわしく、日時計（日晷）を造る法はこの地に始まる。巧みな工人ダイダロス（徳大禄）がいて、百鳥をつくり、みずから飛んだ。ハエのような小さなものも飛ぶことができた。(二一)

また、アルキメデス（亜而幾墨得）という天文師がいて、三つの伝説（三絶）がある。

敵国が数百艘の船でその島に臨んだとき、国人には計略がなかった。そこで、ひとつの巨大な鏡を鋳て、日を映して敵船を射た。光に照らされると発火し、敵船は一時に燃えつきた。また、王がきわめて大きな船を造るように命じ、船が完成して海に下ろそうとしたとき、一国の力を傾け、牛馬やラクダを千頭万頭つかっても動かせなかったが、アルキメデス（幾墨得）は巧みな運搬法を行い、王が一度手をあげるだけで山のような船が動いて、一瞬で海に下りた。また、一二層の自動天球儀（渾天儀）をつくった。各層は離れているのに、［日月をふくむ］七惑星（七政）がそれぞれ動き、およそ日月五星と星座の運行・遅速は一つ一つ天と同じであった。その天球儀はガラス（玻璃）でつくられ、透かして見ることができ、世にも珍しいものであった(二二)。

そのとなりに、マルタ島（馬児島）があり、毒をもつ生き物がうまれない。ヘビやサソリも人を刺さない。外からきた毒をもつ生き物は島に入ると死ぬ。

一、サルディニア（撒而地泥亜）もまた広大である。サルディニ（撒而多泥）という草が生え、これを食うと笑い死ぬ。姿は笑っていても、心はじつに痛苦である。西洋の諺に無情の笑いを「サルディニの笑い」という(二三)。

一、コルシカ（哥而西加）には三三の街《し》（城）がある。ここのイヌはよく戦い、一匹で一騎にあたる。ゆえに、この国が陣を布くとき、騎兵のあいだにイヌをはさむが、イヌにおとる騎士もいる。(二四) また、ジェノヴァ（熱奴亜）にニワトリの島があり、島じゅうがニワトリだらけで、かってに生まれて育ち、人は養わない。また、キジのなかまはいない。

（一）ハドリアヌス（七六年〜一三八年）の再建（一二五年）によるパンテオンを指す。
（二）「聖ペテロはアンティオケイアの教会を創立したのち、皇帝クラディウスのとき、魔術師シモンを打ち倒すためにローマに出て、この町で二十五年間福音をのべ、ローマ市の司教をつとめた。主のご受難後三十六年目に、ネロによって希望どおり頭を下にして十字架にかけられた」（『黄金伝説』八四）。
（三）コンスタンティヌス一世（二七二年〜三三七年）は三一三年、信教の自由、キリスト教の復権をミラノ勅令で宣言し、三三〇年、コンスタンチノープルを建設するため、異教の神殿から彫像や列柱を奪った。三二四年にはペテロの墓所にサン・ピエトロ大聖堂の基礎をつくった。
（四）謝方氏は、康熙帝の使節樊守義《はんしゅぎ》（一七〇九年、ローマ着）の『身見録』に「夫辣斯加的という名の城があり、園囿・水法・水琴・水風のごとき種々の奇異あり」を根拠に、ローマ東南に位置するフラスカティとする。水オルガンはローマ東に造営された「ビラ・デステ」（一五五〇年着工）にもある。
（五）トラヤヌス円柱（一一三年完成）を指す。高さ三八メートル、直径三・九メートル。
（六）ペテロの墓所に建てられたサン・ピエトロ大聖堂を指す。コンスタンティヌス一世により創建され、一四五二年に教皇ニコラウス五世が改修に着手した。ラファエロ（一五一五年～二〇年）、ミケランジェロ（一五四七年～六四年）などが建築監督をつとめ、一六二六年に完成した。ミケランジェロの設計による大ドームは直径四二メートルである。総面積は二万三〇〇〇平米、高さは約一二〇メートル。教皇レオ一〇世がサン・ピエトロ大聖堂の建築のために、贖宥状（免罪符）の販売を許し、これがルターによる宗教改革（一五一七年～）のきっかけにもなった。

（七）ローマの七つの丘は①パラーティーヌス、②アウェンティーヌス、③カエリウス、④エスクィリーヌス、⑤ウィーミナーリス、⑥クィリーナーリス、⑦カピトーリーヌスである。⑦が最も高く、ユピテル神殿などがあり、中心にマルクス・アウレリウス像がある。原語「瑪山」はこの像からとった名かもしれない。

（八）ロレートはイタリア中部、アドリア海を望む都市。ナザレにあった聖母マリアの家が、一二九一年に天使によってダマルチア（クロアチア）に運ばれ、九四年、ふたたび奇跡によってロレートにうつされたという伝説がある。一四六八年には「聖なる家」の聖堂が建てられた。

（九）ヴェネチアはロレートの西北、ローマの北に位置する。

（一〇）ヴェネチアのリアルト橋を指す。

（一一）ヴェネチアの造船技術については、高坂正堯（一九八一）に指摘がある。

（一二）ヴェネチアン・グラスのプリズムはリッチが官僚への贈物につかい、中国では宝石としてあつかわれた。
(一三) ウンブリア州のヴェリーノ川からネーラ川に注ぐマルモレの滝を指すと考えられる。
(一四) ヴェスヴィオ火山のこと。七九年の噴火で『博物誌』の著者、大プリニウスが犠牲になった。
(一五) トマス・アクィナス（ドミニコ会士、一二二五年〜七四年）はナポリで学び、パリで神学を教えた。『神学大全』第一部は一二六六年に書かれた。ここにいうアクィーノの別名「哥生済亜」は隣県のカストロチェーロを指すのであろう。
(一六) ピサの斜塔は一三五〇年の建設で、高さ五四メートルである。
(一七) エミリアロマーニャ州パルマ県にあるパルマ大聖堂を指すと考えられる。
(一八) ポッツオーリはカンパーニア州ナポリ県の港湾都市で「シビラの洞窟」があった。この周辺には洞窟群があり、治療にもつかわれた。浜田耕作（一八八一年〜一九三八年）『南欧游記』に「ルカルノの湖畔に出でて、バイヤに帰る道すがら峠のほとりに洞幾つとも無く開きたり。……勧められて洞内に入れば、地層の間より熱気出でて、蒸風呂に座するが如し。松明の光に十数間を辿れば、殆ど昏倒せんとす。『余りに熱し』と弱音を吹けば、『されど健康には善し』といふ……」（三〇頁〜三一頁）
(一九) 出典不詳。
(二〇) シチリアのエトナ火山を指す。噴火については不詳。
(二一) ミノス王のもとで迷宮をつくったダイダロスが、飛行機械をつくり、シチリアに逃げたことは、オウィディウス『変身物語』八を参照。

（二二）アルキメデス（前二八七年頃〜前二一二年）はシチリアの人、浮力に関するアルキメデスの原理、梃子の原理を発見した。第二次ポエニ戦争で反射鏡や起重機をつかい、ローマ軍を苦しめた。アルキメデスが天球儀をつくったことは、キケロー「国家について」に言及がある（『選集』八巻二三頁）。

（二三）ホメロス『オデュッセイア』二〇にみえる。英語 sardonic、フランス語 sardonique、ドイツ語 sardonisch など、いずれも「ひきつり笑い」や「冷笑」にかんする語である。

（二四）軍用犬イタリアン・マスティフを指す。マルタ島原産のマルチーズは古来、愛玩犬である。

アルマニア（亜勒瑪尼亜）

フランチャ（払郎察）の東北にアルマニア（亜勒瑪尼亜）という国がある。南は四五度半、北は五五度半、西は二三度、東は四六度である。国王［神聖ローマ皇帝］は世襲せず、その七選帝侯（七大属国之君）がともに推す者である。(一)本国の臣を用いたり、列国の君を用いたりし、教皇に命を請い、国王を立てる。国内に一九ヶ所、大学（共学）を設けている。その気候は冬がきわめて寒く、暖室をつくり、小さな火で温めると、とても暖かい。土地の者は各国に住んで兵となり、きわめて忠実で死ぬまで背かない。各国の宮城を護衛し、他国の征伐にしたがう親兵は、みなこの国の人を選んで、これを充たす。本国の人はその半ばに参加するだけである。(二)その工作はきわめて精巧で、製造する器は夷狄の想像をこえ、指輪（戒指）に時計（自鳴鐘）をおさめる。地には水沢が多い。氷が堅くはると一種の木靴を用い、両足にこれをはく。一方の足で氷のうえに立ち、もう一方の足で後ろをける。滑る勢いにのると、ひとけりで数丈、たいへん速い。手はあいている。(三)

また、フランシュ・コンテ（法蘭哥地）という地がある。(四)人々は質朴で信じやすく、旅人がくるたびに罵《ののし》り、言いかえさなければ、大いに喜び、招き入れて酒や食事をだす。事情をきいて未婚であれば、妻をめあわせ、「この人はもう試されたので信じて託す」という。ブドウが多く、よく酒をつくるが、他国の旅人に売る。土地の者は酒をついでも口に入れず、水を飲むだけである。他国の人が酒を積んできても、入国をゆるさない。

ボヘミア（博厄美亜）という属国は金を産出する。井戸を掘るとつねに金塊がとれ、一〇余斤の重さのものもある。川底にはいつも豆粒のような金がある。(五)

ロタリンギア（羅得林日亜国）はもっとも豪奢である。西土の宮室にはカーテンや衝立《ついたて》を用いることが多いが、この王には客を招く部屋があり、四周にサンゴ（珊瑚）や美玉（瑯玕）をすきまなくならべた屏風をつかう。さらに大砲（大銃）があり、製作はきわめて巧みで、三〇分（二刻）のあいだに、四〇回発射できる。（六）

（一）七選帝侯は、①マインツ大司教、②トリーア大司教、③ケルン大司教、④ライン宮仲伯、⑤ザクセン公、⑥ブランデンブルク辺境伯、⑦ボヘミア王である。一二七三年、スイスの小国の伯爵ルドルフ・フォン・ハプスブルクを選帝侯らが立てて、ハプスブルク家の支配がはじまった。

（二）スイス傭兵を指す。スイス兵は一四七六年、ブルゴーニュ戦争で活躍し、一五〇五年からヴァチカンの防衛にあたり、一五一六年からフランス軍にも位置をしめた。

（三）スケートを指す。古代は獣骨で滑ったが、一三世紀には鉄のブレードがあった。

（四）フランシュ・コンテはフランス＝スイス国境にあったブルゴーニュ伯領のこと。一五世紀末から ハプスブルク家が君臨し、一六世紀から一七世紀にかけて、オーストリア大公アルベルト七世（一五九八年〜一六二一年）が統治した。中心都市はディジョン。

（五）クッテンベルク鉱山やヨアヒムスタール鉱山を指すと思われる。瀬原義生（二〇〇四）参照。

（六）ドイツ名ロートリンゲン、フランス名ロレーヌ。フランク王国三分割の際、東フランクと

（一）ポーランドの東、黒海の北に位置する。ロシア最初の統一国家キエフ公国がおこり、ウラジミール一世（九八〇年～一〇一五年）がロシア正教を国教としたが、一二四〇年、キプチャク・ハン国に滅ぼされた。一六世紀にキエフはポーランド領となっている。

ダニア諸国（大泥亜）

ヨーロッパの西北には四つの大国がある。ダニア（大泥亜）、ノルヴェジャ（諾而勿惹亜）、スエジア（雪際亜）、エストニア（顎底亜）である。アルマニア（亜勒瑪尼亜）と海をへだてるが、道は険しく通じがたい。西の歴史では別天下とする。南北経度［緯度の誤り］は五六度から七三度、その南では夏至の昼の長さが六九刻である、中ほどは八二刻である。（一）北では夏至の日輪が地面を横に動き、半年で一昼夜となる。山林が多く、獣や海の魚を産し、きわめて大きく、ほかの地方と異なる。

ダニア国（大泥亜国（二））の沿海はマメやムギを産し、ウシとヒツジは多く、他国に輸出するウシは一年でいつも五万である。海では魚が水面を覆《おお》い、魚が湧き出すために、船は行くことができない。捕らえるのに網はいらず、手で取ってもつきない。二〇年近く前、ティコ・ブラーエ（地谷白剌格）という国主が、マテマティカ（瑪得瑪第加）の学をたしなみ、高山の絶頂に天文台（一台）を建て、天象を研究し、三〇余年きわめて、ごくわずかの間違いもなくなった。製作した観測器機（窺天之器）は精妙をきわめる。後に皇帝（大国王）がこれを招き、その学を伝え、いま西洋暦法の宗となる。(三)

ノルヴェジャ（諾而勿惹亜）には五穀（五谷）が少ない。山林に材木と鳥獣が多く、海に魚介類が多い。人の性質はすなおで親切、遠方の客をよろこぶ。むかし、旅人に傲慢で、品物の値段を聞かなかったが、いまはすこし［品物を］求めて満足している。だから、この地に盗賊はいない。

スエジア（雪際亜）の地は七道に分かれ、属する国は一二、ヨーロッパの北で最も富むといわれる。五穀・五金・財物が多い。取引に金銀を用いず、物をあてる。人は勇を好み、遠方の人を喜ぶ。エストニア（顎底亜）はスエジア（雪際亜）の南にあり、栄えている。

（一）中国では一般に一日が一〇〇刻であった。来華イエズス会の暦法では一刻を一五分として九六刻とする。これによって計算すると、ここの六九刻は一六時間半から一七時間にあたり、八二刻は一九時間半から二〇時間半にあたる。

（二）ダニアはデンマークを指し、当時はクリスチアン四世（一五八八年～一六四八年）の時代で、デンマークとノルヴェジャ（ノルウェー）は同君連合であった。

（三）ティコ・ブラーエ（一五四六年～一六〇一年）は、デンマークの天文学者、貴族の家に生まれ、コペンハーゲン、ライプチヒに学ぶ。一五七二年にカシオペア座の超新星を発見、七六年、ベン島に天文台ウラニボルクを建設し、肉眼により惑星の精密観測を行い、八〇〇近い恒星の位置を決定した。九七年、デンマークを去り、神聖ローマ帝国皇帝ルドルフ二世の庇護で、プラハに天文台ステラボルクを建てた。このとき、ケプラーが助手をつとめた。一六〇一年、プラハに没す。ティコの宇宙論は中国にも紹介された。セビン（一九八四）参照。

グレキア（厄勒祭亜）

グレキア（厄勒祭亜）はヨーロッパの南端にあり、四道に分かれ、経度（経度）は三四度から四三度、緯度（緯度）は四四度から五五度である。その名声は天下にきこえ、礼楽・法度・文字・典籍はみな西土の宗《もと》であり、いまでも古い経典はその文字にしたがう。（一）聖賢および博物窮理の者がつぎつぎにでた。いま、イスラムに乱され、以前のようではない。（二）

魚を好んで食べ、肉を食わず、美酒も飲む。東北にロマニア国（羅馬尼亜）がある。(三)

その都には三層の壁があり、人口はきわめて多い。城外の居民は連綿二五〇里つづく。聖女殿があり、門は三六〇ヶ所にひらき、天の一周の角度をあらわす。付近に高山があり、オリュンポス（阿零薄）という。その山頂は一年を通じて清れて風雨がない。(四)古《いにしえ》のとき、国王が山にのぼり、たき火をして祀《まつり》をおこなったが、その灰が翌年も動かず、もとのままであった。アクシオス（亜施亜）という河は、白いヒツジがこの水を飲めば黒くなる。アマノ（亜馬諾）という河は、黒い羊がこの水を飲めば白くなる。

二つの島があり、一つはエウベア島（厄欧白亜）である。潮が一日に七回みちる。むかしの名士、アリストテレス（亜利斯多）は物理をあまねく究めたが、この潮だけはその理由をえることができず、ついに水死した。諺《ことわざ》に「アリストテレスはこの潮の理由をえようとしたが、かえって潮がアリストテレスをえた」という。(五)もうひとつの島はコルフ島（哥而府）である。周囲は六〇〇里、酒と油を産し、蜜はきわめてうまい。島じゅうに柑橘が生え、ほかの樹はない。天気は晴れわたり、野鳥はその地にこない。(六)

（一）『新約聖書』はギリシア語で書かれた。
（二）一四五三年のビザンツ帝国滅亡後、ギリシアはオスマン帝国の支配をうけていた。

（二）ポーランドの東、黒海の北に位置する。ロシア最初の統一国家キエフ公国がおこり、ウラジミール一世（九八〇年～一〇一五年）がロシア正教を国教としたが、一二四〇年、キプチャク・ハン国に滅ぼされた。一六世紀にキエフはポーランド領となっている。

ダニア諸国（大泥亜）

ヨーロッパの西北には四つの大国がある。ダニア（大泥亜）、ノルヴェジャ（諾而勿惹亜）、スエジア（雪際亜）、エストニア（顎底亜）である。アルマニア（亜勒瑪尼亜）と海をへだてるが、道は険しく通じがたい。西の歴史では別天下とする。南北経度［緯度の誤り］は五六度から七三度、その南では夏至の昼の長さが六九刻である、中ほどは八二刻である。（一）北では夏至の日輪が地面を横に動き、半年で一昼夜となる。山林が多く、獣や海の魚を産し、きわめて大きく、ほかの地方と異なる。

ダニア国（大泥亜国）（二）の沿海はマメやムギを産し、ウシとヒツジは多く、他国に輸出するウシは一年でいつも五万である。海では魚が水面を覆《おお》い、魚が湧き出すために、船は行くことができない。捕らえるのに網はいらず、手で取ってもつきない。二〇年近く前、ティコ・ブラーエ（地谷白剌格）という国主が、マテマティカ（瑪得瑪第加）の学をたしなみ、高山の絶頂に天文台（一台）を建て、天象を研究し、三〇余年きわめて、ごくわずかの間違いもなくなった。製作した観測器機（窺天之器）は精妙をきわめる。後に皇帝（大国王）がこれを招き、その学を伝え、いま西洋暦法の宗となる。（三）

ノルヴェジャ（諾而勿惹亜）には五穀（五谷）が少ない。山林に材木と鳥獣が多く、海に魚介類が多い。人の性質はすなおで親切、遠方の客をよろこぶ。むかし、旅人に傲慢で、品物の値段を聞かなかったが、いまはすこし［品物を］求めて満足している。だから、この地に盗賊はいない。

スエジア（雪際亜）の地は七道に分かれ、属する国は一二、ヨーロッパの北で最も富むといわれる。五穀・五金・財物が多い。取引に金銀を用いず、物をあてる。人は勇を好み、遠方の人を喜ぶ。エストニア（顎底亜）はスエジア（雪際亜）の南にあり、栄えている。

（一）中国では一般に一日が一〇〇刻であった。来華イエズス会の暦法では一刻を一五分として九六刻とする。これによって計算すると、ここの六九刻は一六時間半から一七時間にあたり、八二刻は一九時間半から二〇時間半にあたる。

（一）ダニアはデンマークを指し、当時はクリスチアン四世（一五八八年～一六四八年）の時代で、デンマークとノルヴェジャ（ノルウェー）は同君連合であった。

（二）ティコ・ブラーエ（一五四六年～一六〇一年）は、デンマークの天文学者、貴族の家に生まれ、コペンハーゲン、ライプチヒに学ぶ。一五七二年にカシオペア座の超新星を発見、七六年、ベン島に天文台ウラニボルクを建設し、肉眼により惑星の精密観測を行い、八〇〇近い恒星の位置を決定した。九七年、デンマークを去り、神聖ローマ帝国皇帝ルドルフ二世の庇護で、プラハに天文台ステラボルクを建てた。このとき、ケプラーが助手をつとめた。一六〇一年、プラハに没す。ティコの宇宙論は中国にも紹介された。セビン（一九八四）参照。

グレキア（厄勒祭亜）

グレキア（厄勒祭亜）はヨーロッパの南端にあり、四道に分かれ、経度（経度）は三四度から四三度、緯度（緯度）は四四度から五五度である。その名声は天下にきこえ、礼楽・法度・文字・典籍はみな西土の宗《もと》であり、いまでも古い経典はその文字にしたがう（一）。聖賢および博物窮理の者がつぎつぎにでた。いま、イスラムに乱され、以前のようではない（二）。

魚を好んで食べ、肉を食わず、美酒も飲む。東北にロマニア国（羅馬尼亜）がある。(三)その都には三層の壁があり、人口はきわめて多い。城外の居民は連綿二五〇里つづく。聖女殿があり、門は三六〇ヶ所にひらき、天の一周の角度をあらわす。付近に高山があり、オリュンポス（阿零薄）という。その山頂は一年を通じて清れて風雨がない。(四)古《いにしえ》のとき、国王が山にのぼり、たき火をして祀《まつり》をおこなったが、その灰が翌年も動かず、もとのままであった。アクシオス（亜施亜）という河は、白いヒツジがこの水を飲めば黒くなる。アマノ（亜馬諾）という河は、黒い羊がこの水を飲めば白くなる。

二つの島があり、一つはエウベア島（厄欧白亜）である。潮が一日に七回みちる。むかしの名士、アリストテレス（亜利斯多）は物理をあまねく究めたが、この潮だけはその理由をえることができず、ついに水死した。諺《ことわざ》に「アリストテレスはこの潮の理由をえようとしたが、かえって潮がアリストテレスをえた」という。(五)もうひとつの島はコルフ島（哥而府）である。周囲は六〇〇里、酒と油を産し、蜜はきわめてうまい。島じゅうに柑橘が生え、ほかの樹はない。天気は晴れわたり、野鳥はその地にこない。(六)

（一）『新約聖書』はギリシア語で書かれた。

（二）一四五三年のビザンツ帝国滅亡後、ギリシアはオスマン帝国の支配をうけていた。

（三）ロマニア国はルーマニアを指すと考えられる。
（四）山上の清澄な空気を「アイテール」（エーテル）という。
（五）アリストテレスは晩年、アレクサンドロスの急死により台頭した反マケドニア派を避け、アテナイを去る。前三二三年、母方の邸宅があったエウベア島に逃れ、この地で没した。山本光雄（一九七七）参照。
（六）コルフ島（ケルキラ島）はイオニア諸島北端の島である。

モスコーヴィア（莫斯哥未亜）

アジア西北の境に大国があり、モスコー（莫斯哥）という。東西の距離は一万五〇〇〇里、南北の距離は八〇〇〇里、一六道に分かれる。ヴォルガ河（窩児加河）が最も大きい。支流は八〇、みな海にそそぎ（一）、七〇余の河口はカスピ海（北高海）に入る。兵力はたいへん強く、併呑は日常のことである（二）。その夜は長く、昼は短い。冬至には昼が四時間（二時）だけである。きわめて寒く、雪がふれば、凍てつく。旅する車が雪のなかをゆけば、ウマは飛電のように速い。その室内に火を多く用いて温める。雪の旅は厳寒におかされ、血脈が凍って氷や石のように堅くなる。すぐに温かい部屋にはいると、耳や鼻がもげて地におちる。そこで、いつも外から帰った者はまずその身体を水でぬらし、硬直した体が甦《よみがえ》るのをまって、はじめて温かい室内に入る。だから、八月から四月まで、ずっと毛皮（皮裘）を着ている。獣皮は多く、キツネ・タヌキ・テン・ネズミなどは、一着の毛皮で千金のねうちの品もある。クマの毛皮は寝床にしく。シラミがつかないからである。毛皮を産するところは税に用いる。隣国に送り、多いときは数十の車にのせる。

盗賊が多いので、きそって猛犬を飼う。イヌは人をみると咬む。昼は囲みのなかに置き、夜に鐘が鳴ると放つので、人は隠れて戸を閉める。国王だけが文芸を習い、そのほかは貴族や大臣でも学問を禁じられている。その聡明が主をしのぎ、主の辱となるのを恐れるのである。ゆえに、その国には「天主はよく知るが、国主もよく知る」という諺がある。いままた、やや真の教を信ずる。王はいつも手に十字架（十字）をもち、国内には天主の経や聖賢の伝が流布し、禁じられていない。(三)

習俗はもっとも薄情であり、取引をのぞむ。［品物を］外国の商人に託せば、国人を信じて買おうと思うといい、本土［の商人］だといえば、逆のことをいって、だまそうとする。大きな鐘があり、ゆらすもので撞《つ》きはしない。ゆらすには三〇人が必要で、国主だけが即位および誕生日に鳴らす。製造する大砲（大銃）は長さが三丈七尺、一発に火薬を二石《こく》つかい、二人がなかに入り、掃除ができる。(四)また、蜜の林があり、みな蜂の巣がある。

国人はその樹々を区切って財産とする。

かつて、ある人が蜜の林に入り、ひとかかえをこえる枯木をみつけた。樹のてっぺんによじ登ったが、突然、樹のなかへ落ちてしまった。蜜が洞《ほら》のなかに入ってきたが、三～四日たっても出る方法がなかった。幸いにも、クマが樹を登って蜜を食おうとし、掌《て》で樹のなかを探ったので、その人はしっかりとクマの掌をつかまえた。クマが驚いて暴れ、ついにぬけだすことができた。

（一）原文「尾閭」は『荘子』秋水にもとづく。本来は海にあって海水をもらす場所、プラトンにいう「タルタロス」（奈落）と同様なものであろうが、「閭」に「集まる」の意味があり、「海にそそぐ」にとった。

（二）モスクワの名は一一四七年にあらわれ、最初はウラジミール大公国の町であったが、アレクサンドルネフスキーの子が拠点とし、キプチャク・ハン国のもと発展し、イワン一世（在位一三二五年～四一年）のときに、モスクワ大公国と称される。その後、イワン三世（在位一四六二年～一五〇五年）が東北ロシアをタタール勢力から解放し、リトアニア大公国と戦い、西南ロシアを占領した。東ローマ滅亡後はイワン三世と東ローマ皇帝の姪が結婚し、双頭のワシの紋章を継承した。イワン四世（在位一五三三年～八四年）が一五四七年以降、ツァーリと名のり、ヴォルガ川一帯を征服、一五五八年から八三年までバルト海への出口を求め、リボニア騎士団と戦った。また、シベリア征服も行った。その後、短命の君主が乱立し、ミハイル・ロマノフ（在位一六一三年～四五年）により、ロマノフ朝が成立する。和田春樹（二〇〇二）、栗生沢猛夫（二〇一四）を参照。

（三）一三二八年、モスクワに司教座ができ、一五五九年モスクワ主教が総主教に格上げされた。

（四）現在もクレムリンにある「ツァーリの大砲」と思われる。アンドレイ・チョーホフが一五八六年に製造した。栗生沢猛夫（二〇一四）四六頁に写真がある。

地中海諸島

地中海には島が百千とあり、その大きなものをカンディア（甘的亜）という。むかしは、一〇〇の街（城）があった。周囲は二三〇〇里である。古《いにしえ》の王が庭園《こ》をつくり、路が交錯して一度入ると出られなかった。旅する者は品物によって土地を知らせて、そのあとで入れる。アリマン（阿力満）という草が生え、少し嚙《か》めば、飢えをいやせる。

地中海の波風は冬に極めて大きく、旅するのが難しい。水を宿として巣を作る鳥がいて、一年に一度子を産む。卵から飛ぶまでは半月にすぎないが、この半月は海がかならず静かで波風がない。商船はこれをまって、海を渡る。鳥の名はアルキュオネ（亜爾爵虐）とい

い、この半月は「アルキュオネの日」（亜爾爵虐日）という。(二)

（一）クレタの王ミノスがダイダロスに命じてつくらせた迷宮を指す。オイディウス『変身物語』八参照。

（二）アルキュオネはもとギリシア神話の風神アイオロスの娘で、海で死んだ夫ケユクスを悲しみ、神々の同情をうけ、カワセミに似た海鳥に姿を変えられた。この鳥が浮巣で卵を抱く冬至前後の二週間は、風の神が娘を憐み、嵐を起こさないとされた。『変身物語』一一参照。

西北海諸島

ヨーロッパ（欧邏巴）の西海の北一帯は氷海にいたる。海島の大きなものはアングリア（諳厄利亜）、イルランド（意而蘭大）という。そのほかの小島は千百を下らない。イルランド（意而蘭大）の経度［緯度の誤り］は五三度から五八度であり、気候はきわめて穏やか、夏は木陰でも暑く、冬は寒いが火はいらない。家畜はきわめて多く、毒のある生き物はいない。(一)その国の奉教の初め、王宮の女中が真主を認め、王后・国王に及び、一国に広がった。その地にある湖は、なかに木の棒をさすと、土に入ったところは鉄となり、水に入ったところは石となるが、水面からでたところは木のままである。そばに小島があり、島の洞窟にいつも怪異の形がうつるので、「錬罪《れんざい》地獄の口」だというものもいる。

アングリア（諳厄利亜）は、経度［緯度の誤り］が五〇度から六〇度、緯度［経度の誤り］は三度半から一三度にいたる。気候はおだやかで、地は広大である。三道に分かれ、大学（共学）は二ヶ所、あわせて一三院である。(二) その地には、不思議な石があり、音をはばむ。長さは七丈［約二一メートル］、高さは二丈［約六メートル］、石をへだてて大砲（大銃）を撃っても人に聞こえない。ゆえに「聾《ろう》の石」という。

湖があり、長さ一五〇里、広さ五〇里、三〇の小島がある。(三) ここには三つの不思議がある。一、魚の味がとてもよいが、みなヒレがない。一、天は静かで風がないが、突然大波がおこり、舟がこれにあうと、かならず沈む。一、根のない小島があり、風で移動する。人が住まないので草木が茂り、ウシ・ヒツジ・ブタがよく育ち、たくさんいる。この近くの土地では死者を埋葬せず、尸《しかばね》を山に移すだけである。一〇〇〇年しても朽ちず、子孫が見わけることもできる。ネズミがおらず、船からきたネズミはここまでくると死ぬ。さらに、三つの湖があり、小川で通じているが、魚は往来しない。別の水に入った魚は死んでしまう。このちかくに「海の穴ぐら」（海窖）があり、潮が満ちるとき、穴が水を吸うが、いっぱいになることはない。潮が引くとき、山の高さにまで水を噴きあげる。水を吸うときに、そのそばに立ち、服が少しでもぬれていると、水につられて穴に吸いこまれる。ぬれていなければ、ちかくに立っても害はない。

ここから北の一帯は島がきわめて多い。冬になると夜の長さが数ヶ月になり、路を行くにも仕事をするにも灯火《ともしび》をつかう。テンの毛皮を多く産するので、人々は衣服にする。また、背が高く力もちの人々がいて、全身に毛が生えており、サルのようだ。ウシ・ヒツジ・シカが多い。イヌは猛烈で、一匹のイヌが一頭のトラ（虎）を殺し、ライオン（獅）にあっても逃げない。冬には海の氷が風にうたれて、山のようにもり上がる。人々は狩猟が得意で、山に鳥獣が多く、水に魚類が多い。魚肉を食糧とし、すりつぶして麺をつくる。油は灯火に使い、骨で舟・車・家をつくり、薪《たきぎ》にもなる。魚の皮で舟をつくると、風にあっても沈まない。陸を行くにも、この皮舟をかついで歩く。海の風は猛烈で、樹を引きぬき、家を壊すことがあり、人や物をほかの場所に運ぶ（四）。

また、北海の浜に小人国があるという。背の高さは二尺［六四センチ］をこえず、ヒゲやマユがないので、男女の区別がつかない。シカにまたがって移動するが、コウノトリ（鸛）がこれを食おうとするので、小人《こびと》たちはいつもコウノトリと戦う。その卵をつぶし、その種を絶とうともする（五）。ほかにも小島があり、人の性質は酒をいくら飲んでも酔わず、寿命は最も長い。

アングリアに近いのが、グリーンランド（格落蘭得）である。その地は火が多いので、レンガで防ぎ、やっと住むことができる。曲がりくねった溝をつくって火を通し、火炎がくるところに鍋や釜を置いて物を煮るので、薪はいらない。その火は永久に不滅である。(六)

(一) アイルランドの原語「意而蘭大」にはイタリア語、スペイン語、フランス語などで「イルランド」であるから、ロマンス語の影響がみえる。『黄金伝説』四九によれば、アイルランドの守護聖人、聖パトリキウス（聖パトリック、三八七年頃～四六一年頃）の祈りによって、スコットランドに有害な動物が生息しなくなったとされる。

(二) オックスフォード大学とケンブリッジ大学を指す。オックスフォード大学は一二世紀半ばの創設。一二〇九年、混乱状態にあったオックスフォード大学から多数の学生がケンブリッジに移り、一二二六年に教皇と国王からケンブリッジの総長が承認された。

(三) スコットランド、グラスゴー北にあるローモンド湖であろうか。グレートブリテン島最大の面積をもち、長さ三九キロメートル、幅八キロメートル、三〇以上の島がある。ヒレのない魚はウナギであろう。

(四) この島の詳細は不明であるが、地理からいって、おそらくアイスランドを指すと考えられる。アイスランドには九世紀初め、アイルランドの隠遁者が集落をつくり、八七五年以後、ノルウェー人が入植した。一〇世紀に人口が七～八万人に達し、九三〇年に共和国が成立した。一〇世紀末にキリスト教が伝わり、一三八〇年以降はデンマーク・ノルウェー連合の領土となる。

(五) 小人族がツルと戦うというイメージは、ホメロス『イリアス』三、および、マンデヴィル『東方旅行記』(一七二頁)にみえる。

(六) グリーンランドには、九八六年、ノルマン人エーリックが入植したが、その後、無人となり、一六世紀以降に再発見された。火山の記述はアイスランドのものか。

巻三　リビア

莫卧尔
亞細亞
印度亞
小西洋
亞辣皮亞海
沙哥多剌
晝夜平線
晝短線

十四
十五
十六
十七
十八
泥祿河
亞大非亞
泥祿河源
聖老楞佐島

十一
十二
十三
北
福島
亞大蠟山
波勒杜爾
亞加得野
白峰
何等
東布多
大尔
亞加得
綠峰
獅山
聖依勒納島
赤道
利未亞海
南道

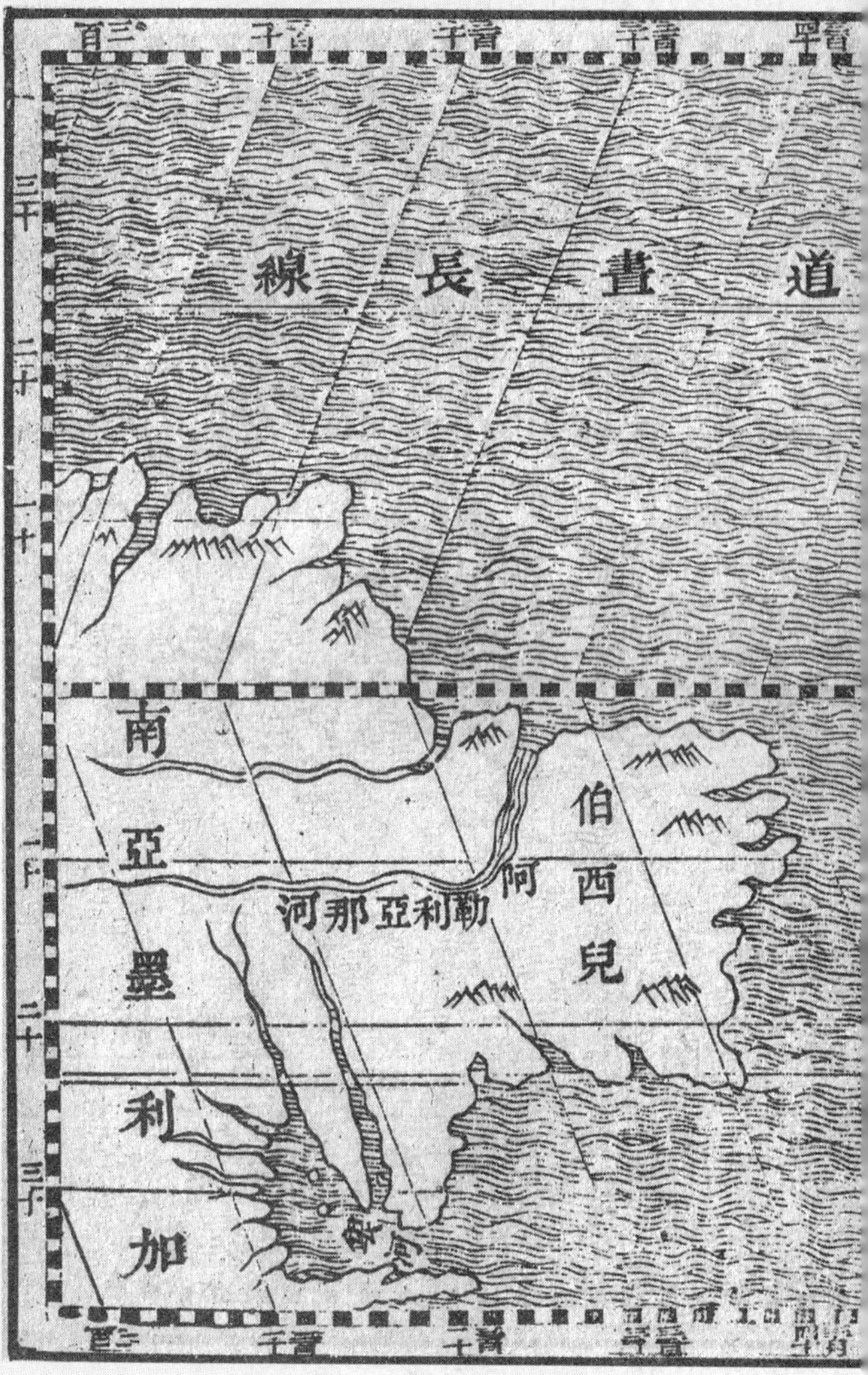

道晝長線
南亞墨利加
伯西兒
阿勒利亞那河

リビア総説

天下第三の大州はリビア（利未亜）といい、大小一〇〇余の国がある、西南はリビア海から、東は西紅海（一）まで、北は地中海までである。最南の緯度（南極出地）は［南緯］三五度、最北の緯度（北極出地）は三五度、東西の広さは七八度である。その地は広野が多く、野獣が繁栄している。きわめて堅く木目のよい木があり、水や土に一〇〇〇年いれても朽ちない。北の近海諸国はもっとも豊穣《ほうじょう》で、五穀は一年に二度実り、一斗《と》［約一リットル］の種をまけば、一〇石《こく》［約一〇〇〇リットル］の収穫がある。穀物が実るとき、外国のさまざまな鳥がみなこの地にやってきて、寒さをさけて食をとり、冬を越して帰る。ゆえに、晩秋初冬の近海諸地では無数に鳥がとれる。ブドウの樹はきわめて高く大きく、多くの実をつけて繁《しげ》り、他国にはないほどだ。土地が広いので、定住しない人々もいて、種がみのると、ほかの場所にうつる。

野には異獣が生まれ、川や泉がきわめて少ないので、水がたまるところに百獣がつどう。

そこで異類と交合すると、奇怪な獣がうまれる。ライオン（獅）が多く、百獣の王（百獣之王）である。あらゆる禽獣はこれを見ると、ものかげにかくれる。性質は気高く、これにであった者がうつむき伏せるなら、飢えていても食わない。一〇〇〇人で追いたてても ゆっくりと歩くが、人が見ていないところでは、気性のままに疾駆する。雄鶏《おんどり》の声と車輪の音だけをおそれ、これを聞くと遠くに逃げる。また、最も情けぶかく、人の徳をうけると、かならずこれに報いる。つねに瘧《おこり》［マラリア］を病み、四日に一度発作をおこす。発作のときは猛烈に暴れ、制することはできない。これに毬《まり》を投げると跳びついてもてあそび、やめることがない。水場に群れると、たいへん通行の障害になる。昔、国王が役人に駆逐するように命じたが、その役人には計がなかった。ただ何頭かをとらえ、その体をバラバラに断ち、林のなかにかけると、やや驚いて隠れるようになった。(二)

アクイラ（亜既剌）という鳥は百鳥の王である。羽毛は黄と黒、高さは二〜三尺、頭には冠があり、鉤《かぎ》のような嘴《くちばし》はタカやハヤブサのようで、きわめて高く飛び、険しい山の岩穴に巣を作る。子を産むと太陽をみせ、瞬《またた》かない者だけを育てる。寿命はながく、老いた者は羽毛を脱ぎさり、新たな羽が生えてヒナと同じになる。気性は獰猛で、ヒツジやシカ、さまざまな鳥をさらって食う。夜には肉を食わない。危険をおかす者（冒険者）がその巣を尋ねあてると、あまりの肉を年中とることができる。毒ヘビが子を害するので、一種の石を探して巣のすみにおけば、ヘビの毒を解けると知っている。智恵があり、人の徳をうければ、かならず報いる。西国の大王はこのトリの像を印とする。(三)

ジャコウジカ（麝）に似た山狸がいて、ヘソの後ろに肉の袋がある。香がその中に満ちると病むので、これを石のうえに剔《えぐ》りだして安らぐ。その香は蘇合《そこう》の油のように黒く、龍《りゅう》涎香《ぜんこう》についで貴重で、耳の病を治療できる。(四) また、変わったヒツジを産し、とても大きい。尾だけで数十斤もあり、味はたいへんうまい。毒ヘビがいて、人を殺すことがある。ヘビを制する土地の者もいて、ヘビはその前にくると逃げだす。魔術（方術）によって制するのではなく、代々の子孫がみなそうなのである。尊貴の人が路を行くときは、かならずこの人に随行させる。また、ハイエナ（大布獣）というオオカミのような獣がいる。胴体は人のようで、手足で人の墓を掘り、尸《しかばね》を食う。(五) また、きわめて大きな獣がいて、姿も不思議である。その長さは五丈［一六メートル］ばかりで、ヨダレは龍涎香である。「龍涎は土の中で作られ、流れだしたときは脂《あぶら》のようだが、海に入ると少しずつ凝固して塊となり、一〇〇〇余斤の大きさになるものもある。海の魚がこれを食べ、魚の腹をさくとでてくる。この獣の吐くものではない」という人もいる。ウマはよく走り、また猛々しく、トラと闘う。トラ・ヒョウ・クマ・ヒグマの類はそれぞれ一つではない。土地の者は狩猟を仕事とし、貴人もときに狩猟にでて、ライオンやトラをとることを娯楽とする。

領域のなかにアトラス（亜大蠟）という名山があり、西北にある。天下でこの山が最も高い。（六）風雨露雷はみな山の半ばにあり、山頂はいつも晴れわたり、日や星を見ると倍の大きさにみえる。昔の人が灰の上に書いた字が一〇〇〇年たっても動かないのは、風がないからである。国人《くにびと》は「天柱」とよぶ。この地方の人は夜の眠りに夢をみない。とても不思議である。「月の山」（月山）は赤道の南二三度にあり、きわめて険しく登れない。（七）ロマ・マンサ山（獅山）は西南の境にあり、その頂上には、いつも雷電が走り、寒暑にかかわらず、落雷の轟音がたえない。（八）アンゴラ国（曷噩剌国）にある山は銀鉱が多く、とりつくせない。その西南の海は「大浪山」（大浪山）という。ふもとの海は風が激しく、波がきわめて大きい。商船がここにきて、通過できなければ、西洋（西洋）に引きかえす。船はだいたいここで壊れ、ここを過ぎれば大いに喜び、上陸の望みがでるので、「喜望峰」（九）ともいう。この山より東はかつて暗礁があり、すべてサンゴの属であった。剛《かた》いものは切っ先のようにするどく、船は大いにおそれ、これを避ける。

およそリビア（利未亜）の国の名高いものは、エジプト（阨入多）、モロッコ（馬邏可）、フェス（弗沙）、アフリカ（亜費利加）、ヌミディア（奴米第亜）、アビシニア（亜毘心域）、モノモタパ（馬拿莫大巴）、スーダン（西爾得）である。島には、ザンジバル島（井巴島）、聖トメ島（聖多黙島）、ヘレナ島（意勒訥島）、聖ロレンツォ島（聖老楞佐島）がある。

（一）「西紅海」は現在の紅海を指す。これに対し、現在のカリフォルニア湾を本書では「東紅海」という。

（二）アフリカで雑種が生まれやすいことや、ライオンの記述は『博物誌』八・一七参照。

（三）ワシの性質や子育ての記述は『博物誌』一〇・三にみえる。同一〇・五に、前一〇四年、ガイウス・マリウスが二度目の執政官になったときに、ワシがローマ軍団の標章に採用されたという。

（四）ジャコウネコから採れる香料、シベットを指すと考えられる。

（五）ハイエナの記述は『博物誌』八・四四を参照。人の言葉をまね、遺体を求めて墓をあばく。

（六）モロッコの大アトラス山脈のトゥブカル山を指すと考えられる。標高四一六五メートル。

（七）「月の山」はプトレマイオス『地理学』以来の伝説の山脈、現マラウイのムランジェ山を指すか。最高峰は三〇〇〇メートル。

（八）現シエラレオネのロマ山地を指すと考えられる。最高峰デュルコンコは標高一九四八メートル。

（九）「喜望峰」には、一四八八年、バルトロメウ・ディアス（一四五〇年〜一五〇〇年）が到達した。当初の名前は「嵐の岬」であった。その後、ジョアン二世（一四五五年〜九五年）が「喜望峰」（カーボ・ダ・ボア・エスペランサ）と改名した。ディアスは喜望峰沖で遭難死している。

エジプト（阨入多）

リビア東北にエジプト（阨入多）という大国がある。古代から有名で、きわめて富が厚い。中古の時、七年豊作が続き、ついで七年凶作になった。当時、キリスト教（天主教）にヨセフ（倫瑟）という予知（前知）ができる聖人がいて、あらかじめ国人にひろく備蓄をおしえ、国中の財で穀物をたくわえた。飢饉のときにこれをだし、本国を救うのみならず、四方の財貨が穀物の買いいれのために運びこまれ、その富は無比となった。(一)いまでも五穀が豊かにみのり、畜産はもっとも多い。ほかの地方の百果草木もこの地にうつせば、倍も繁茂する。

その地は千万年雨がふらず、雲気もない。国内にナイル河（泥禄河）という大河があり、毎年一回氾濫する。五月から始まり、少しずつ水かさを増すが、土地の者は水の漲《みなぎり》をくらべ、豊作か凶作かの兆候とする。おおむね、最大で二丈一尺［六メートル七〇センチ］をすぎず、最小は一丈五尺［四メートル八〇センチ］を下まわらない。一丈五尺ならば収穫を欠き、二丈一尺ならば大いに収穫がある。水が漲るのは四〇日をすぎることはない。その水に肥料（膏腴）がふくまれ、水がとどく場所では肥料が土につく。それ以上、泥濘《でいねい》にならないので、土地はきわめて肥沃であり、百穀草木がしげる。水が盛んなとき、城郭は多く沈むので、国人は水があふれる前に門を閉ざし、家財を舟にうつして、これを避ける。河から遠いところは水もこない。（二）

むかし、国王が旱魃《かんばつ》と水害を救う法をもとめ、アルキメデス（亜爾幾黙得）という智巧の士をえて、水器を作った。時により注ぎ洩《も》らし、その便利さは比べるものがなかった。これがいまの「龍尾車」である。（三）国人《くにびと》はきわめて機智があり、格物窮理の学（四）をおさめるものが多く、天文にもくわしい。その地は雨がふらず、雲や霧もないので、日月星辰は昼夜はっきりとみえる。夜に臥《ふ》すときも、屋内に入らないので、みあげれば天象が見える。ゆえに、その観測がますますくわしくなった。他国はこうではない。（五）

その国は真の教に奉《つか》えるまえ、淫祀《いんし》を好んだ。つまり、禽獣草木の人に利があるもの、ウシは耕作をつかさどり、ウマは運搬をつかさどり、ニワトリは夜明けをつかさどるというように、野菜のネギ・ニラまで、みな鬼神がいて、これを祀《まつ》り、あえて食わなかった。その迷信（誕妄）はこのようであった。天主イエス（耶穌）が降誕し、幼いころにその地に行ったが、国境にはいると、諸々の魔像はみな傾き壊れた。（六）二～三の使徒（聖徒）が教えると、ついに名高い聖賢を多く出すようになった。（七）

その国の女人はつねに片方の乳房で三～四人の子をやしなう。天下のラバ（騾）は子を産まないが、この地だけはラバも種をつたえる。(八) むかしの国王は数ある石台をうがち、大仏（浮屠）のようだ。石を積み上げたのではなく、丘のような大きな岩をえらび、削って仕上げた。(九) 大きなものは、裾野が三二四歩、高さは二七五段、一段の高さは四尺である。石台の頂きに登り、力の限り矢を射ても、そのふもとをこえられない。

昔の名をメンフィス（孟斐斯）という街があり、いま「カイロ」（該禄）という。昔は大国の都であり、その名は西土にも聞こえた。その城壁に一〇〇の門があり、門の高さは一〇〇尺、街路をすべて歩くと三日かかる。城壁は当地でとれる一種の脂《あぶら》をつかって石をつみあげ、緻密《ちみつ》無比である。五〇〇〇年前、この国はもっとも強く、ゾウを用いてよく戦い、大小の隣国はおそれて服従した。戦いの時、ゾウに赤紫（桑椹色《くわのみいろ》）をみせると、怒って敵に突進し、向かうところすべてなぎ倒された。都はきわめて富み、属国は多かったが、いま国はすでに滅んだ。城壁も洪水のため、下土が削りとられて倒れた。城壁は旧時のままでないが、なお街路は長さ三〇里もあり、すべて市場となっている。旅人でにぎわい、百貨があつまる。街にはつねにラクダが二～三万頭いる。

（一）ヨセフの予知は『旧約聖書』創世記・四一・二九を参照。

（二）ヘロドトス『歴史』二・一九を参照。『博物誌』五・一〇によれば「目盛りをつけた井戸」によって増水の程度を知り、「平均的増水は一六キュービット（約八メートル）」であり、「一二キュービット（約六メートル）の増水では飢饉を感ずる」という。イブン・バットゥータ『大旅行記』（一三五六年）にはナイルの増水は六月に始まり、一六肱尺（約八メートル）に達すると年貢は過不足なく、一八肱尺で疫病が発生し、一六肱尺に達しないと年貢が納まらず、二肱尺足りないと水乞いをするとある。

（三）アルキメデス（前二八七年頃〜前二一二年頃）は天文学者ベイディアスの子としてシラクサに生まれ、アレクサンドリアで学んだ。アルキメデスがエジプトで過ごしたとき、揚水スクリューを発明したとされる。ヒース（一九五九）二二六頁。「龍尾車」はウルシス『泰西水法』（一六一二年序）巻一にも紹介され、「龍尾は関節（鶴膝）もなく、マス板（斗板）もなく……回転するのみ」（「龍尾車記」）という。『泰西水法』には龍尾車について図をつけており、ネジ状のスクリュー水車である。

（四）「格物窮理」は『大学』にもとづく朱子学の用語で「物にいたって理をきわめる」ことを指し、ここでは自然学・工学を指すと考えられる。

（五）ヘロドトス『歴史』巻二によれば、一年を一二に区切ったのはエジプトにはじまる。

（六）『マタイによる福音書』二・一四による。

（七）『黄金伝説』五七に聖マルコがアレクサンドリアにはじめて福音を伝えたという。

（八）通常ラバは雄ロバと雌ウマの一代雑種であり、生殖能力はない。『博物誌』八・六九によれば、ローマでもラバに子が生まれた記録があり、凶兆とされた。また、テオフラトスの説として、カッパドキアではラバが子を産むのは普通のことだとプリニウスは伝える。

（九）ここの「石台」はピラミッドと解することができるが、疑問がのこる。原文は「非以石砌、是擇大石如陵阜者、鑱削成之」であり、「砌」は「積む」の意であり、「鑱削」も「削る」の意であるから、「石を積んだのではなく、削って作った」にとれるが、ヘロドトス以来、ピラミッドは石を積みあげた建築だとされている。ピラミッドが山を削ったものであるという俗説は現代でもみられるが、あるいはアレーニの時代にもこの異説があったのかもしれない。また、プリニウスはスフィンクスについて「岩から丹念に作りだされた」（『博物誌』三六・一七）という。アレーニは「石台」を大仏に擬しているので、ここはスフィンクスの伝聞が変化したものかもしれない。

モロッコ（馬邏可）　フェス（弗沙）　アフリカ（亜非利加）　ヌミディア（奴米弟亜）

エジプト（阨入多）の近く、地中海一帯はモロッコ（馬邏可）とフェス（弗沙）である。モロッコ（一）の地は七道に分かれ、獣皮や羊皮がきわめて美しい。蜜はもっとも多く、国人は蜜を食糧とする。その習俗は帽子（冠）を重んじ、貴人や老人でなければ、帽子をかぶらず、一尺の布で頭をおおうのみである。

フェスの地は七道に分かれ、都の大きさはリビア第一である。家々や寺院は華やかにして端正で、高く大きい。周囲が三里になる宮殿があり、三〇の門があき、夜には九〇〇の灯《ともしび》が燃える。国人《くにびと》もおおむね理義を知る。

エジプトの西はアフリカ(亜非利加)である。土地はもっとも肥沃で作物が育ちやすく、一本のムギに三四一の穂が実ったことがある。したがって、きわめて富は厚く、西土では「天下の倉」とたたえる。

モロッコの南にヌミディア(奴米弟亜)という国がある。人の性質は凶悪で、教えさとすことはできない。ナツメのような果樹があり、食うことができる。その地に小リビアがあり、泉にとぼしく、一〇〇〇里四方に河はない。旅する者は一〇日分の水を余分に準備する必要がある。

(一) モロッコはアトラス山脈北西に位置し、一六世紀から一七世紀にかけて、サアド朝のカリフが統治した。都はマラケシュ。一五七八年、前スルタン、ムレイ・ムハマッドがポルトガルに支援をもとめ、アフマド・アル・マンスールと戦った。この戦いでポルトガル王セバスチャンが消息不明となった。この結果、ポルトガルは一六四〇年までスペインに併合された。金七紀男（二〇一一）五四頁参照。

（二）フェスはアトラス山脈北、モロッコの東に位置する。一一世紀のムラービト朝のもとでイスラム有数の都市となり、マリーン朝治下の一四世紀に人口が二〇万人に達した。『大旅行記』を著したイブン・バットゥータが晩年、フェスに住んでいる。一五四九年からモロッコのサアド朝の統治下にあった。

（三）ここの「アフリカ」はローマ帝国の属州であった「アフリカ」を指し、チュニス（カルタゴ）を中心とした地域であると考えられる。一六世紀はオスマン帝国の支配下にあった。

（四）ヌミディアは現在のアルジェリアに相当する地域を指す。チュニスの西南に位置する。前一世紀半ばにローマ帝国の属州となった。中心都市はキルタである。

（五）『職方外紀』では「リビア」がアフリカ大陸全体を指すのに対して、ここの「小リビア」はエジプトとチュニスの間に位置する「リビア」を指す。サハラ砂漠が広がる。

アビシニア（亜毘心域）　モノモタパ（馬拿莫大巴）

リビアの東北、紅海の近くには国が多い。人々は墨色の肌をし、北ではやや白いが、南にいくほど黒い。はなはだしい場合は漆《うるし》のようであるが、歯や目だけはきわめて白い。

「この地域には」二種類の人がいる。その一つはリビアの東にいて、国はアビシニア（亜毘心域）という。[一] 土地はきわめて広く、「リビア」本州の三分の一を占め、西紅海から「月の山」までが領域である。五穀・五金を産し、金は精錬せずに、つねに粗金《あらがね》（生金塊）で物と交換する。蜜蠟《みつろう》（糖蠟）が多く、蠟だけで灯りをともし、油をつかうことを知らない。道に落ちた物をひろわず、夜は戸を閉めない。従来、盗賊がいることを知らなかった。人々はきわめて智慧があり、天主を崇拝することができる。修道者（修道者）は手に十字をもって胸の前にかけ、よく敬愛を知る。西土の聖人トマス（篤黙）の伝道はこの地から始まった。[二] 王が国内を旅するとき、つねに六〇〇〇の毛皮の日よけがつきしたがい、車について歩く僕《しもべ》は五～六〇里つづく。

もう一つは、リビアの南にあり、モノモタパ[三]という。国土はもっとも広いが、きわめて愚かで理義を知らない。気候はたいへん暑く、沿海はみな砂である。この砂をふめば傷だらけになるが、黒人はそこに座り寝そべっても平気である。住居はブタ小屋（豕牢）のように汚い。ゾウの肉を喜んで食い、人肉も食う。市場には人肉を売るところがあり、みな生のままで嚙みつく。ゆえに歯にヤスリをかけて鋭くし、イヌの牙のようである。人はウマより速く走り、服を着ない。かえって服を着るものを笑い、身体に油を塗るのを美しいとする。文字はない。はじめてヨーロッパ人がここに来たとき、黒人たちは聖書（経書）

を読みあげて道理を説くのをみて、大いに驚いた。書物のなかに言語を伝えるものがいると思ったのである。その愚かさはこのようである。（四）刃《やいば》をもつ武器はなく、木で槍《やり》をつくるだけである。その尖ったところを火であぶって鋭くする。身体は生臭く、臭いを消すことはできない。性格は憂慮を知らず、鳥獣のようだ。笛や琴などの楽器を聞くと、たちまち躍りだしてとまらない。しかし、素朴でがまん強く、善い事を教えれば、力をつくして行う。人の召使い（奴）となれば、主《あるじ》にきわめて忠実で、主のために力を用い、死地をみても引きかえさない。敵のまぢかにあっても、まったく避けない。

その習俗はおおむね魔像を崇拝せず、天地に主があることも知るが、王を神霊にようにみて、天地の主とみなす。旱魃や水害があると、王のもとに行き、これに祈る。王がクシャミ（噴涕）をすれば、朝廷がこぞって大声で答え、国人もこぞって大声で答える。大いに笑うべきである。人々は喜んで酒を飲むが、酔いやすい。ニワトリはみな黒く、ブタ肉を天下一の美味とし、病んだものを食べても害がない。きわめて大きなゾウがいて、一本の牙で重さが二〇〇斤である。また、アルカリア（亜爾加里亜）というネコのような獣がいて、尾のうしろに香料の汗をかく。黒人が木のカゴに追い落とすと、木に汗がつく。これを乾かして刀で削ると、不思議な香りがする。（五）黒檀（烏木）と黄金はもっとも多い。鉄がすこしもないので、とくに貴重とする。布は紅色と斑《まだら》模様をよろこび、ガラス（玻璃）の器もよろこぶ。また、泳ぎを得意とし、他国では「海鬼」という。

アビシニア（亜毘心域）に属するウガンダ（諳哥得）という国がある。(六) 夜に食べて、昼には食べず、一日一食だけで、絶対に二度食べない。塩と鉄を貨幣とする。また、プトン（歩冬）という一族がいて、学問を知り、書籍を重んじ、歌舞を得意とする。これもアビシニアの類である。

（一）現在のエチオピアを指す。伝説上、ソロモンとシバの女王の子孫を国王とする。一世紀ごろ北部にアクスム王国が建てられ、その民族がアバシャといわれたことから、アビシニアという名が生まれた。イエズス会のペドロ・パエス（一五六四年～一六二二年）がエチオピア皇帝ザ・デンガル（在位一六〇三年～〇四年）、スセニョス（一六〇七年～三二年）のもとで宣教した。バンガート（二〇〇四）二〇〇頁参照。

（二）使徒トマスはインドで宣教したと伝えられる（『黄金伝説』五）。大航海時代、エチオピアがプレステ・ジョンの王国（トマスが宣教した東方のキリスト教国）だと思われていた時期もある。北部の都市アスクムにはエチオピア正教の教会がのこる。

（三）モノモタパ（ムニュムタパ）は現在のジンバブエ一帯を一四世紀から一七世紀にかけて支配した王国である。始祖はニャト・シンパとされる。イエズス会のゴンサロ・デ・シルヴェイラ（一五二一年～六一年）がポルトガル商人カイアードに案内されて宣教し、王室の要人を改宗させた。吉国恒雄（一九九九）一三三頁、バンガート（二〇〇四）一〇八頁参照。
(四) アレーニはモノモタパに手厳しいが、これは前述のシルヴェイラが、現地の霊媒師らの巻き返しにより、一五六一年に殺されたことが影響をあたえているのかもしれない。シルヴェイラは東方における殉教者とされ、一五六九年、ポルトガル王がモノモタパ征伐のために一〇〇〇名の兵士を派遣した。しかし、結局、この遠征は風土病などにより失敗におわった。吉国恒雄（一九九九）一三四頁参照。
(五) ジャコウネコからとれる香料シベット（霊猫香）を指すと考えられる。
(六) 原文「諳哥得」は巻三図に「安鄂得」とあり、アビシニア（亜毘心域）の西に描かれている。音はやや異なるが、現在の「ウガンダ」にあたると考えられる。

スーダン（西爾得）　コンゴ（工鄂）

リビア［アフリカ大陸］の西にスーダン（西爾得）という海浜の国がある。(一) その地には二つの大砂漠（大沙）がある。一つは海中にあり、水につれて移り、位置が定まらない。一つは地上にあり、風に従って漂泊し、積もれば丘や山のようになり、城郭や田畑がみな押しつぶされる。国人はたいへんこれに苦しむ。

また、コンゴ（工鄂）がある。(二) 地は豊穣であり、人は義理を解する。西の客と往来するようになってから、国中がおおむね真の教を崇拝している。その王は子をヨーロッパ（欧邏巴）にやり、文字を学ばせ、格物窮理の学を明らかにさせた。(三)

(一) 原文「西爾得」は、サハラ砂漠西側の海浜の地域を指すのであろうが、はっきりしない。あるいは「歴史的スーダン」（サハラ砂漠以南・コンゴ盆地以北）を指すのかもしれない。この地域にはソンガイ人の国があった。

(二) コンゴには一四世紀に王国が成立し、王・貴族・奴隷などからなる朝廷があった。ンジンカ・シクウ（ポルトガル名、ジョアン一世、一五〇六年まで在位）がキリスト教に改宗し、その子、ムペンバ（アフォンソ一世）はカプチン会修道士を迎え入れ、聖書研究にも熱心であった。また、偶像崇拝者を火刑に処し、学校（女子教育をふくむ）も設立した。ディオゴ一世は一五四六年にイエズス会の派遣を要請した。レクリヴァン（一九九六）三六頁、および、『アフリカを知る事典』一五九頁を参照。

(三) 一四八七年、ポルトガルの第三次コンゴ航海の帰りに、コンゴ王国からポルトガルに使節団が乗船した。かれらの中にコンゴ王国の貴族の子弟がいた。ポルトガル王は彼らを礼遇し、ヨーロッパの学問を学ばせた。森洋明（二〇一五）参照。

ジンバ（井巴）

リビアの南に一種の夷狄《いてき》がおり、ジンバ（井巴）という(一)。徒党は一〇余万、きわめて勇猛で、武器の扱いに巧みである。定住しないで、ウマやラクダで移動する。移動したさきで、その人を食い、鳥獣虫蛇におよぶ。その生命が根絶やしになってから、他国に転ずる。南方の小国には大きな害である。

（一）リビア総説に「井巴島」とあり、巻三図にはケニア周辺に「黒人国」とある。ザンジバル島周辺を指すと考えられる。

カナリア島（福島）

リビアの西北に七つの島があり、カナリア島（福島）(一)がその総称である。その地はたいへん豊穣である。人が求めるもので、ないものはない。雨がふらないが、風気は潤《うるお》い、草木百穀は育ちやすい。耕さなくても、種をまけば、おのずと生える。ワイン（葡萄酒）および白糖（白糖）はきわめて多い。西土の商船が往来するとき、いつもこの島で品物を取引し、船中の用とする。

七つの島のなかに「鉄島」がある。泉がないが、一種の大樹が生え、日が没すると雲気がこれを包み、甘泉を醸《かも》して滴《したた》りおちる。夜が明けて日が出ると、雲は散り、水は涸《か》れる。樹の下にはいくつか池ができ、夜ごとに満ちて、人畜がみな十分に潤う。(二)むかしからそうであり、「奇跡の水」（聖跡水）という。天主が人の用を絶たないように、とくにこの奇跡（奇異之迹）をなし、人を養うのだ。各国の人がさかんに集まり、不思議なものだとする。

(一) カナリア諸島はアフリカ大陸北西の火山性群島で、現在はスペインの自治州である。七つの島とはテネリフェ島、グランカナリア島、ランサローテ島、ラパルマ島、ラゴメラ島、エルイエロ島、フェルテベントゥーラ島を指す。フェルテベントゥーラ島には紀元前にフェニキア人が入植している。

(二) 「鉄島」はカナリア諸島最大のテネリフェ島を指す。「鉄」は現代中国語で「ティエ」であるから音訳であろう。「甘泉」の記述はピガフェッタにみえる（長南実訳、一二二頁）。

聖トメ島（聖多黙島）　ヘレナ島（意勒納島）　聖ロレンツォ島（聖老楞佐島）

聖トメ島（聖多黙島）はリビア［アフリカ大陸］の西、赤道の下にある。（一）周囲は一〇〇〇里、直径は三〇〇里である。その地は雲が濃く、雨が多い。日に近いところほど、雲が低く雨も多い。この島の果実はみなタネがない。

また、ヘレナ島（意勒納島）がある。（二）鳥獣は多く、果樹は繁茂するが、人は住んでいない。インド（小西洋）からヨーロッパ（大西洋）にいく船は、いつもここに十数日停泊し、木材をとり、漁をして、二〜三万里の物資を準備して去る。

また、赤道の南に聖ロレンツォ島（聖老楞佐島）がある。（三）周囲は二万余里、［南緯］一七度から二六度半にいたる。色の黒い人が多い。林や山麓に散らばり、村落はない。琥珀《こはく》や象牙を産し、きわめて広い。

（一）西アフリカ赤道直下のギニア湾にある島、現在のサントメ・プリンシペを指す。

（二）図に「聖依勒納島」とある。現在のセント・ヘレナ島、アフリカ西海岸から約二〇〇〇キロメートルの南大西洋に位置する。一五〇二年にポルトガル人が来航した。一六五九年以降はイングランド領となり、一八一五年にナポレオンが流刑になり、ここで没した。漢訳

「意勒納」にはHが無音となるロマンス語の影響がみえる。

(三) 現在のマダガスカル島。インド洋南西、モザンビーク海峡をはさみ、アフリカ大陸より三〇〇キロメートルに位置する。一五〇〇年にポルトガル人が来航し、一部を領有した。「聖ロレンツォ島」の名は、一五〇八年八月一〇日に殉教した聖ラウレンティウスにもとづく(『黄金伝説』一一一)。ポルトガル人が来航したとき、この聖人の日であった。リッチ『坤輿万国全図』に「仙労冷祖島」とし「一名、麻打曷失曷」とある。

巻四　アメリカ

佛郎察
以西把尼亞
巴爾巴里亞
利未亞
為匿亞
白峯
綠峯
伯西兒
利未亞海
南道
墨
瓦

北
新
拂
郎
察
農
地
摩可沙國
花地
巴革老地
諾龍伯爾瓦
長
線
古巴島
新入西把尼亞島
金加西蠟
加利巴納
南
亞
墨
利
加
孛露海
孛露
巴寡納
思納大
智勒國
波都西山
雪山
長人國
都古滿
銀河

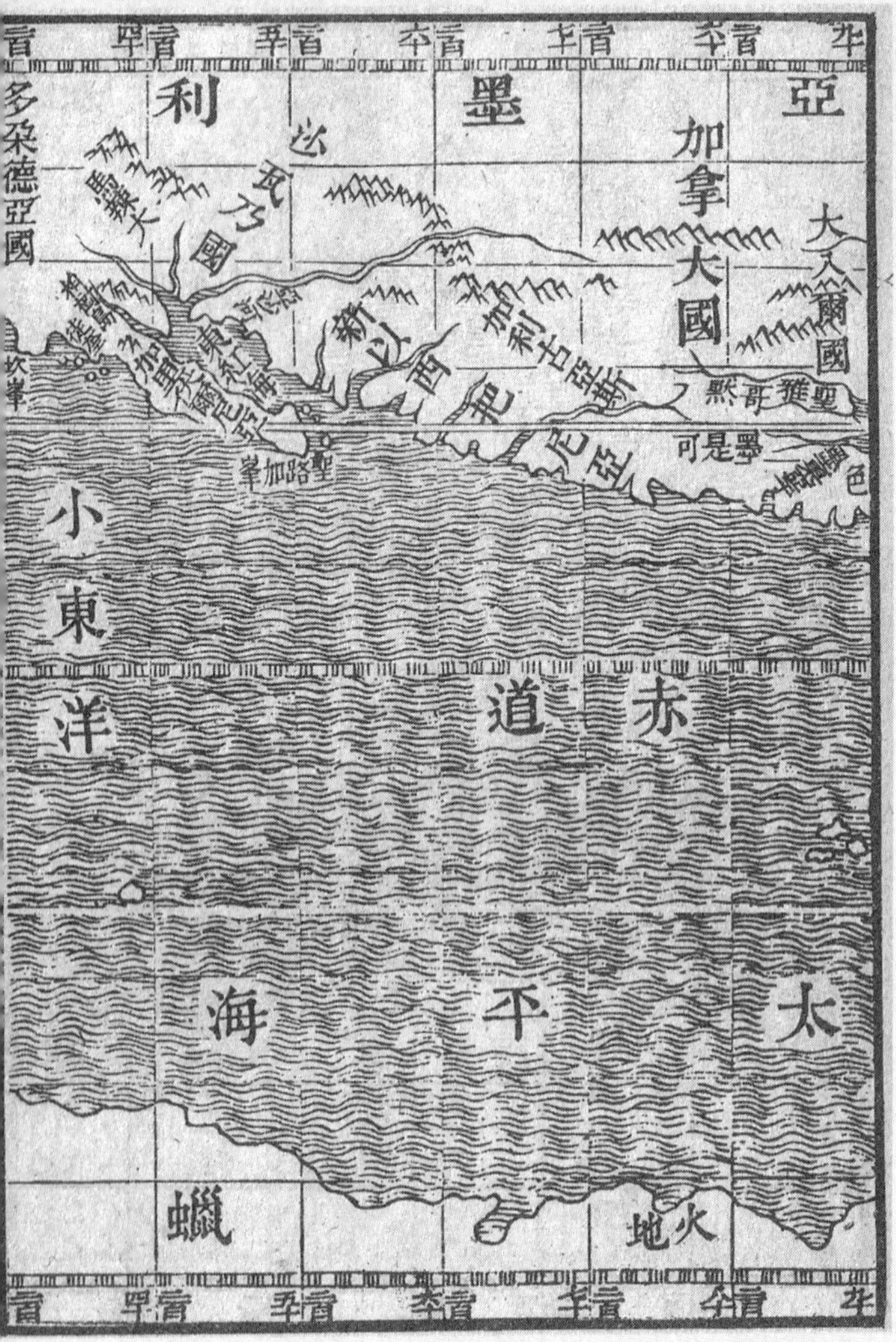
亞
墨
利
加拿大國
多朶德亞國
瓦乃國
聖路加峯
小東洋
赤道
太平海
蠟
火地

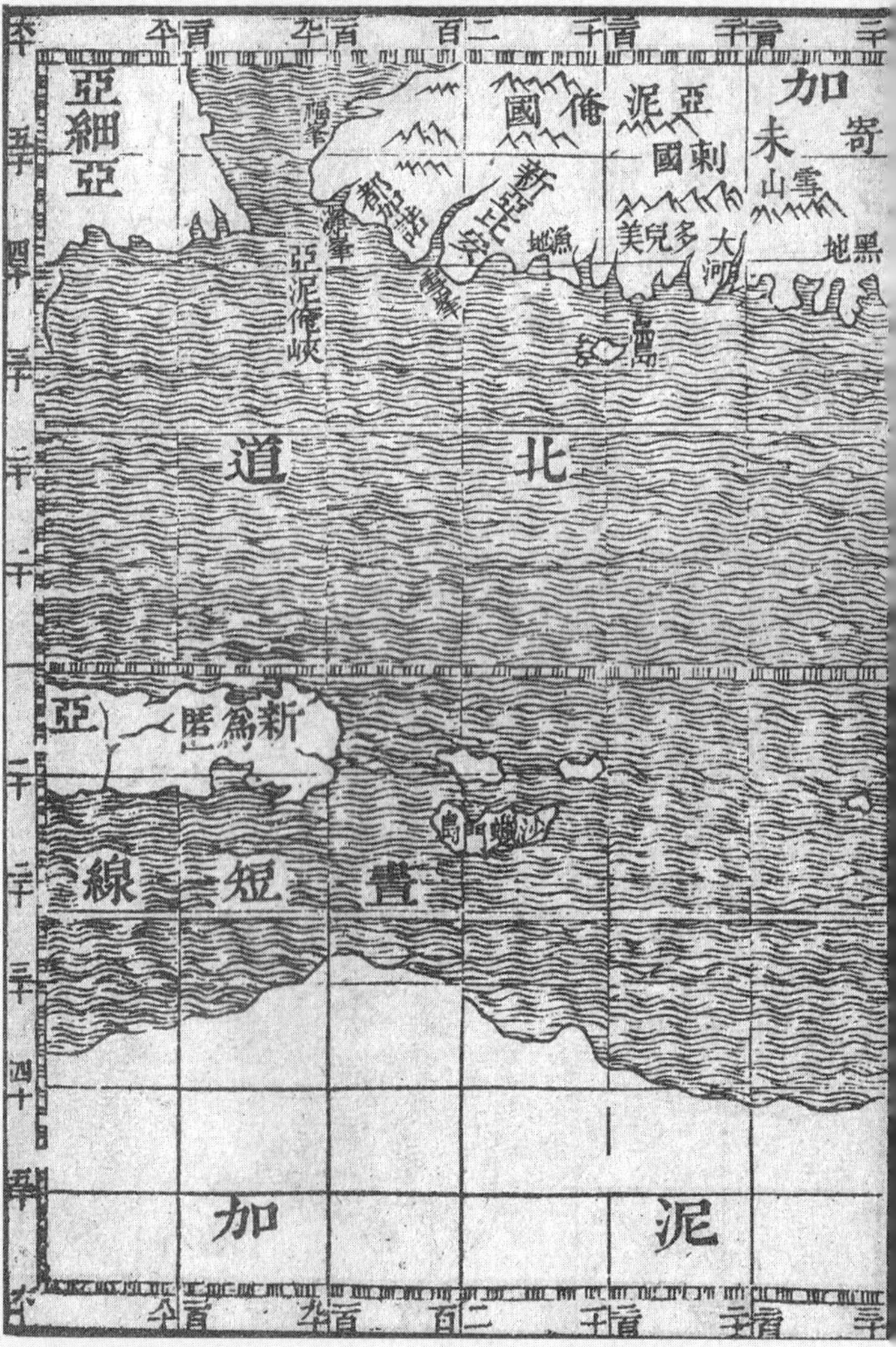
亞細亞
俺國
亞泥剌國
加寄未
雪山
黑地
漁地
大河
亞泥俺峽
北
道
新爲臘
晝
短
線
加
泥

アメリカ総説

アメリカ（亜墨利加）は第四の大州の総称である。南と北にわかれ、あいだは地峡（峡）でつながっている。地峡の南が南アメリカ（南亜墨利加）である。南端はメガラニカ海峡（墨瓦蠟泥海峡）の南緯（南極出地）五二度である。北はカナダ（加納達）まで、北緯（北極出地）は一〇度半である。西は二八六度から、東は三五五度にいたる。地峡の北は北アメリカ（北亜墨利加）といい、南はカナダの南緯（南極出地）一〇度半から、北は氷海まで、北緯は明らかではない。西は一八〇度から東はカナリア島（福島）の三六〇度まで、土地はきわめて広く、天下の半分を占める。

はじめ、西土はアジア、ヨーロッパ、リビアの三大州を知るだけだった。大地の全体では一〇分の三のみで、のこりの一〇分の七はすべて海だと言っていた。一〇〇年前、西国にコロン(二)（閣龍）という大臣がいて、格物窮理の学をふかく知り、また、航海の法を習った。つねづね、天主が天地を創造（化生）して人の生きる場にしたことを考え、海が地より多いとは聞いていたが、天主が人を愛する意図はそうではなく、きっと三州のほかに、海に大地があるだろうと考えた。また、教えが伝わらずに、悪俗に沈んでいる海外の国を遠く求め、ひろく教えて、天主の心を啓示（黙啓）しようと思った。西の海を航海していたある日、海のにおい（気味）を嗅いで、たちまち悟り、「これは海水の気ではない。土地の気だ。ここから西に人が住む国土があるにちがいない」と言った。そして、諸国の王をたずね、船舶・糧食・器具・財貨、さらに海賊（寇盗）を防ぐための将卒、交易するための宝の援助を請うた。コロンはついに仲間を率いて出航した。数ヶ月さまよったが、果てしなく得るところがなかった。路は危険で、病になる者もでて、旅にしたがった人はみな怨んで帰ろうとした。コロンの意志は固く、ただ前進を命じた。ある日、望楼《ぼうろう》にいた者が大声で「地あり」といった。仲間はともに歓喜し、天主に感謝し、つつしんで前進の道をとり、とうとうある土地についた。

上陸する前、土地の者はまだ航海を知らず、自分たちの土地を知るだけで、海外に人がいることを知らなかった。そして、かの国の船は帆をつかわないのに、「コロンの」船は大きく、また風を帆にうけて疾走し、大砲（大砲）を発射すると雷のようなので、みな驚き、天使（天神）か海の魔物（海怪）かと疑い、恐れて逃げさり、近づかなかった。船員たちには話しかける手だてがなかったが、たまたま一人の女が近くにいたので、これに美しい物・錦の衣・金宝・装飾および玩具を贈ると、これをもって帰った。翌日、その父母が仲間とやってきたので、さらにこれに宝を与えた。土地の者は大いに悦び、ついに西客がとどまるのを望み、土地をあたえて家を作り、往来しやすくした。コロンはここまで来た船員の半分に残るように命じ、半分を国王に報告するために帰し、その物産をもたらした。翌年、国王は穀物や果物の種をのせ、農師と巧匠をつけ、その地に教えに行かせ、人はますます喜んだ。数年住み、曲折をへたが、なお一隅に滞在している。[二]

その後、また、アメリゴ（亜墨利哥）[三]という者がいた。ヨーロッパの西南の海にきて、赤道以南の大地をたずね、その名をつけた。ゆえに「アメリカ」（亜墨利加）という。数年後、また、コルテス（哥爾徳斯）[四]という人がいて、国王が船舶をあたえて西北に行かせ、また大地をえた。赤道以北にあり、北アメリカ（北亜墨利加）という。

この土地には、従来、ウマがいなかったので、土地の者はその姿を知らなかった。船員がウマに乗って上陸すると、かれらのうち一人が大いに驚き、人馬が一体であると勘違いし、獣にして獣にあらず、人にして人にあらずと、いそいで官長に告げ、国王の耳に達した。国王は人を派して見にこさせた。その使者もこれは人ではないと考え、二つの物を捧げた。一つはニワトリやブタなどの食物で、「なんじが人ならば、これを享《う》けよ」といった。もう一つは花やトリの羽根などであり、「なんじが天使（天神）ならば、これを享けよ」といった。その食物をたべると、人であることが明らかになり、これより往来はたえない（五）。そのなかの大国はヨーロッパと交易をしている。西土の国王も聖職者（教中掌教諸士）に命じ、かの国の人に善をなすように勧めている。数十年来、悪俗はやや改まっている。

南アメリカ（南亜墨利加）にある国は、ペルー（孛露）、ブラジル（伯西爾）、チカ（智加）、カスティリア・デ・オロ（金加西蠟）がある。南北が連なるところには、ユカタン（宇革単）、カナダ（加達納）（六）がある。北アメリカ（北亜墨利加）にはメキシコ（墨是可）、フロリダ（花地）、ヌーベル・フランチャ（新払郎察）、バカリャオ（抜革老）、ラブラドル（農地）、キヴィラ（寄未利）、ニュー・アルビオン（新亜比俺）、カリフォルニア（加里伏爾尼亜）があり、また西北諸蛮族の地方がある。そのほかに島々があり、まとめてアメリカ島（亜墨利加島）という。

（一）原文「閣龍」はスペイン名クリストバル・コロン（コロンブス、一四五一年～一五〇六年）を指す。コロンブスはジェノヴァに生まれ、スペイン女王イザベルの援助をうけ、一四九二年から大西洋を横断する四度の航海を行った。

（二）コロンブスの第一次航海（一四九二年八月三日～九三年三月一五日）で、エスパニョーラ島に残留した船員は第二次航海（一四九三年九月二五日～九四年九月二九日）で訪れたとき、全滅していた（『全航海の報告』六二頁）。この点に限らず、カリブ海や新大陸におけるヨーロッパ人と先住民との衝突には言及がない。
(三) アメリゴ・ヴェスプッチ(一四五四年~一五一二年)はフィレンツェに生まれ、メディチ家の銀行員をやり、コロンブスの出航準備に立ち会った。一四九九年からスペイン探検隊に参加し、ギアナやブラジルなど南アメリカを探検し、一五〇一年からポルトガル探検隊を率い、リオデジャネイロ湾からラ・ブラタに達し、南アメリカが大陸であると主張した。ドイツの地理学者ワルトゼーミュラー(一四七〇年~一五二〇年)がアメリゴの業績をたたえ、新大陸を「アメリカ」と命名した。はじめは南アメリカを指したが、一五三八年、メルカトルが新大陸全体に用いた。
(四) フェルナンド・コルテス(一四八五年~一五四七年)はスペインの下級貴族に生まれ、サラマンカで法律を学び、一五〇四年にエスパニョーラ島にわたる。一一年キューバ遠征に参加、サンチャゴの市長となる。一九年、メキシコに遠征し、ベラクルスを建設して総督となり、アステカ帝国の首都テノチティランに到着、王モンテスマ二世を捕虜にした。二〇年六月にアステカの反撃をうけて首都を脱出、翌年八月に再侵攻し、植民地の基礎をつくる。二六年、巨大な富と権力を本国から危険視され、統治権を奪われた。その後、事業家として財をなし、失脚後もグアテマラなどに遠征隊を派遣した。
(五) ヨーロッパの騎兵をインカ人が人馬一体の生き物だと考えたことは、増田義郎(二〇〇一)にみえる。
(六) 原語「加達納」は「加納達」つまり「カナダ」の誤りと考えられる。

南アメリカ（南亜墨利加）

ペルー（孛露）

南アメリカの西はペルー（孛露）という。（一）赤道以北三度から以南四一度まで、大小数十国があり、広さ一万余里、そのなかに平野と沃野、一万余里をふくむ。土地は肥沃で多様である。耕作にわずらわされず、種子をまけば、おのずから生長する。およそ五穀・果実・草木はみな良い品である。本地［スペイン］の人も「大地の畑」とする。その鳥獣の豊かさ、羽毛の華麗さ、声の美しさも天下第一である。

地には金鉱がでる。はじめは金と土が混ざっているが、これを別《わ》けると土より金が多い。ゆえに金銀はもっとも多い。国王の宮殿はみな黄金を板にして飾る。鉄だけは産しないので、兵器はみな木を焼いて鋭い石をつける。いま［ヨーロッパと］貿易（貿易）し、ようやく鉄をつかうことを知り、きわめて貴重とする。ほかの器物はみな金・銀・銅の三種でつくる。
むかしから雨がふらない国がいくつかあるが、地中に湿気があり、用水としている。ある種の樹は脂《あぶら》がでて、強烈に香る。バルサム（抜爾撒摩）といい、傷口につけると、一昼夜で皮膚がふさがり、もとのようになる。天然痘（痘）にぬれば、傷痕が残らず、屍《しかばね》にぬれば、千万年朽ちない。[二]

一種の不思議なヒツジがいて、ラバ（騾馬）の用にあてられ、性質はたいへん屈強である。伏したときは死ぬほどムチ（鞭策）をくわえても起きないが、ほめ言葉（好言）でなぐさめれば、起きて歩き、使うままになる。物を食べることはもっとも少なく、三～四日は絶食できる。肝《きも》には卵のような物があり、諸病を癒すことができ、海にでた国はたいへん貴重とする。[三]ハクチョウ（天鵞）やオウム（鸚鵡）はとくに多い。エミュ（厄馬）という鳥はもっとも大きく、広野に生き、長い首に高い足をし、羽はきわめて美麗だが、全身に毛はなく、飛ぶことができない。足はウシの蹄のようで、走るのが得意で、ウマも追いつけない。その卵で杯や器を作る。いま洋船（番舶）のあつかう「龍卵」は、これである。[四]

綿花の生産はたいへん多く、布も織るが、あまり用いない。もっぱら大西洋の布やリンネル（利諾布）と換える。ウマの毛を切って織り、衣服をつくる。

河はきわめて大きい。脂《あぶら》のような泉があり、つねにわきでて、涸《か》れない。人は灯火《ともしび》に用い、舟や壁に塗り、ペンキ（油漆）の用にあてる。また、一種の泉があり、石のひび割れからわき、わずかに数十歩はなれると、［その水が］石に変わる。燃える土があり、炭の用にあてるが、平地や山のどこでもとれる。(五) 地震がきわめて多く、あちこちに陥没がみられる。平地がもりあがって丘となり、山が別の土地にうつるなど、みな地震のせいである。ゆえに、あえて大きな建物（宮室）をつくらず、屋根は薄い板でおおい、地震でくずれるときに備えている。

その習俗には、おおむね文字書籍がなく、縄を結んで識《しるし》とする。(六) あるいは、五色の物の形を字にあてる。史書もそうである。算数には小石を用い、精確で速い。その文飾は宝石を顔にはめ、あるいは金銀で環をつくり、唇や鼻にとおす。手足には金の鈴をつけ、宝石で飾り、夜も部屋を照らす。

その国都は［治める地域が］万余里に達するが、山を削り、谷を埋め、平坦な路にし、さらに石を置き、駅伝（駅使伝命）の便にしている。数里で交替し、三昼夜で二〇〇〇里に達する。(七) 人の性質は善良で、傲慢がなく、嘘で飾らない。純粋な古《いにしえ》の風俗のようだ。金銀がもっとも多く、意にまかせてとれるので、盗みや吝嗇《りんしょく》がなく、その富も知らず、ささいで無益な仕事をしている。

しかし、いやしい習俗も多い。最近、キリスト教（天主教）の士人がかの地にいき、善を勧めて、経典を教え、ともに道徳や理義を語った。人を殺して魔を祭り、殉死をかりたてるなどは、(八)以前のようではなくなり、善をなして諸国にもすすめ、身をすてることも辞さない者もいる。

そのなかにもっとも醜悪な土地がある。地産はきわめて薄く、ムシやアリを拾って食糧とし、四角の網を樹にかけてねむる。地気が湿っているからである。また、強力な毒ヘビがいて、咬まれれば、かならず死ぬので、あえて地上に横たわらない。寝ているときにこれに触るのを恐れるのだ。

その土地の言葉は各種の違いがあるが、共通語（正語）があり、万里の外に通じる。およそ、天下の方言は一〇〇〇里を過ぎると、かならず通訳（伝訳）が必要であるが、共通語で万里の外に達するのは中国とペルーだけである。

近くにアラウコ（亜老歌）という大国がある。(九)人は強く果敢、弓矢および鉄の杵《つち》（鉄杵）を使うのが得意で、文字を立てず、一切の政教は口伝《くでん》でなされる。弁論はきわめて精《くわ》しく、聞く者は感動しやすい。出兵のとき、大将が兵士に訓戒し、わずか数語で感激して涙を流し、戦死を願わない者はない。ほかの談論もみなこうである。

（一）インカ帝国は一五世紀から一六世紀にかけて繁栄し、エクアドルからチリにまで版図を広げていた。一五三三年、スペインのピサロが王アタワルパを処刑し、以後三〇年あまり、インカは抵抗を続けたが、七二年、最後のインカ王トパック・アマルが、第五代ペルー副王フランシスコ・デ・トレドによって処刑され、インカ帝国はほろんだ。

(二) バルサムは樹脂が精油のなかで乳濁液になったもの。また、バルサムを分泌する植物も指し、ペルー・バルサムはマツ科の植物である。

(三) リャマ、ビクーニャ、アルパカ等を指す。いずれもラクダ科に属する。胃に結石があり、珍重されることはアコスタ『新大陸自然文化史』一・二一および四・四二にみえる。

(四) アメリカン・レアを指す。アメリカダチョウともいわれ、全長は一・三メートル程度。エミューはポルトガル語で、後にオーストリアに生息する鳥にも用いられた。

(五) 石油・石炭・泥炭の記述であろう。

(六) いわゆる「キープ」といわれる結縄文字のこと、結び目の数や間隔で言葉を伝えた。インカ帝国では納税事務や法の布告にも用いた。中国にも『周易』繋辞伝にみえる。沖縄ではワラザンといい、藪内清（一九七四）に写真が掲載されている。

(七) ペルーの駅伝制度（チャスキ）については、シエサ・デ・レオン『インカ帝国史』二一を参照。

(八) インカの太陽信仰を指すと考えられる。

(九) チリ中部の先住民族アラウコ人を指す。ペドロ・デ・バルディビア（～一五五三年頃）を撃退し、一九世紀中頃までスペイン人に抵抗した。

ブラジル（伯西爾）

南アメリカの東にブラジル（伯西爾）という大国がある。赤道以南二度から三五度にいたる。天候はおだやかで、人は長寿で病もない。ほかの地方で治療できない病も、ここに来れば癒《い》える。土地はたいへん肥沃で、不思議な鳥獣が多い。河は天下最大で、最も有名である。(一) ペルー（孛露）との境界に大きな山があり、高すぎて鳥もこえられない。白糖を最も多く産し、有益な樹木は多様で、蘇木《そぼく》が多いので、「蘇木の国」という。(二) ナマケモノ（懶面）(三) という獣がおり、とても獰猛である。爪は人の指のようで、ウマのようなタテガミがあり、腹はたれて地に着く。歩くことができず、ひと月に一〇〇歩をこえない。木の葉を喜んで食い、樹にのぼってこれを取るが、二日もかかる。樹を下りるにも同じだけかかる。これをせかせる方法はない。また、前はタヌキ、後はキツネに似た獣がいる。人の足をし、フクロウの耳で、下腹に袋があって開閉する。つねにその子をなかに納め、乳を欲すると、ここから出てくる。(四) この土地のトラは、飢えたときには一〇〇人の男でも制せないが、満腹のときは一人でも制せられ、イヌでもたおせる。その貪食の害はこのようである。(五)

国人は弓矢が得意である。前の矢が的にあたると、後の矢で筈《はず》を射ぬく。連発すれば、つながって銭さしのようになり、一本も矢をなくさない。習俗は多く裸体で、婦人は髪をたらして前後を覆う。幼いとき、顎《あご》や下唇に孔をあけ、猫目石や夜光珠などの宝石をはめこんで美しいとする。婦人は子を産むとすぐに起き、いつものように仕事をし、夫のほうが数十日床につき、養生をする。(六)親戚が挨拶にくると、弓矢と食物を贈る。国中みな同じである。風俗はこのようで、理の通じがたいことが多いが、その国のひとは慣れて、まちがいに気づかない。

土地はコメやムギを産しないので、酒を醸《かも》さない。草の根や晒《さら》した茎で餅《へい》を作る。(七)すべての物は公《おおやけ》に用い、私《わたくし》にしない。土地の者は一～二刻〔三〇分〕のあいだ、水中にいることができ、水のなかでも目がよく見える。速く泳げる者はドゥバラン（都白狼）という大魚をとらえ、これにのる。鉄のカギを魚の目にかけて東西にひきまわし、ほかの魚をとらえるために駆るのである。(八)

もともと、君長や書籍はなく、衣冠もない。ちらばって集落に住み、よろこんで人肉を食う。西土ではこの地に三字を欠くという。「王」「法」「文」、これである。(九)いまわずかに教化され、やや人の理がわかる。

その南にラ・プラタ河（銀河）があり、水の味は甘美である。(一〇)かつては平地にあふれて、水が引くと、銀砂をばらまいた。河の流れも大きく、海に入るところは幅が数百里である。海中五〇〇里に支流が湧き、なお銀の泉であり、塩味がしない。その北にまた、オリノコ（阿勒恋）という大河があり、また「マリウサ」（馬良温）ともいう。(二) 流れは曲折して三万里、いまだその源がわからない。この二つの河は天下第一である。

(一) アマゾン川を指すと考えられる。一五四一年、スペイン人オレリャノがペルーのアンデスから川を下り、大西洋の河口に到達した。巻四図には「阿勒利亜那河」とある。

(二) 蘇木はマメ科の樹で深紅の染料がとれる。もとインドやマレーシアのスオウを指し、「炭火」を意味するポルトガル語「ブラザ」により「ブラジル」とよばれていた。一五四〇年頃にポルトガル人が南アメリカでスオウに似た樹（ブラジルボク）をみつけ、やがて地名となった。『ラテン・アメリカを知る事典』三五一頁以下を参照。古地図の研究からは、はじめ「ブラジル」は島だと考えられており、一四九二年のベハイムの地球儀には、アイルランド西方に空想上の「ブラジル島」が記載されていた。一五二〇年のシェーナーの地球儀には、新大陸にブラジルの名が確認できるとの指摘がある。織田武雄（一九九八）二三九頁を参照。

(三) ナマケモノ（ペリコリヘーロ）の動作はおそいが、危険を感じるとツメで攻撃もする。

(四) 南米大陸に分布する有袋類オポッサムと考えられる。

（五）プーマやジャガーであろう。アコスタ『新大陸自然文化史』四・三四を参照。

（六）『東方見聞録』のザルダンダン地方の記述に同様の習俗がみえる（一五七頁）。妻の出産の苦しみを夫が体験するためだという。

（七）トウモロコシを指すと考えられる。「餅」は穀物の粉を固めた糧食で、モチやビスケットを指す。

（八）原文「都白狼」は不明。ラグーナにおけるイルカをつかった漁かもしれない。

（九）ブラジルにはインカのような王制はなく、首長連合社会であった。ここに宣教したイエズス会士の経験から、この国に「信仰・法・王がない」という言い方があった。ヴィヴェイロス（二〇一五年）六五頁参照。ここは中国とブラジルの類比をさけるため、「信仰」を「文」にかえたのかもしれない。

（一〇）巻四図にパラグアイ（巴辣歪）から大西洋側に流れる河を「銀河」とする。「プラタ」はスペイン語で「銀」を意味するので、原文「銀河」は「ラ・プラタ川」を指すと考えられる。

（一一）リッチ『坤輿万国全図』にはアマゾン川のあたりに「馬良温河」がみえる。

チカ（智加）

南アメリカの南部はチカ（智加）（一）といい、すなわち、巨人（長人）の国である。たいへん寒く、人の身長は一丈［三メートル］をこえ、全身はみな毛である。むかしの人はさらに大きかったようだ。かつて地をほって、人の歯をえたが、幅は三指、長さは四指をあました。全身も知れよう。人は好んで弓矢をもち、矢の長さは六尺もある。矢をにぎると、口にさしいれ、矢羽根をつけたところまで差しこんで勇を示す。（二）男女は顔に五色をぬり、文飾《かざり》とする。

（一）パタゴニアを指す。オルテリウス『世界の舞台』にChicaとあり、リッチ『坤輿万国全図』に「止加」とし、パタゴニア（巴大温）の下に「即ち長人国」という。

（二）ピガフェッタは巨人が吐剤のかわりに矢を五〇センチものみこみ、血の混じった緑色の液を吐くという話をつたえている（長南実訳、四二頁）。

カスティリア・デ・オロ（金加西蠟）

南アメリカの北を「カスティリア・デ・オロ」（金加西蠟）(一)という。その土地は金銀を産して天下一である。鉱山には四つの坑道があり、深さはみな二〇〇丈［六四〇メートル］である。土地の者は牛の皮で梯子《はしご》を作り、これを降りる。(二)働く者はつねに三万人である。その得るところの金銀は国王が一〇分の一をとるが、七日の税でおよそ銀三万両をえる。

その山麓に街があり、銀の街（銀城）という。さまざまな物はみな高価だが、銀だけはたいへん安い。取引（貿易）に銀貨をつかい、五等ある。大きなものは八銭で、小さなものは五分である。金貨は四等である。大きなものは一〇両、小さなものは一両である。ヨーロッパが航路をつうじて以来、毎年交易して、得た金銀はたいへん多い。ゆえに西土の金銀はだんだん安くなり、穀物などの日用品がだんだん高くなっている。識者は「将来、金が多いことで禍《わざわい》をうけるだろう」とするが、利が厚いので、知っていてもやめられない。(三)

その南北の地が連なるところは、ユカタン（宇革単）という。赤道北一八度に近く、南北アメリカはここでつながり、東西の二大海はここでへだたる。周囲は五〇〇〇余里である。天主の教が伝わるまえに、十字架（十字聖架）を尊敬することを知っていた。国の習俗は入れ墨（文身）を飾りとする。

（一）いわゆる「黄金のカスティリア」のこと。一五一二年、バルボア（一四七五年頃～一五一九年）が到達し、スペイン王が命名した。ベネズエラ、コロンビアからパナマ周辺を指す。

（二）カスティリア・デ・オロより南になるが、ポトシ鉱山（現ボリビア）の記述かもしれない。「三本の牛皮を大綱のようによじってつくられた」階段の記述がアコスタ『新大陸自然文化史』四・八にみえる。また、巻四図に「波都西山」とみえる。

（三）南米の金銀の流入によるヨーロッパの「価格革命」を指す。ここでいう「識者」はアスピルクエタ（デ・ナバロ、一四九三年～一五八六年）などのサラマンカ学派を指すと考えられる。

北アメリカ（北亜墨利加）

メキシコ（墨是可）

北アメリカの国土は豊かで、鳥獣魚介はきわめて多く、家畜はふえ、富家ではヒツジを五〜六万頭も飼う。また、屠《ほふ》る牛も一万あまりいるが、革《かわ》をとるだけで、のこりはすべて捨てさり、用いない。一〇〇年前にウマはいなかったが、いまは西国のウマが野にえられる。野生のウマはたいへん多く、また最もよい。ガチョウより大きなニワトリがいて、羽毛は華麗で、肉の味もよい。くちばしの上に鼻があり、ゾウのように伸び縮みする。縮むと一寸あまりだが、伸びると五寸あまりである。（一）諸国と通じていなかったころ、土地には五穀がすくなかったが、いま、だんだん豊かになり、開拓地（新田）では一斗の種《たね》で一〇石《こく》の収穫があがる。また、良薬をたいへん多く産する。

その南は「ヌエバ・エスパーニャ」（新以西把尼亜）と総称し、このなかにメキシコ（墨是可）という大国がある。属国は三〇、領内に二つの大きな湖があり、水が甘いものと塩辛いものが一つずつである。どちらも海につながっていない。塩辛い方は干満があり、潮汐のようだ。土地の者は煮つめて塩にする。その甘い方には魚介が多い。湖の四方はみな山にかこまれている。山には雪が多く、住居がふもとに集まっている。むかし、都に三〇万軒の家があり、おおむね富んで安楽であった。つねに武器をとり、他国と争い、隣国は兵一〇余万で援護する。都を守る兵もつねに三〇万人をつかう。しかし、国内に閉じこもっているので、ほかの土地にも大きな国土があり、偉大な君長がいると聞いても、笑って信じない。建てた都は周囲が四八里、地面に建てたのではなく、湖のなかに造った。堅い木を杭とし、湖に隙間なく打ちこみ、上に板をのせ、城郭・宮室をたてた。(三)その堅い木の名は「ドル」（独鹿）といい、水に一〇〇〇年いれても朽ちない。城内の道や家屋はみなひろく整っている。その国王の宝はきわめて多く、金銀の鳥の羽を重んじる。鳥の羽で珍しい色彩のものは神にそなえる。職人は羽毛をあつめて絵を描き、色彩は生きているようだ。

　はじめ、国内の人は文字を知らなかったが、いまは読み書きができ、市場に書物を売る者もいるようになった。その生業はたいてい農工であり、尊貴の人を長とする。顔つきはたいへん秀麗である。かれらは自ら「四絶」があるという。一にウマ、二に家、三に路、四に容貌である。むかし、土俗では魔につかえ、人を殺して祭った。災難にあうと、祭りが少ないのを魔がきらったとして、毎年ふやして二万人を殺すようになった。その魔像は手や頭が多く、きわめて奇怪である。祭りの方法は、緑の石を山とつみあげ、あおむけに人を置く。そして、石の刀でその心臓を切りとり、魔の面に投げ、身体はわけて食うのである。（三）殺される者はみな隣国からさらう。ゆえに毎年戦いがたえない。いま、宣教師（掌教士）が天主の人を愛する心を説き、魔につかえる誤謬を知ったので、もう魔を祭り、人を食うことはない。

その国に大きな山があり、山の野人はもっとも勇猛、一人で一〇〇人にあたる。飛ぶように走り、ウマでも追いつけない。また、射術を得意とする。人が一矢を放つ間に三矢を放ち、百発百中である。また、よろこんで人肉を食い、頭蓋骨に穴をあけて飾りにする。いま、すこしずつ善を習う。衣《ころも》をもらうのをたいへん喜び、商人が襲《かさね》をあたえると、一年のあいだ力のかぎり護衛をしてくれる。

北にはメチュアカン（墨古亜剛）がある。広さは一〇〇〇里に過ぎないが、土地はきわめて豊かで、人は力が強く、寿命が長い。よい穀物があり、一年に三度みのる。ウシ・ヒツジ・ラクダ・糖・蜜・糸・布などがめだって多い。さらに北にはクリアカン（古理亜加納）がある。土地は貧しく、人はみな野外に寝て、漁や狩りをして生きている。クスダ人（寡斯大）がいて、性質は良く、漁業をする。その地に山があり、二つの泉が湧く。水は油のように濃く、一つは紅色、もう一つは墨色である。

（一）七面鳥を指す。ベックマン『西洋事物起源』に一五二五年ごろ、オヴィエドがはじめて記したとする。

（二）テスココ湖（塩水湖）の島に建てたアステカの都テノチティトランであろう。コルテスにより破壊され、その後、現在のメキシコシティーが建設された。

（三）アステカの信仰では太陽を元気づけるために人間の心臓を捧げていた。

フロリダ（花地）　ヌーベル・フランチャ（新払郎察）　バカリャオ（抜革老）

ラブラドル（農地）

北アメリカの西南［東南の誤り］にフロリダ（花地）がある。（一）ゆたかな土地だが、人は戦いを好んでやめず、文事を尊ばない。男女はみな裸で、木の葉や獣皮で前後をおおうにすぎず、金銀のひもで飾るものもある。みなシカを飼うが、ヒツジのように飼い、その乳ものむ。

ヌーベル・フランチャ（新払郎察）は、むかし西土のフランチャ人が通じた土地なので、いまの名がある。（二）土地は広野であるが険しい。やや五穀が生えるが、土はやせて民は貧しい。人肉も食べる。

また、バカリャオ（抜革老）がある。もともと魚の名である。海にこの魚がとても多く、他国に売りに行く船がつねに一〇〇〇艘を数えるので、魚によって地名をつけた。土はやせて、人は愚かである。砂地なので、五穀は生えない。土地の者は漁をすると、魚の頭を数万とり、砂のうえにしきつめる。頭のひとつにつきに穀物を二～三粒まくと、魚が腐って土が肥え、穀物が生える。その収穫は通常の土に倍する。（三）

また、ラブラドル（農地）（四）という土地がある。高山密林が多く、しばしば異獣がでる。人は力が強く果敢である。獣をなぐって皮を剝ぎ、毛皮の服をつくり、家の飾りにもする。金銀を環にして、首にかけ、耳にも通す。海のちかくに大河がある。幅は五〇〇里、四〇〇〇里さかのぼっても、その源はわからない。中国の黄河のようである。

（一）フロリダには一五一三年、ポンセ・デ・レオン（一四六〇年頃～一五二一年）が到達した。「花咲く土地」の意味である。

（二）ヌーベル・フランチャはニューファンドランドからセント・ローレンス川流域を指し、

一五三四年、ジャック・カルティエ（一四九一年〜一五五七年）が到達し、「カナダ」と命名した。

（三）バカリャオはタラ（鱈）のことで、この魚が多くとれたカナダのニューファンドランド付近を指す。トランシルヴァーノ「モルッカ諸島遠征調書」（『マゼラン最初の世界一周航海』二七〇頁）参照。

（四）原文「農地」については、リッチ『坤輿万国全図』の「得爾洛勿洛多」（Terra Labrador）の下に「農地と訳す」とある。カナダ北東部ラブラドルを指す。大河はセント・ローレンス川であろう。

キヴィラ（既未蠟）　ニュー・アルビオン（新亜比俺）
カリフォルニア（加里伏爾泥亜）

北アメリカの西はキヴィラ（既未蠟）[一]、ニュー・アルビオン（新亜比俺）[二]、カリフォルニア（加里伏爾泥亜）[三]である。地勢はつらなり、習俗はほぼ同じである。男女はみな羽毛やトラ・テン・クマなどの毛皮を着て、金銀で飾ることもある。

その地には高山が多く、最大のものは高さが六〜七〇里、広さは八〇〇里、長さは三〜

四〇〇〇里である。ふもとは年中きわめて暑く、中腹は温和、山頂はきわめて寒い。連年雪が多く、多いときで深さは六～七尺［二メートル前後］である。雪がとけると一望のもと数百里を見わたせる。山には多く泉がわき、あつまって数本の大河となり、どれも広さは数百里である。樹木はしげり、天にのびて日をおおう。松ぼっくりは直径が数寸もあり、実《み》は通常より数倍大きい。くさった松の樹にハチが巣を作り、蜜は白く美味である。蜜をとる者はまず水辺に泊まりこみ、ハチがくるのを待つ。そして、これを追いかけ、蜜をたいへん多くとる。塩だけは少なく、これをえると至宝とし、人に伝えて舐《な》め、食うにしのびないとする。ライオン・ゾウ・トラ・テンなどの獣はややもすると群れをなすが、皮はたいへん安い。大きなキジは重さが一五～一六斤［九キログラム前後］もある。雷電が多く、樹木がふるえて裂ける。スズメ（雀）のような鳥がいて、枯れ木に千もの小さな孔《あな》をあけ、実《み》をかくして、冬のためにたくわえる。

（一）イスラムのイベリア半島侵入（七三六年）の直後にポルトガルの七人の司教が西へ船出し、都をつくったという伝説（シボラの七つの都）があり、一六世紀にはこの都がアメリカ大陸にあるとされ、これが「キヴィラ」とよばれた。増田義郎（一九七一）六九～七一頁参照。オルテリウス地図にアニアン海峡の南、カリフォルニアの北に Qvivira と記されている。

（二）ニュー・アルビオンは、現在の北カリフォルニア、オレゴンなどと考えられるが詳細は不明。一五七九年、イギリス人フランシス・ドレーク（一五四三年〜九六年）によって命名された。

（三）カリフォルニアという地名は騎士道小説『セルガス・デ・エスプランディアン』（一五一〇年）にみえるアマゾン（女戦士）の女王カラフィアに由来する。増田義郎（一九七一）七九頁を参照。

西北の諸蛮族（西北諸蛮方）

北アメリカは北にいくほど人が野蛮になる。ここでは都市（城郭）・君長・文字はない。数家が一つの集落をなし、四周を木の柵《さく》で囲って街（城）とする。その習俗は酒を好み、日々復讐や攻撃を仕事とする。日常無事のときも戦闘を遊びとし、ウシやヒツジを賭ける。壮年の男は戦いにいき、一家の老弱婦女は斎《ものいみ》をして祈る。戦いに勝てば家人が祝い、敵の首で壁をつくる。再戦を欲すれば、老人が壁の髑髏《どくろ》を指してはげます。女は指の骨をつらねて首飾りとする。人肉は三つに分ける。一つは魔神につかえる祭のため、一つは戦功をたたえるため、一つは助けて祈った者に分けあたえる。偉大な仇敵をたおせば、その骨をけずって長さ二寸ばかりにし、下あごに孔をあけて骨をうえ、一寸ほど外に出し、戦功をあらわす。下あごに三本の骨をうえた者は畏《おそ》れ敬《うやま》われる。戦いの時、所有する宝物はみなもっていき、負ければとられてもよいと誓い、必勝を期する。その勇を尊んで殺人を好むことは、このようである。土地が豊かで人があつまって住んでいるのに、君長や役所（官府）がなく、理や法でその曲直を判断しないので、小さな争いが殺人になるのであろう。

この土地の人は力が強く、女もそうである。移住するたびに、家具・食器・糧食や子どもを、ひとつの荷物にまとめて背負って歩くが、険しい山を上下しても平地をいくようである。座るときには右足を敷物（席）とする。男女はみな髪を飾り、首飾りはたいへん多く、巻き貝などを帯びる。男女は耳環をつける。その耳や耳環に無理にふれると、たいへんな恥辱として、かならず報復する。その家屋はせまく、戸口はたいへん低い。敵にそなえるためである。むかし、悪魔（邪魔）を信じていたので、斎《ものいみ》はきわめて厳格であった。斎のときは絶対にしゃべらず、一日にひと握りのマメしか食べず、一杯の水を飲むだけである。およそ人と戦う者、漁猟、耕作を行う者、宴会をひらく者、仇敵に遭遇した者はみな斎をし、それぞれに日数がある。耕す者はウサギとシカを祭って作物を荒らさないことを願う。猟をする者はオオジカの角を祭って獲物が多いことを願う。シカの角は大きなもので長さ五尺か六尺、太さは五寸か六寸である。大きな猛禽（鷲鳥）がいて、西国のいわゆる「鳥の王」である。呪《まじな》い師（巫）がその乾いた死体を保存し、数百年経つと精霊（神）となる。（一）猟を行う者がこれを祭る。呪い師（巫覡）はたいへん多い。たいてい、晴れや雨を祈るとき、たくさんの石から一つをえらび、物の形になぞらえ、精霊（神）としてこれをまつる。一日で効果がなければ捨てさり、また別の石に願う。たまたま晴れたり雨がふったりすると、その石のおかげだとする。収穫した作物も、まず呪い師にそなえる。その迷信（矯誣）はこのようである。

近年、ヨーロッパの宣教師（行教士人）が、かの地までいき、つつしんで天主につかえることをすすめ、殺しあいや人を食うことを戒《いまし》め、ついに和《なご》やかとなった。また、人々は強く、恒心があるので、改めた後は二度と戒めをやぶらない。（二）その習俗は富んで満足しているので、施《ほどこ》しを好む。温かい食事をつくるたびに戸口におき、往来する者は好きにこれをとる。

（一）ここには「神」という字が使われているが、いわゆる「ゴッド」ではなく、アニミズムで崇拝する精霊の意であろう。

（二）ブラジルの先住民については、その「気まぐれさ」、つまり「恒心」のなさがイエズス会士によって指摘されていた（ヴィヴェイロス、二〇一五）。ここにいうカナダ先住民には恒心があるとしている。

アメリカ諸島（亜墨利加諸島）

両アメリカの島は数えきれない。大きな島ではイスパニョーラ（小以西把尼亜）、キューバ（古巴）、ジャマイカ（牙売加）などがある。気候はたいてい暑く、草木の開花と結実は一年中たえない。不思議な草を産し、これを食うと人を殺すが、その汁をすてれば、美味で食糧になる。毒のある木がはえており、その木陰を通るとすぐに死に、手にその枝葉を持っても死ぬ。毒にあたったと感じたら、水につけると助かることがある。鳥がいて、夜に翼をひろげると、明るい光を放ち、まわりを照らす。イノシシ（野猪）や猛獣は原野を縦横にかける。土地の者は走るのが得意で、ウマのように速く、重い荷を負うことができる。足の力がなくなれば、鍼《はり》で股《もも》を刺し、すこし黒い血をだせば、はじめのように疾走できる。黄金をとるのは、一年のうち数日に限られ、まず斎戒して精霊（神）の助けを祈る。

また、ひとつ島がある。女が射撃をよくし、たいへん勇猛である。数歳でその右の乳房を切りとり、弓矢をつかいやすくする。むかし、商船がこの島の近くを通ったとき、女が小舟をこいできて、商船の二人を射殺して、飛ぶように去った。追いかけることはできなかった。

さらに、ひとつ島がある。土地の者はその泉がたいへん不思議だという。日の出の前にその水を取りにいき、一〇〇回、顔を洗うと、老いた容貌が若いときのようによみがえるという(二)。

また、ベルムーダ（百而謨達）(三)という島がある。人の住居はなく、魔がたくさんいる。付近の海は風がないのに、いつも大波が起こり、そこにいくと、たいへん危険である。四〇年前、一隻の船がそこにいき、魔が船にのりこんできた。船中の人はみな驚き倒れた。操舵手（舵士）だけが動じないで、「なに者か」と問いただした。「舟になにか仕事はあるか。代わってやろう」と、魔はこたえた。操舵手がやりかたを伝えると、魔はひとつひとつ無言で反対のことをした。「東にいけ」と命ずれば西にいき、「進め」と命ずれば停まった。操舵手は一計を案じ、反対の命令をいうことにした。船は飛鳥のように速く、航路（海道）三万里を三日でかえった。家について事情を話しても信じてもらえなかった。手紙の日月をみるとはっきりしている。その怪異はこのようである。

また、島がある。マゼラン（墨瓦蘭）がこれを通り、人や物がないので「悲運の島」（無福島）[三]と名づけた。またサンゴ島があり、サンゴ（珊瑚樹）が多いので、このように名づけた。ヌエバ・ギネア島（新爲匿島）はとても大きい。[四]その様子がリビア（利未亜）のギネア（爲匿）に似ているので、ヌエバ・ギネア（入匿）と名づけたのである。むかし、まだこの島を周回していなかったとき、メガラニカ（墨瓦蠟尼）とつながっていると思われたが、十数年前、船がその南を通過して、島だとわかったのである。[五]経度［緯度の誤］は赤道南一度から一二度まで、緯度［経度の誤り］は一六五度から一九〇度にいたる。その風土は不明である。

（一）マンデヴィル『東方旅行記』（一三七頁）に「青春の泉」といわれ、ポンセ・デ・レオン（一四六〇年頃～一五二一年）が新大陸で探索した「不死の泉」のことであろう。増田義郎（一九七一）六八頁参照。

（二）ベルムーダ（バミューダ諸島）は大西洋北西の島、北アメリカ東岸より約一〇〇〇キロメートルに位置する。一五一五年、スペイン人ベルムデスが発見し、一六〇九年にイギリスの提督サマーズが避難するまでは無人島であった。アコスタ『新大陸自然文化史』一・二一にも無人島の例としてあがる。

（三）マゼランが航海で立ちよったイゾーレ・インドルトゥナーテで、ポリネシアのトゥワモトゥ周辺の島を指すと考えられる。ピガフェッタ（長南実訳）六二頁参照。

（四）ヌエバ・ギネア（ニューギニア島）には、一五四五年、ビリャローボス船隊のサン・フワン号が、モルッカ諸島からメキシコに帰る際に到達した。隊員のオルティス・デ・レッテスが、アフリカのギニアとの類似から命名した。アコスタ『新大陸自然文化史』一・六、注九一頁。

（五）ニューギニアが島であることは、一六〇六年、スペイン人トレスがトレス海峡を通過して確認した（同前）。このとき、オーストラリア大陸の最北端を見たといわれる。

メガラニカ（墨瓦蠟尼加）総説

むかし、コロン（閣龍）らが両アメリカを探しだしたが、西土イスパーニャの君は「地が球体ならば、西に行くと東に達するはずだ。アメリカで航路は阻まれるが、西に行く海に入るところがきっとあるだろう」と思った。（一）そこで、船舶を治め、船長（船師）を選び、食糧を包み、金宝を積み、甲《よろい》や武器を繕《つくろ》い、マゼラン（墨瓦蘭）（二）という強力な臣に、これらを載せて探しに行くように命じた。マゼランは国王の命をうけ、アメリカの東に沿って数万里迂回した。歳月をへたが、はてしなく海峡（津涯）は知れなかった。［乗組員の］人情は苦労をきらい、国へ帰ろうと考えた。マゼランは功が成らず、復命できないのをおそれ、剣をぬいて船中に命令を下し、「国に帰ろうという者は斬る」といった。ここに船員は震えあがり、勇を鼓してすすんだ。アメリカの境がつきると、たちまち海峡（海峡）をみつけた。一〇〇〇余里にわたり、南海は未知の天地であった。マゼランは船団を率いて巡り、危険を冒して前進したが、ただ広がる平原を見るのみで、杳《よう》として果てしなかった。夜に燐火《りんか》や流星が山や谷をみたすのみで「火の土地」（火地）(三)と名づけた。ほかの地方にもオウム（鸚鵡）で州を名づけているが、これも大地の一隅である。その後、船にまかせて、マゼランは実にこの区を開いた。だから、その名によって「メガラニカ」（墨瓦蠟尼加）と命名した。天下第五の大州である。

マゼランはこの海峡をこえ、太平洋（太平大海）にはいり、西から東に、大地を半周したことを知った。ついにアジアのモルッカ（馬路古）につき、インド（小西洋）をすぎ、リビアの喜望峰（大浪山）をこえ、北に折れて沿海をすすみ、本国に帰還した。あまねく大地を一周し、四度赤道を通りすぎた。地をへること三〇余万里、古《いにしえ》からの航海の功で、これほど大きなものはなかった。だから、その船を「ヴィクトリア号」（勝船）と名づけた。波濤の危険にうち勝ち、世界一周（巡方）の偉業をはたしたのである。

その人物・風俗・山川・畜産や鳥獣虫魚については、すべて伝聞がない。南極の度数・距

離・遠近がどれほどかも測量（推歩）が終わっていないので、みだりに述べない。後世、これを詳《つまび》らかにする者もあろう。(四)

（一）一五〇五年、スペイン王がトロで会議をひらき、香辛料諸島に向かうために西回り航路を諮った。一五〇八年にもブルゴスで同様の会議が開かれている。

（二）フェルデナンド・マゼラン（一四八〇年頃～一五二一年）はポルトガルに生まれ、一五〇五年、インド副王アルメイダとともにリスボンを出航、東アフリカのキルワなどに駐在した。その後、インドにうつり、〇九年、ポルトガルとエジプトの海戦で重傷を負った。一一年、マラッカ攻略に参加し、一三年にマラッカを発ち、リスボンに帰国した。その後、モロッコ遠征に従ったが、汚職の疑いをかけられ、一七年にスペインに渡った。一五一九年九月、東インドの事情に明るいことから抜擢され、スペインのサンルカルを出発し、南アメリカ大陸沿岸を南下、マゼラン海峡を発見し、太平洋を横断、フィリピンに至る。一五二一年、先住民との戦いで落命した。残った船員は香辛料を手に入れ、一五二二年九月六日にサンルカルに帰還した。

（三）原文「火地」はティエラ・デル・フエゴである。

（四）一六〇六年、オランダのヤンスゾーンがオーストラリア沿岸を航海したが、ニューギニアと地続きだと考えていた。一六一〇年、スペイン人キロスの覚え書きに「オーストラリア」の名がでてくるが、一八世紀のタスマン（オランダ）やクック（イギリス）の航海まで、オーストラリアの全貌は分からなかった（アコスタ『新大陸自然文化史』、注一〇五頁参照）。

メガラニカの後に書く

鄒衍《すうえん》は「九州の外にまた九州がある」という。前漢に来朝した越裳氏《えつしょう》（一）が『尚書』禹貢の地理（職方）になかったのは、天についての話が信《まこと》だからである。論者はその広大と奇異をのべたが、なんと狭いところを示したか。『荘子』（漆園氏）に「空間（六合）の内は論じて議せず、空間（六合）の外は存《あり》として論ぜず」（二）という。いまおもうに、五州の説は地球（地球）の上につき、天の下にあって、日が照らすところをきわめ、内も外もない。もとより「存《あり》として論じ」「論じて議する」べきだが、メガラニカ（墨瓦蠟泥加）だけは、マゼラン（墨瓦蘭）がその地にわたったばかりで、図にできない。

おおむね、その地はすべて南方にあり、北は大ジャワ・小ジャワの海まで、東はアメリカ海、西はリビア海にいたる。その人物・産物・政治・風習（三）、および度数の測量（推歩）を欠く。旧版（旧梓）ではアメリカの後に付けるが、いまこれを分けて別に一巻とする。

パントーハ氏（龐氏）は万暦帝（神宗皇帝）に奏上し、「地に五大州があり、いまその一つを欠き、補わないわけにはいきません」という。［解説を］つけずに図にしたのは、架空の説をつくらず、疑わしいことを伝えたくなかったからである。おそらく、どんな土地にも異常な事はなく、どの時代にも奇怪な人はいない。この『外紀』を読めば、マゼランを継いで、船舶を治めて船長（船師）を選び、旧実の指南によって数年の工夫を費やし、メガラニカ（蠟泥加）の地をあまねく踏み、その人に接し、その政治を調べ、その怪異を記し、その悪習をはらい、これと大道をともにする者がでるのではないだろうか。

［中国の］聖化はみちあふれて遠国も屈しないことはないが、開闢《かいびゃく》以来、数十も翻訳をかさね、九万里も波浪を破って賓客となった、大西の諸儒のような者があったろうか。メガラニカ（蠟泥加）の絶境に［中国の］風を聞いて、リッチ氏のようにわが朝廷へ表敬にくる者がいるだろうか、わたしにどうして分かろう。だが、天が人を産んだとき、その賦与したものは同じはずであり、口に歯を含み、頭に髪をのせ、天に頭をむけ、地をふみしめない者はいないはずだ。

　こころみにいえば、高い天と厚い地のあいだで、日月四季は誰が枢軸をめぐらすのか。また、火を通して食べ、布を織って着て、［生きているときは］瓦で屋根をおおい、［死ねば土に］埋葬するのは、（四）もとより聖人たちの教えであるが、いったい誰がその物資を地上に足るようにしたのか。五感が霊《たましい》にはたらき、体中の骨に役割があり、天地に通徹し、物にいたって理をきわめるのは、誰が道を開いて寵愛し、このようにしたのか。宇宙万有の多様は誰が配剤して並び育てるのか。その根本を知れば、変化はわかる。［だから］上帝（上帝）にたいして、天命をおそれ、明白な事につとめ、文徳をおごそかにし、天に恥じずに生まれたことを忝《かたじけな》いとする。これが仁人・君子における天地の間の心であり、西士が遠くからきた目的である。

コロン（閣龍）は海外に国があり、［天主の］教えが通じていないと思い、遠くに探し求め、教化を行おうとした。いま、すでにメガラニカ一州の領域が果てしなく、人口も限りないと知ったのに、これを教化の外の民とするのは、東南の一欠落ではないだろうか。ゆえに、「一夫が［その所を］獲なければ、これは予《わたし》の辜《つみ》である」(五)というのだ。リッチ先生が『万国輿図《ばんこくよず》』を訳して言う。「わたしには天を戴《いただ》き地を履《ふ》むのに深い望みがある。わたしは陸を旅し、雪の上に寝て身をうずめ、砂漠に驚いて眼に塵《ちり》をぬぐい、長い旅路に飢え渇いて広野に孤独であった。海に旅して船で上下にゆられ、魚龍が出没する絶海の島で年をすごし、あるゆる苦難をなめた」と。(六)この言葉は西士がそらんじている。ひそかに教えを広め、『外紀』の編集をつぐのはヨーロッパ（大西）の諸君子が深く望むものであろう。

後学　福唐の王一錡《おういっき》しるす。

（一）葉向高「序」を参照。
（二）『荘子』斉物論による。原文の「六合」は上下四方の六方向のことで、空間の意。
（三）この「書後」は六巻本の特徴であるが、ここより以下、日本の写本はいずれも「原本欠」とする。謝方校訂本は福建省柏林寺書庫蔵の明刻六巻本をもちい、以下を翻刻しているが、汚損があり、読めない部分があるようだ。これをヴァチカン図書館本で補っているのが渡辺宏（一九九四）である。
（四）謝方『校釈』に載せる原文は「瓦蓋□理」であり、柏林寺本に欠く。渡辺宏（一九九三）に「瓦蓋葬埋」とあり、訳文はこれにしたがう。
（五）『尚書』説命による。
（六）原文「絶島□□、□鹹辛苦」であり、柏林寺本に欠く。渡辺宏（一九九四）では「絶島經年、酸鹹辛苦」とし、これに従う。

巻五　海洋

北輿地圖

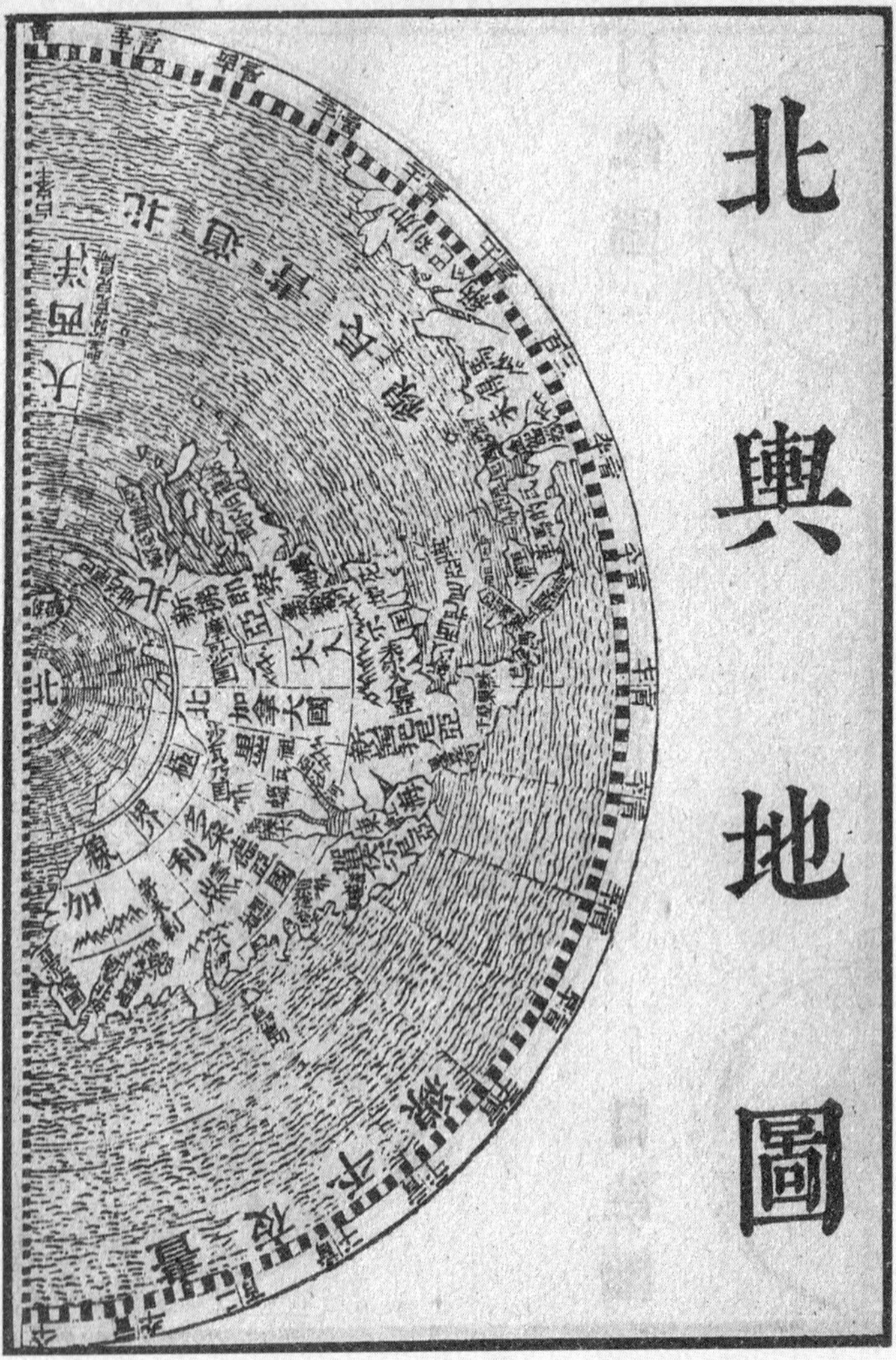

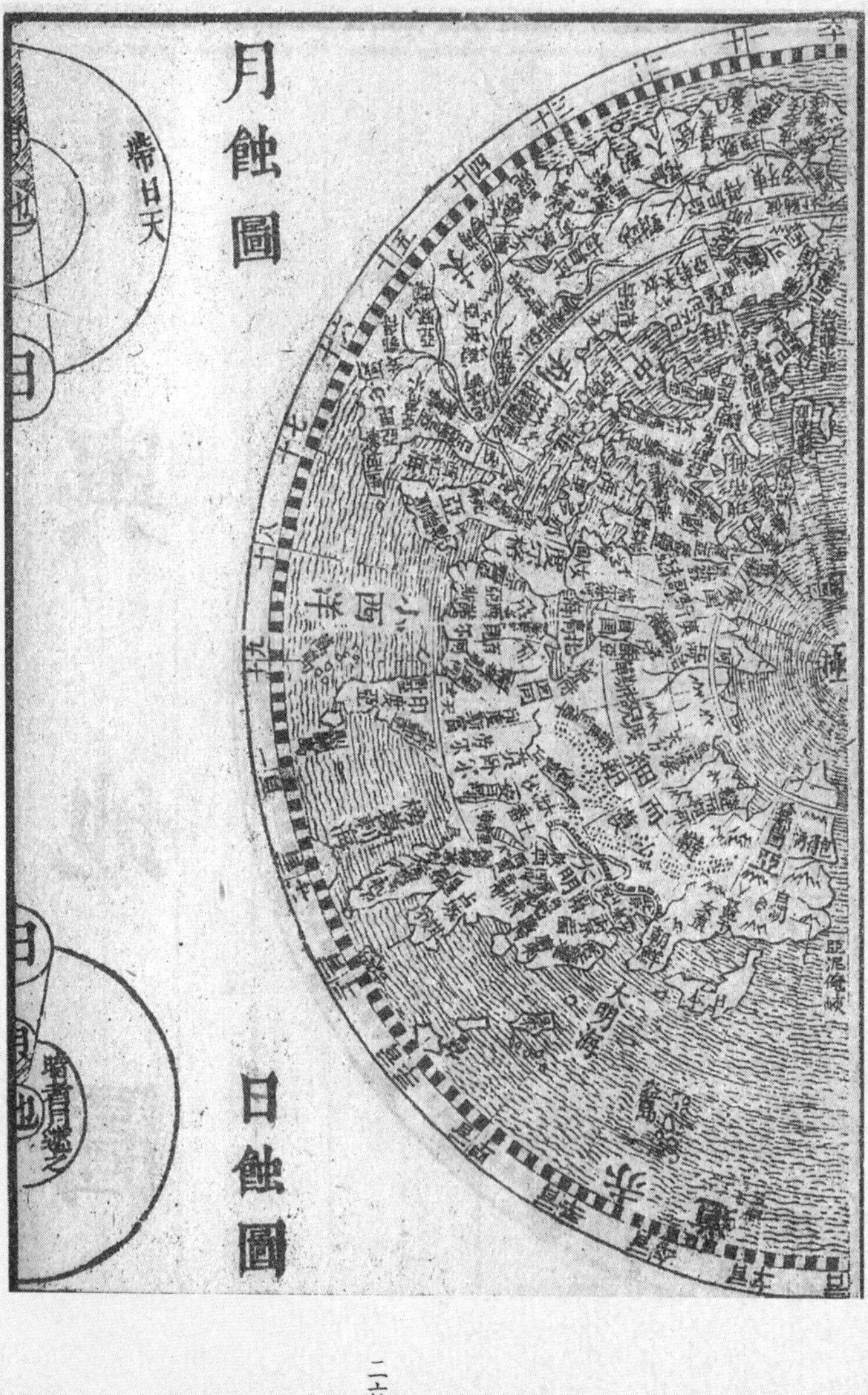
月蝕圖
日蝕圖

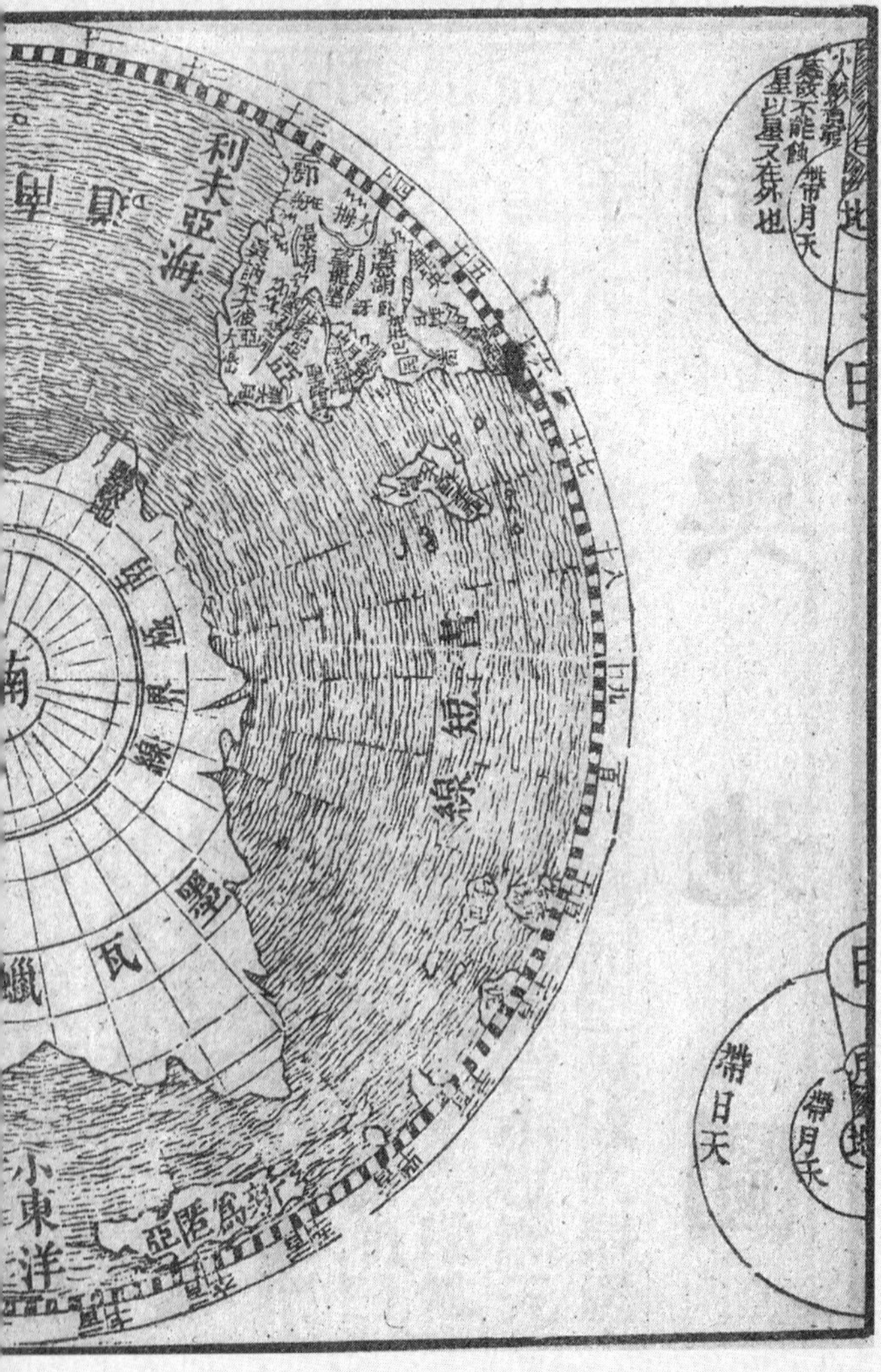
利未亞海
南
墨
瓦
晝短線
小東洋
帶月天
日
帶日天
帶月天
日

南輿地圖

四海の総説（四海総説）

造物主が天地を創造（化成）するや、四元素（四行）が包みこみ、やがて凝り固まった。ゆえに火は最も上にあり、火は気をつつみ、気は水をつつむ。土は下にあり、地を囲むのが水である。だが、人を産むために天と地（玄黄）を分けたが、水と土が分かれていなければ、どこで命《いのち》が立つのか。造物主は地に高低をつけ、水がすべて地の内をいくようにし、平地と半分（什五）とした。(一) 水の集まるところは「川」といい、「湖」といい、「海」という。川は流れ、湖は集まり、海には潮汐がある。川と湖は水の支派にすぎず、海こそ多くの流れがあつまるところで、「百谷の王」(二) と称する。ゆえに、水を説くならば、海に詳しくなくてはならない。

海には二種ある。海が国の中にあり、国が海をつつむものは「地中海《ちちゅうかい》」という。国が海の中にあり、海が国をつつむものは「寰海《かんかい》」(三) という。川と湖が占める程度は多くないので細かに論じない。寰海はきわめて広く、随所に異名があり、州や街（城）によって称するものもある。アジアに近いものは「アジア海」といい、ヨーロッパに近いものは「ヨーロッパ海」という。ほかに、リビア、アメリカ、メガラニカ、そのほか零細な小国にも、すべてもとづく地により称する海がある。また、そのもとづく地の方向により名づけ、南にあるものは「南海」といい、北にあるものは「北海」という。東西もまた同じである。地方により向きは変わるので、定まった基準はない。

そこで、中国を中央におけば、太平洋（大東洋）から小東洋(四)までを「東海」とし、インド洋（小西洋(五)）から大西洋（大西洋）までを「西海」とする。メガラニカに近い一帯は「南海」とし、北極に近いものは「北海」とし、「地中海」をあわせれば、天下の水はここにつきる。小さな海、大きな池は荒唐無稽に近く、証拠はない。

（一）「神は言われた。『天の下の水は一つ所に集まれ、乾いた所が現れよ』。そのようになった。神は乾いた所を地と呼び、水の集まった所を海と呼ばれた」（『旧約聖書』創世記・一・九）

（二）「江海の能く百谷に王たる所以の者はその善く之に下るを以てなり」（『老子』六六）

（三）「寰海」は『隋書』李徳林伝にみえ、「天下」の意であった。ここの「寰」は「環」に通じ、地を環《めぐ》る海の意で、外洋を指すと考えられる。

（四）「小東洋」は本書「万国全図」にアメリカ西海岸や日本の東に描かれており、北太平洋を指す。

（五）リッチ『坤輿万国全図』に「インディア（応帝亜）は総名、中国が呼ぶ所の小西洋」とする。

海の名（海名）

海が「東西南北の」四つに分かれるといっても、そのなかに異名がある。大明《だいみん》海、南太平洋（太平海）、東紅海(一)、ペルー海（孛露海）、ヌエバ・イスパーニャ海（新以把尼亜海(二)）、ブラジル海（百西兒海）は、みな「東海」である。ベンガル海（榜葛蠟海）、ペルシャ海（百爾西海）、アラビア海（亜剌比海）、西紅海、リビア海（利未亜海）、オーシャノ滄海（何摺亜諾滄海(三)）、アトラス海（亜大蠟海）、イスパーニャ海（以西把尼亜海）はみな「西海」である。

南海は人跡がまれで、異名を聞かない。北海は氷海、ノヴァヤ・ゼムリャ海（新増蠟海(四)）、バルゾック海（伯爾昨客海）、みなこれである。地中海のほかに、バルト海（波的海）、ボスボラス海（窩窩所徳海）、ゲルマニア海（入爾馬泥海）、黒海（太海）、カスピ海（北高海）など、みな地の内側にあり、「地中海」とするべきである。

（一）「東紅海」はカリフォルニア湾を指す。

（二）「新以把尼亜海」はメキシコ湾一帯を指す。
（三）不詳。ギニア湾付近であろう。
（四）ノヴァヤ・ゼムリャ（新増猟）は現ロシア連邦アルハンゲリスク州の北極海に浮かぶ島である。北東航路はイギリス人が毛織物の販路をもとめて開拓し、一五五三年、ロンドンの「冒険商人会社」に航路開拓をゆだねられたウィロビーがノルウェー沖で荒天に遭い、ノヴァヤ・ゼムリャ島を発見して避難した。その後イギリス人バローズが到達した。一五八四年には修道院が建てられている。織田武雄（一九九八）一八一頁参照。

海の島々（海島）

海の島について、大きなものは各国の後に載せた。小さいものは千万をくだらず、述べつくすのは難しい。おおむねアジアではスマトラ（蘇門答蠟）、日本、ボルネオ（浡泥）が最大である。ヨーロッパではアングリア（諳厄利亜）、リビアでは聖ロレンツォ島（聖老楞佐島）（一）、アメリカではイスパニョーラ島（小以西把尼亜）（二）が最大であり、メガラニカではヌエバ・ギニア島（新為匿亜）が最大である。太平洋には七四四〇の島がある。このほかに、水面にみえていたり、隠れていたりする石礁がある。水中のものを船はたいへんおそれる。また、暗礁（沙渚）があり、船がこれにあたると座礁する。そのときは重い荷物をすべてすて、百万銭のものでも惜しまない。潮にのれば脱することができるが、そうでなくては断じて脱出できる理はない。

（一）日本については、ここにみえる。リッチ『坤輿万国全図』には次のようにいう。「日本は海内の一大島であり、長さは三二〇〇里、寛さは六〇〇里。いま、六六州があり、それぞれに国主がいる。習俗は強い力を尊ぶ。総王がいるが、権力はつねに強い臣にある。民は武を習うこと多く、文を習うことが少ない。産物は銀・鉄・漆であり、王は子が三〇歳になると位をゆずる。だいたい宝石を珍重せず、金銀及び古窯の器を重んずる」

（二）聖ロレンツォ島はマダガスカル島を指す。巻三を参照。

（三）イスパニョーラ島は現ドミニカ、ハイチである。巻四を参照。

海の生き物（海族）

海の生き物は数えきれない。魚介のほかに、陸地を歩く野獣、トラ、オオカミ、イヌ、ブタの仲間は海中にも似たものが多い。いましばらく、船舶の所見により、一、二を述べて聴聞を新たにする。

魚の族。一、バレーナ（把勒亜）(一)、長さは数十丈、頭に二つ大きな孔があり、水を噴きあげ、滝のような勢いである。海船にあうと、頭をあげて船中に水を注ぎ、すぐに水が満ちて船が沈む。これに遭遇した者は酒の大樽を投げこむ。つづけて数樽を呑ませると、頭を下げて去る。浅瀬でこれをつかまえ、油を煮出すと数千斤とれる。

一、ジンベイザメ（斯得白）(二)、長さ二五丈、その性質は善良で、人を保護する。漁師が悪い魚のために苦しんでいると、この魚が闘いにいき、漁師の悩みを解く。ゆえにかの国の法では人がこれを捕らえるのを禁ずる。

一、ポルポ（薄里波）(三)はその色が物によって変わり、土につけば土の色のようであり、石につけば石の色のようである。

一、「仁魚」(四)、西国の書物に「この魚がかつて少年を背負い、岸にあがったが、ヒレで少年に触れて死なせてしまった。魚も悲痛にたえず、石にぶつかって死んだ」と記す。西国でイルカ（海豚）をとるとき、仁魚を借りて招く。仁魚を呼ぶごとに網に入り、仁魚が入るにつきイルカも入る。イルカが入りきるのをまち、また仁魚を呼べば網を出てくる。イルカはすべて網にかかる。

一、ノコギリザメ（剣魚）、嘴《くちばし》の長さが一丈余、歯が刻んであり、ノコギリのようである。獰猛で力が強く、バレーナと戦う。海水が紅に染まり、この魚が勝つと、嘴で船を突いて壊す。洋船はたいへんこれをおそれる。

一、「甚大」、長さが一〇余丈、幅は一丈余、目の大きさは二尺で、頭の高さは八尺、その口は腹の下にある。三二本の歯があり、みな直径が一尺である。アゴの骨も長さが五〜六尺あり、疾風が起こると海の果てまでいく。たいへん大きく力があるものもいて、かつて船舶がこれに遇い、頭と尾で船を抱えてしまった。船員がこれを撃とうとしたが、魚が動けば船が転覆するのではないかとおそれ、跪《ひざまず》き天主に祈ると、しばらくして去った。

一、ワニ（鱷魚）のようなラガルタ（剌瓦而多）は、尾が長く鱗が堅く、刃や矢は入らない。足に鋭い爪があり、ノコギリのような歯が口を満たしている。性質は凶悪で、水に入っては魚を食い、陸に登っては人畜を選ばない。遠きも近きも魚は逃げる。ただ、その歩みがたいへん遅いので、小魚はつねに従い、ほかの魚が呑まれるのを防ぐ。子を産むと、ガチョウの卵のようだが、成長すると二丈［六・四メートル］になる。つねにヨダレを垂らし、人畜がそのヨダレを踏むと倒れるので、これを食う。およそ生き物はみな下アゴを動かすが、この魚だけは上アゴを動かす。口の中には舌がなく、冬は物を食わない。人がこれを見て逃げれば、かならず追いかけて食うが、かえって人が追いかければ逃げる。その目は水に入れば鈍るが、水を出ると、きわめてよく見える。人が遠くにいれば哭き、近づけば咬む。ゆえに西国では、偽って慈悲を乞う者を「ラガルタの涙」という。(五)三つの物だけがこれを制する。一つは「仁魚」である。ラガルタは全身が鱗であるが、その腹の下に軟らかいところがある。仁魚のヒレはたいへん鋭いので、これを刺して殺せるのだ。一つはエジプト・マングース(乙苟満)でネズミのなかまである。その大きさはネコのようで、身に泥を塗って滑りやすくし、ラガルタが口をあけるのをまち、腹に入りこんで五臓を食いやぶって出てくる。また、その卵を壊すこともできる。最後の一つはサフラン(雑腹蘭)という香草である。ラガルタは蜜を食うのが大好きだが、養蜂家が周囲にサフランを植えると入ってこない。(六)

セイウチ(落斯馬)、長さが四丈ばかりで、足は短く海底にいる。まれに水面にでるが、皮がたいへん堅く、力をいれて刺しても入らない。額に鉤のような二本の角があり、眠るときは角を石にかけ、一日中目覚めない。

海魚・海獣には島のように大きいものがいる。かつて西国の船がある島に停泊し、上陸して様子をみた。しばらくして、岸で火を熾《おこ》して食事をつくり、船にもどって綱を解いた。何里もいかないうちに轟音がして、ふり返ると上陸した島が没していた。ここではじめて、魚の背であったことを知ったのである。

獣もいて、形体はやや四角ばり、骨は軟らかく脆《もろ》い。翼で大風を起こし、船を転覆させる。その体は島のように大きい。また、二本の手と二本の足がある獣がいて、たいへん荒々しく、船に出会うと転覆させてもてあそぶ。沈没の憂き目にあったものが多く、洋船は「海魔」とよぶ。悪の甚だしいものである。

小さな者にはトビウオ（飛魚）がいる。わずか一尺ばかりだが、水面をかすめて飛ぶことができる。また、アルバコーラ（白角兒魚）はトビウオの影をみて、その向かうさきをうかがい、先回りして口をあけて食う。たいてい数十里も追いかけるのである。トビウオはあわてると船にあがり、人に捕らえられる。船員はニワトリの羽根や白い布を水面でヒラヒラとゆらす。それには鋭い鉤がつけてあり、アルバコーラ（白角兒）がトビウオだと思い、飛びはね、これを呑み、つかまってしまう。(七)

また、甲殻類（介）に属する魚がいる。一尺ばかりで、殻から六本の足がでて、間に膜がある。移動するには、片側の殻を立てて舟とし、足の膜を張って帆とし、風にのって行くので、「航魚」という。(八)一丈［約三メートル］をこえるカニもいて、そのハサミで人の首をはさめば、たちどころに断ち、腕をはさめば、たちどころに断つ。その殻を地にふせると、天井の低い家のようで、人が横になることができる。また、「海馬」がいて、その牙は堅く白く透きとおり、きめは細やかで髪の毛のようである。［これで］念珠などの物を作る。また、人魚（海女）がおり、上半身は女人であり、下半身は魚である。これもその骨で念珠などの物を作り、下血を止められる。この二つは魚の骨のよい品であり、各国でたいへん貴重とする。

海鳥《うみどり》に二種ある。その一つは島に住むものであり、いつも海面を飛んでいる。船がこれに遇うと、島の遠近を占える。もう一つは海で生長して岸に上がることを知らない。舟の上からこれをとろうとするなら、皮を水面にしき、鉤をつけた餌を置くと、鳥がこれを食い、鉤に引っかかる。まるで魚を釣るようである。また、魚を捕る鳥には、網のような皮袋があり、水に入って魚を包んで出てくるものがある。人がこれを取りあげる。

また、きわめて特異なものは「海人」で、二種類いる。その一種は全身がみな人である。髭や眉もついている。手の指だけがほとんど連なり、カモの足のようだ。西海でかつてこれを捕らえて国王に献上したが、ものを言っても答えず、飲食を与えても摂らなかった。王は飼い慣らせないと思い、海に放すと、眼を転じて人をみて、手を叩いて笑い、去っていった。二〇〇年前、西洋のオランダ（喝蘭達）で海に女人を獲《え》た。これは食べ物を与えれば食べ、人のために働き、数年生きた。聖なる十字架を礼拝することもできたが、ものを言うことはできなかった。もう一種は、皮が地面まで垂れ、衣服のようであるが、身体からじかに生えていて脱ぐことはできない。みな陸にあがることができ、数日は死ななかった。しかし、その性質はわからず、族類も推測できず、海の住処がどこなのかも知れなかった。人に似て人ではなく、怪とすべきである（九）。

（一）原文「把勒亜」はラテン語 ballena、イタリア語 baléna と考えられる。クジラを指す。

（二）原文「斯得白」はイタリア語 squalo di baléna（クジラのサメ）であろう。最大の魚類で、主にプランクトンをたべ、これを吉兆とする地域もある。

（三）原文「薄里波」はイタリア語にいう polpo、タコを指すと考えられる。

（四）「仁魚」はイルカの一種であろう。イルカが少年を愛し、その死に殉じる話は『博物誌』九・八にみえる。イルカのヒレにはトゲがあるとされた。

（五）いわゆる crocodile tears、「そら涙」「偽善」の意。

（六）ワニについては『博物誌』八・三六以下を参照。背にナイフのようなヒレがあるイルカや、マングースがワニを殺す話もここにみえる。また、マングースに類する話は『フィシオログス』の「カワウソ」（七七頁）や、ダ・ヴィンチ『手記』の「ネコイタチ」（杉浦明平訳・上巻一四〇頁参照）にもある。

（七）トビウオを追いかける魚の記述はピガフェッタにみえ、ドラード、アルバコーラ、ボニートという三種の魚がコロンドリーノ（トビウオ）を追い、水面におりないうちに捕まえて食う（長南実訳、五三頁）。

（八）『博物誌』九・四七にみえるフネダコ（ポンピロス）のことかもしれない。

（九）「海人」について、オランダの例は「エーラムの人魚」といわれ、一四〇三年、堤防が破れた際にみつかった女性で、記憶喪失の海難者であろうと指摘されている。ドンデ（一九九五）七八頁参照。「皮が地面まで垂れている」ものは「司教魚」「修道士魚」といわれ、ゲスナー（一五一六年〜六五年）やアルドロヴァンディ（一五二二年〜一六〇五年）などの博物誌にみえる。ダンス（二〇一四）三三頁参照。

海の産物（海産）

海の産物は真珠（明珠）を貴重とし、セイロン（則意蘭）のものが最上である。(一)土地の者は海中の貝（蚌）を取り、日中にこれを晒《さら》す。その口がおのずから開くのをまち、そのあとで珠を取れば、色は鮮やかで白く光り輝く。鶏卵の大きさのものは数里を照らすほどである。南海では貝を裂いて、むりに珠を取りだすので、色は暗く光がない。サンゴの島があり、その下にサンゴが多くある。(二)はじめ海中にあるとき、色が緑で、やわらかく、上に白子が生じている。土地の者が鉄の網でこれを取るが、水から出ると堅くなり、紅・黒・白の三色になる。紅は堅くて密だが、白と黒はもろいので使えない。喜望峰（大浪山）の東北に暗礁があり、水が涸れて礁《いそ》がでており、すべてサンゴの属である。

猫目石や宝石も各処にあり、乏しくない。インド（小西洋）には更に多い。

琥珀《こはく》はヨーロッパのポロニア（波羅尼亜）にある。沿海三〇〇〇里はみなこれである。おそらく波風によって湧き、この地に堆積したのであろう。土地の者はこれをとって器をつくる。龍涎香《りゅうぜんこう》は黒人国とブラジルの両海に多い。かつて重さが一〇〇〇余斤のものがあり、島のようであった。波風がおこり、陸に流れつくと、虫や魚や獣が喜んでこれを食べた。ほかの様子は前に述べた(三)。

海水は本来みな塩味であるが、煮つめないのに凝固した塩の塊がある。ホルムズ（忽魯謨斯）の近くには五色に光る山があり、すべて塩である。土地の者は山の石を削り、ロクロで器にする(四)。食物を貯えるのに塩がいらない。その器がすでに塩で、おのずから塩味がするからである。また、海藻（海樹）があり、太平洋（太平海）の浅いところに生える。一望すると、林のようだ。ネギのように青々として愛すべきである。

（一）真珠ついては『博物誌』九・五四にセイロンでも真珠を産するとするが、ペルシャ湾岸のものが賞賛されるという。パナマとベネズエラの真珠はポトシの銀の発見（一五四五年）より前から、南米の富であった。山田篤美（二〇一三）参照。

（二）サンゴについては『博物誌』三二一に言及がある。

（三）本書巻二、ポロニアを参照。

（四）ホルムズで岩塩をつかって器をつくるという話は、イブン・バットゥータにみえる。岩塩で装飾用の花瓶やランプ台なども作った。（前嶋信次訳一二〇頁）

海の様子（海状）

地の中心は最も重く濁り、水は地につき、到るところその重心につく。ゆえに［地の］形は球（円）となり、水もまたいきおい球となる。数百里を隔てると、水面は橋梁のように丸みを帯びている。［甲板から］ながめる者は見えないが、帆柱に登ってながめると、その前方が平坦なのか険しいのかがみえる。海の険しさは各処でことなる。太平洋（太平海）だけはきわめて浅く、昔から大きな波風がない。大西洋はきわめて深く、一〇余里もある。大西洋から大明海までの四五度以南は、その風がつねに定まっている。四五度以北は風が乱れて常がない。とくに異常なものは、大明海の東南に吹く異風であり、吹きみだれて、わずかの間に二四方向にかわり、船舶は風にまかせて漂流するしかない。風と水はそれぞれ道を異《こと》にする。南風ならば水はかならず北へ行く。北風に転ずれば、水はすぐには南にゆかないが、舟が従わなければ砕ける。インド洋（小西洋）の潮はきわめて高く大きく、また速く急であり、平地のような海に瞬く間に数百里も水が湧く。巨船や海蛇（蛟龍）、魚や亀などが、潮の勢いに乗り、山中にうちあげられて出られなくなるのだ。ヨーロッパのノヴァヤ・ゼムリャ（新曾獵）、リビア（利未亜）の喜望峰（大浪山）も波風が起こり、たいへん険しい。マラッカ海（満剌加海）では風がないのに、いきなり波浪が起こる。また、海が狭いところはそうである。一里ばかりのところに、つぎつぎに波が起こり、後ろの波が起こると前の波が終わっている。

海上には多く風が吹くが、リビア海のギネア（為匿亜）に近いところは、ちょうど赤道の下にあり、つねに無風に苦しむ。また、酷暑であり、船がここまでくると、食物はすべて腐り、病になりやすい。海は深くて碇《いかり》を下ろすこともできず、おおかた帆も使えない。海水がひそかに流れ、潮が湧いて漂泊し、浅いところに乗りあげて壊れる船は、多くここにおいてである。

海水の味は塩辛いが、火の性質があり、つねに激しく揺れ動くので氷にはならないが、北海では半年のあいだ日がみえず、気候が極めて寒いので氷結する。ゆえに「氷海」という。船舶は堅い氷に阻まれ、とけるのをまって行くしかない。さらに氷山（氷山）に苦しむ。海中の氷塊が風に撃たれて積み重なると山になるのだ。船舶がこれに触れれば、かならず粉砕される。赤道の下は一年中暑く、食物・水・酒は色や味がみな変わる。これをすぎれば、また通常にもどる。

海の色はおおむね緑であるが、東西の紅海(一)だけは淡紅色である。[これについて]「海底のサンゴが映ったもので本来の色ではない」というひともいる。また、インド洋のある場所は夜になると海水が火のように明るく光る(二)。西国の学者(西儒)はつねづねその眼で見て、不思議に思っている。器にくみ上げても器をみたして光り、また、手のひらにこぼすと光をもてあそぶことができ、しばらくすると消える。

(一) 東紅海はカリフォルニア湾、西紅海は現在の紅海である。
(二) ヤコウチュウやウミホタルなど、発光生物の大量発生であろう。

船舶(海舶)

船舶(海舶)の種類は一〇〇種にとどまらないが、ほぼ三段階がある。小さな船は数十人をのせ、手紙を送るのに用い、貨物は載せない。その船腹は空虚で、上から下に入る孔《あな》が一つだけである。四囲は一滴の水も漏れないようにし、下に石をつめて、船底がつねに下をむくようにしてある。ひとたび波風にあうと、水に慣れていない船は船腹に水がはいる。その孔を密閉するために瀝青《ちゃん》（一）を塗りかさね、水が入らないようにする。船をあやつる者はその身を帆柱に縛りつけ、水にまかせて流れる。その船腹が空虚だから絶対に沈まない。船底に鎮石があるかぎり、転覆もしない。凪《なぎ》を待って船員が縄を解き、船を運行させれば、万に一つの失敗もなく、一日に一〇〇〇里を行ける。

　中ほどの船は数百人をいれる。インド洋（小西洋）から広東《かんとん》にくるのはこの船である。

　大きな船は上下八層、最下層に砂や石を一〇〇〇余石《こく》つめる。船が傾いたり、揺れたりしないようにするのは、すべてこの砂や石による。第二層・第三層は貨物と食用の物を載せる。海で水を得るのは最も難しいので、淡水（淡水）一〇〇〇余樽を積み、一〇〇〇人一年の用に足るようにせねばならない。ほかの物資もこれに準ずる。その上層、甲板（地平板）に近い一層は中下の人が住み、小さな物、柔らかい物、必需品も積みこむ。甲板の上には何もなく、そのなかほど、一〇〇歩［の場所］で帆を揚げ、武器を習い、遊戯をし、劇を演ずる。前後に四階の家を建て、尊貴の者の住処とし、なかの通路で船首と船尾を通ずる。船尾には「建水閣」があり、納涼の場所とし、貴人の休憩所である。船の両舷には大砲（大銃）数十門がならべてあり、不慮に備える。その鉄弾は三十数斤の重さがある。（二）上下前後に帆が一〇余枚ある。帆柱の大きさは長さ一四丈、帆の幅は八丈である。（三）船員（水手）は二～三〇〇人、将卒・銃士は三～四〇〇人、客商が数百いる。船舶総管が一人おり、西国の高官である。国王の命をうけて、一船のことをつかさどり、賞罰生殺の権がある。また舶師が三人、歴師が二人いる。（四）舶師は風をみて帆を使う仕事であり、器具を整理し、号令をだし、作業を指示する。浅瀬や暗礁をさぐり、進路も定める。歴師は天文を測る仕事であり、昼は日を測り、夜は星を測る。海図を用いて度数をとり、危険と安全を見わけ、道のりを把握する。また、医官がいて、一船の疾病を診る。市場もあり、食べ物を取引する。

大きな船は波風をおそれないが、暗礁と浅瀬をおそれ、また火をおそれる。船上の火禁はきわめて厳しい。一〇〇〇人の命がかかっているからである。出発の旅程には風を待つが、日［の吉凶］を選ばない。それでいまだかつて大きな失敗はない。

（一）瀝青は天然アスファルトを指す、防水につかわれた。
（二）三〇斤は約一八キログラムであり、スペイン・ポンド（リーブラ）で四〇ポンドにあたる。
（三）ここでいうマストの高さ「一四丈」は約四五メートル、帆の幅「八丈」は約二五メートルである。コロンブスのサンタ・マリア号は竜骨の長さが三六メートル、マゼランのヴィクトリア号が二六メートルであるから、ここに書かれた規模の帆船はこれらより大型であろう。同じ規模の船としては、伊達政宗が支倉常長《はせくらつねなが》（一五七一年〜一六二二年）に命じた慶長遣欧使節の船、サン・ファン・バウティスタ号（一六一三年、石巻出港）がある（船長五五メートル・最大幅一一メートル・船高四八メートル）。

（四）舶師は掌帆長（コントラ・マエストレ）、歴師は航海長（マエストロ）と考えられる。コンスタム『図説スペイン無敵艦隊』（二〇一一年）に記述がある。

航路（海道）

ジュリオ（儒略）らはみなヨーロッパ各国から来たが、故郷の距離は異なり、水陸も異なる。おおむね一年以内で、みな海辺ポルトガル国（波爾杜瓦爾国）のリスボア（里西波亜）にあつまる。［ここで］商人や船官をまち、春に出発し、大洋に入る。カナリア島（福島）の北から、赤道二三度半の北回帰線（夏至線）をすぎ、赤道をこえ、南にいくと、ここで北極は没して、南極がのぼってくる。また、赤道南二三度半にある南回帰線（冬至線）をすぎ、喜望峰（大浪山）をすぎ、南極の高さ三〇度余をみて、また南回帰線（冬至線）

の方にもどる。黒人国をすぎ、ロレンツォ島の境界にはいる。再度、赤道をこえ、インド（小西洋）の南ゴア（臥亜）にいたる。ゴアは赤道以北一八度にある。風には順逆があるが、おおむね一年のうちにインドに着くことができる。ここからは海に島が多く、道は険しく狭いので、旅が困難になる。そこで、中型の船にかえ、また、春をまって出発し、セイロン（則意蘭）につき、ベンガル海（榜葛剌海）をへて、スマトラ（蘇門答蠟）とマラッカ（満剌加）の間から、シンガポール海峡（新加歩峡）をへて、北にチャンパ（占城）、シャムロ（暹邏）の境界（一）を通り、ほぼ三年をかけて、中国嶺南の広州府につく。これが西から中国に達する路である。

東からくるなら、イスパーニャ（以西把尼亜）の地中海から、ジブラルタル海峡（巴爾徳峡）を通り、アメリカ（亜墨利加）へいく。ここで二つの道がある。メガラニカ海峡（墨瓦蠟尼加峡）から太平洋（太平海）へいくか、ヌエバ・イスパーニャ（新以西把尼亜）で船を泊め、陸路ペルー海にでて、モルッカ（馬路古）、ルソン（呂宋）などの島をすぎ、大《だい》明海《みんかい》をわたり、広州に達するかである。（二）そして、わたしたちはみな西から来る。東西の道にかかわらず、九万里である。

海を行くには昼も夜もやすまない。山や島の目印にすべきものがあれば、それらを目指していく。太平洋では万里の果てまで山や島がないので、羅針盤（羅経（三））で方向を確かめる。その方向を確かめる方法はすべて海図（海図）にあり、度数を測る。すなわち船舶がどこかにつけば、べつの土地から何里離れているかがわかり、掌《たなごころ》を指すようにはっきりしている。百に一失もない。

（一）チャンパ（占城）はヴェトナム、シャムロ（暹邏）はタイにあたる。

（二）アカプルコ＝マニラ間の航路であろう。

（三）羅針盤については沈括『夢渓筆談』（一〇八六年）に記述がある。アコスタはヴァスコ・ダ・ガマがモザンビークで羅針盤をつかうモロ人の船乗りをみたと記している（『新大陸自然文化史』一・一七）。羅針盤の歴史については、テンプル（一九九二）二四八頁以下を参照。

跋（一）

昔の人は「読書は人の神智を益す（二）」といい、「巻を開けば益がある（三）」といったが、『職方外紀』の刊行は大いに益がある。『中庸』に天地山川を讃美し、「無窮」「広厚」「広大」「不測（四）」といい、かならず功を造物に帰する。騶衍《すうえん》の説は好き勝手で真実をきわめず、太章《たいしょう》と竪亥《じゅがい》の歩も限られている。西洋（西海）の先生は九万里の危険な旅をへて、中国に入り、赤道・南北極の度を仰ぎ観て、万国の領域を定めた。この『紀』はその一端をあらわす。

われらの寿命はいったいどれだけだろう。あまねく大地に足跡をのこし、人跡未踏の地をことごとく見て記録できようか。道は遠くのひとも屈しないところはなく、天を戴《いただ》かない地もない。さまざまな道は眼でみたことにもとづくが、天下にすむ人々にはみな同じ心があるので、ともに「耳で」聞くところも尊ぶのだ。かの国の人々は山海にあまねく旅し、民がいるところならば、人を食らう国であっても困難を避けず、そこにいくことを楽しむ。これはその概要にすぎない。

この『紀』をよく読むものは、天地の間にみちて生き生きと動いてやまないものが、きっと偶然にうまれたのではないと思うだろう。造物者（大造）のよき属性に、人々に形而下（形而下）のものをみせようとする意志があるが、［天地が］このように万変無方であれば、一人の耳目に知られるものではない。したがって、形而上に無限の奥義があり、人の思いの及ぶところではないとわかるのだ。天象により心を識《し》り、心性により天地に求めれば、一事一物はみな目を醒まさせる。われらは世界にやどること、穀倉の一粒のようだが、造物者（造物者）は万有を育て、すべての用をあたえ、われらを助け、われらに恵む。その意義をどう答えるか。もとより奇器をみれば良工の苦心を知り、名画をみれば国手の巧心を思う。『外紀』を読めば、造物者（大造）が物にひろく賜《たま》うことを思うのだ。みな志を物につかえさせるのではなく、じかに本源をさぐる。著名な先生たちがその説を訳し、くりかえし善にさそう深意はここにある。

進賢の熊士旂《ゆうしき》、題す。（五）

（一）この「跋」は六巻本の日本写本にある。
（二）『魏書』李先伝

（三）『宋書』隠逸伝・陶潜。
（四）『中庸』一四。
（五）進賢は江西省南昌の県、未見だが熊士旂に『策怠警喩』一巻がのこる。方以智の師、熊明遇も進賢の人である。

文献リスト

テキスト

艾儒略（謝方校注）『職方外紀校釈』中華書局、一九九六年
艾儒略『職方外紀』（『天学初函』所収、名古屋蓬左文庫所蔵）
艾儒略『職方外紀』（『中国史学叢書』台湾学生書局、一九六五年）
艾儒略『職方外紀』守山閣叢書本・四庫全書本・叢書集成簡編本
利瑪竇『宮崎県立図書館蔵　利瑪竇　坤輿万国全図』臨川書店、一九九六年
利瑪竇（朱維錚編）『利瑪竇中文著訳集』香港城市大学出版社、二〇〇一年
鐘鳴旦・杜鼎克等編『徐家匯蔵書楼明清天主教文献』台北方済出版、一九九六年
黄興濤・王国栄編『明清之際西学文本──五〇種重要文献彙編』中華書店、二〇一三年

参考文献

（日本語）

新共同訳『聖書』日本聖書協会、一九八七年

井筒俊彦訳『コーラン』岩波文庫、一九五七年
アウグスティヌス（服部英次郎訳）『神の国』岩波書店、一九八二年
アコスタ・ホセ（増田義郎訳）『新大陸自然文化史』岩波書店、一九六六年
アリストテレス（出隆監修・山本光雄監訳）『全集』岩波書店、一九七六年
（内山勝利・神崎繁監訳）『新版・全集』岩波書店、二〇一三年
（池田康男訳）『天について』京都大学出版会、一九九七年
アルテ・グザヴィエ『サンティアゴ・デ・コンポステーラと巡礼の道』創元社、二〇一三年
アンセルムス（長沢信寿訳）『プロスロギオン』岩波文庫、一九四二年
イエズス会日本管区（梶山義夫監訳）『イエズス会会憲』南窓社、二〇一一年
イグナチオ・ロヨラ（門脇佳吉訳）『霊操』岩波書店、一九九五年
（門脇佳吉訳）『ある巡礼者の物語』岩波書店、二〇〇〇年
イブン・バットゥータ（前嶋信次訳）『三大陸周遊記』角川書店、一九六一年
（家島彦一訳）『大旅行記』平凡社、一九九九年
ヴァニョーニ（葛谷登訳注）『天主教要解略』（愛知大学『言語と文化』二〇〇五年〜）
ヴィヴェイロス（近藤宏・里見龍樹訳）『インディオの気まぐれな魂』水声社、二〇一五年
ウォラギネ・ヤコブ（前田敬作・今村孝訳）『黄金伝説』（一〜四）平凡社、二〇〇六年
キケロー「国家について」（岡道男訳『キケロー選集』八巻、岩波書店、一九九九年所収）
クーマン・C（船越昭夫・長谷川孝治訳）『近代地図帳の誕生』臨川書店、一九九七年

クルス・ガスパール（日埜博司訳）『クルス中国誌』講談社、二〇〇二年
コロンブス・クリストファ（林屋永吉訳）『全航海の報告』岩波書店、二〇一一年
コンスタム・アンガス（大森洋子訳）『図説スペイン無敵艦隊』原書房、二〇一一年
ザックス・クルト（野村良雄・岸辺成雄訳）『比較音楽学』全楽譜出版社、一九六八年
シーア・ウィリアム（浜林正夫・柴田知薫子訳）『ローマのガリレオ』大月書店、二〇〇五年
シエサ・デ・レオン（増田義郎訳）『インカ帝国史』岩波書店、二〇〇六年
ゼール・オットー（梶田昭訳）『フィシオログス』博品社、一九九四年
セビン・ネイサン（中山茂・牛山輝代訳）『中国のコペルニクス』思索社、一九八四年
ソベル・デーヴァ（藤井留美訳）『経度への挑戦』角川書店、二〇一〇年（初版一九九七年）
ダ・ヴィンチ（杉浦明平訳）『レオナルド・ダ・ヴィンチの手記』岩波書店、一九五四年
ダンス・ピーター（奥本大三郎訳）『博物誌　世界を写すイメージの歴史』東洋書林、二〇一四年
ダンテ・アリギエーリ（平川祐弘訳）『神曲』河出書房新社、二〇〇八年
ティンツェルバッハ（朝倉文市監訳）『修道院文化史事典』八坂書房、二〇一四年
テンプル・ロバート（牛山輝代訳）『図説中国の科学と文明』河出書房新社、一九九二年
トムソン（中野記偉訳）『イグナチオとイエズス会』講談社、一九九〇年
ドンデ・ヴィック（富樫瓔子訳）『人魚伝説』創元社、一九九五年
バンガート・ウィリアム（上智大学中世思想研究所訳）『イエズス会の歴史』原書房、二〇〇四年
ヒース・T・L（平田寛ほか訳）『復刻版ギリシア数学史』共立出版、一九五九年

ピガフェッタ（長南実訳）『マゼラン最初の世界一周航海』岩波書店、二〇一一年
プトレマイオス（藪内清訳）『アルマゲスト』恒星社、一九八二年（初出一九四九年）
プリニウス（中野定雄ほか訳）『博物誌』（Ⅰ〜Ⅵ）雄山閣、一九八六年
フロイス・ルイス（岡田章雄訳）『ヨーロッパ文化と日本文化』岩波書店、一九九一年
ヘロドトス（松平千秋訳）『歴史』岩波書店、一九七一年
ホカート・A・M（橋本和也訳）『王権』岩波書店、二〇一二年
ホメロス（松平千秋訳）『イリアス』岩波書店、一九九二年
（松平千秋訳）『オデュッセイア』岩波書店、一九九四年
マテオ・リッチ（川名公平訳）『中国キリスト教布教史』（全二冊）岩波書店、一九八三年
（柴田篤訳）『天主実義』平凡社、二〇〇四年
マルコ・ポーロ（月村辰雄・久保田勝一訳）『東方見聞録』岩波書店、二〇一二年
マンデヴィル・ジョン（大場正史訳）『東方旅行記』平凡社、一九六四年
ヨーロッパ中世史研究会編『西洋中世資料集』東京大学出版会、二〇〇〇年
ルクレーティウス（樋口勝彦訳）『物の本質について』岩波書店、一九六八年
ルター・マルティン（徳善義和訳）『ルター著作選集』教文館、二〇一二年
レイノルズ・T・S（末尾至行ほか訳）『水車の歴史』平凡社、一九八九年
レクリヴァン・フィリップ（鈴木宣明訳）『イエズス会』創元社、一九九六年
浅見雅一『フランシスコ＝ザビエル』山川出版、二〇一一年

鮎沢信太郎「艾儒略の職方外紀に就いて」（京都大学『地球』二三巻・五号、一九三五年）
「江戸時代の世界地理学史上における職方外紀に就て」（同前、二四巻・二号）
『鎖国時代の世界地理学』原書房、一九八〇年（初版一九四八年）
荒川清秀『近代日中学術用語の形成と伝播』白帝社、一九九七年
安大玉『明末西洋科学東伝史』知泉書館、二〇〇七年
今井湊「乾坤体義雑考」（『明清時代の科学技術史』京都大学人文科学研究所、一九七〇年所収）
榎一雄「職方外紀の刊本について」（『岩井博士古稀記念論文集』開明堂、一九六三年所収）
「職方外紀の中央アジア地理」（『和田博士古稀記念東洋史論集』講談社、一九六一年所収）
岡崎勝世『聖書ｖｓ世界史』講談社、一九九六年
岡本さえ『中国近世の比較思想　異文化との邂逅』東京大学出版会、二〇〇〇年
『イエズス会と中国知識人』山川出版社、二〇〇八年
小川量子「スアレス」（『哲学の歴史（四）ルネッサンス』中央公論社、二〇〇七年所収）
織田武雄『地図の歴史　世界編』講談社、一九七四年
『古地図の博物誌』古今書院、一九九八年
金七紀男『ブラジル研究入門』晃洋書房、二〇〇〇年
『ポルトガル史・増補版』彩流社、二〇〇三年
『ポルトガルの歴史』河出書房新社、二〇一一年
栗生沢猛夫『図説ロシアの歴史』（増補版）河出書房新社、二〇一四年

齊藤正高「『東西均』の反因説と水循環論」（『日本中国学会報』二〇〇七年）
「『物理小識』の脳と心」（『日本中国学会報』二〇〇九年）
後藤基巳『明清思想とキリスト教』研文出版、一九七九年
河野与一『倫理論集の話』岩波書店、一九六四年
高坂正堯『文明の衰亡するとき』新潮社、一九八一年
坂出祥伸「方以智の思想」（『中国思想研究』関西大学出版会、一九九九年。初出一九七〇年）
塩山正純『初期中国語訳聖書の系譜に関する研究』白帝社、二〇一三年
瀬原義生「中世末期・近世初頭のドイツ鉱山業と領邦国家」（『立命館文学』五八五、二〇〇四年）
立石博高『スペイン・ポルトガル史』山川出版社、二〇〇〇年
地中海学会編『地中海歴史散歩①スペイン』河出書房新社、一九九七年
永田諒一『宗教改革の真実』講談社、二〇〇四年
中畑正志「歴史のなかのアリストテレス」（前掲、アリストテレス『新版全集』一）
中村輝子・遠藤次郎「テリアカの再検討」（『日本医学史雑誌』四五巻二、一九九九年）
浜田耕作『南欧游記』大鐙堂、一九一九年（国会図書館デジタルコレクション）
羽田正『東インド会社とアジアの海』講談社、二〇〇七年
平川祐弘『マッテオ・リッチ伝』（一〜三）平凡社、一九六九年
増田義郎『新大陸のユートピア』中央公論社、一九七一年
『世界の歴史と文化　スペイン』新潮社、一九九二年

『インカ帝国探検記』中央公論社、二〇〇一年（初版一九六一年）
三好唯義『アステカとインカ』小学館、二〇〇二年
森田勝昭『世界古地図コレクション』河出書房新社、一九九九年
森洋明『鯨と捕鯨の文化史』名古屋大学出版会、一九九四年
矢沢利彦「黒と白、二つの王国の出会い」（『グローカル天理』一六、二〇一五年）
藪内清『中国とキリスト教』近藤出版社、一九七二年
『中国の天文暦法（増補改訂版）』平凡社、一九九〇年（初版一九六九年）
『中国の数学』岩波書店、一九七四年
『中国天文学・数学集』朝日出版社、一九九〇年
山田篤美『真珠の世界史』中央公論社、二〇一三年
山本光雄『アリストテレス』岩波新書、一九七七年
吉国恒雄『グレートジンバブエ』講談社、一九九九年
吉田松陰（山口県教育会編）『全集』新装版、大和書房、二〇一二年
劉岸偉「西学をめぐる中日両国の近世」（『札幌大学教養部紀要』三九号、一九九一年）
渡辺宏「職方外紀の五巻本と六巻本」（『東洋文庫書報』二五号、一九九四年）
和田春樹『ヒストリカル・ガイド　ロシア』山川出版社、二〇〇一年

（ヨーロッパ諸語）

・Collani C. V., Biography of Giulio Aleni SJ, China missionary, Stochastikon GmbH, 2010
・Corradini P., Matteo Ricci Lettere (1580-1609), Quodlibet, 2001.
・D'Ellia P. M. SJ., Galileo in China, Harvard University Press, 1960
・Dunne G. H., Generation of Giants : The story of Jesuits in China in the Late Decades of the Ming Dynasty, Notre Dame University Press, 1962（中国語訳：余三楽・石蓉訳『従利瑪竇到湯若望』上海古籍出版社、二〇〇三年）
・Lattis J. M., Between Copernicus and Galileo – Christoph Clavius and the Collapse of Ptolemaic Cosmology, The University of Chicago Press, 1994.
・Lippiello T. and Malek R., "Scholar from the West" Guilio Aleni S.J.(1582-1649) and the Dialogue between Christianity and China, Jointly published by the Fondazione Cililta Bresciana Annali IX and the Monumenta Serica Monograph Series XLII, 1997.
・Millingen A. V., Byzantine Constantinople : the walls of the city and adjoining historical sites, London : J. Murray, 1899.
・Pfister L. SJ., Notices Biographiques et bibliographiques sur les Jesuites de l'ancienne mission de Chine (1552-1773), Chang-hai Imprimerie de la mission catholique,1932, 1934.（中国語訳：馮承鈞『在華耶穌会士列伝及書目』中華書局、一九九五年・一九三六年序。梅乗騏・梅乗駿訳『明清間在華耶穌会士列伝』天主教上海教区光啓社、一九九七年）。フィステの補

正はDehergne, J. S. I., Répertoire des Jésuites de Chine de 1552-1800, Roma, 1973.（中国語訳：耿昇訳『在華耶穌会士列伝及書目補編』中華書局、一九九五年）
・Venturi P. T. S. I., Le Lettere dalla Cina, Macerata, 1913. (Opere Storiche del P. Matteo Ricci S. I. Vol. Secondo)
・Villoslada R. G. S. I., Storia del Collegio Romano dal suo inizio (1551) alla soppressione della Compagnia di Gesù (1773), Gregorian Univ. Roma, 1954.

（中国語）

朱熹『四書章句集注』中華書局、一九八三年
徐光啓（王重民編）『徐光啓集』中華書局、一九六三年
徐光啓（朱維錚・李天綱編）『徐光啓全集』上海古籍出版社、二〇一〇年
徐昌治『聖朝破邪集』京都中文出版、一九八四年
趙爽（注）『周髀算経・九章算術』上海古籍出版社、一九九〇年
陳誠・羅日褧『西域行程記・西域番国志・咸賓録』中華書局、二〇〇〇年
馬歓（馮承鈞校注）『瀛涯勝覧』台湾商務印書館、一九七〇年
方以智『物理小識』台湾商務院書館、一九七四年
翁紹軍『漢語景教文典詮釈』三聯書店、一九九六年
龔纓晏・馬瓊「関于李之藻生平事蹟新史料」浙江大学学報、二〇〇八年

沙不烈（Chabrié）著・馮承鈞訳『明末奉使羅馬教廷耶蘇会士卜弥格伝』上海古籍出版、二〇一四年（一九三九序）
朱漢民『中国書院文化簡史』香港中和出版有限公司、二〇一二年
祝一平『説地——中国人認識大地形状故事』三民書局、二〇〇三年
徐宗沢『明清間耶穌会士訳著提要』上海世紀出版、二〇一〇年（初出一九四六年）
趙暉『耶儒柱石　李之藻・楊廷筠伝』浙江人民出版社、二〇〇七年
方豪『中国天主教人物伝』香港公教真理学会、一九七〇年
樊洪業『耶穌会士与中国科学』中国人民大学出版社、一九九二年
羅群『伝播学視角中的艾儒略与《口鐸日抄》研究』上海古籍出版社、二〇一二年

（事典）
『世界大百科事典』平凡社、一九八四年
『ブリタニカ国際大百科事典』ブリタニカ、二〇〇九年
『カトリック大辞典』冨山房、一九五四年
『世界地名大事典』朝倉書店、二〇一六年
『アフリカを知る事典』（新訂増補版）平凡社、一九九九年
『ラテン・アメリカを知る事典』（新訂増補版）平凡社、一九九九年

（ウェブ・アーカイブ）
日本国国会図書館「デジタルコレクション」（http://dl.ndl.go.jp）
早稲田大学「古典籍総合データベース」（http://www.wul.waseda.ac.jp/kotenseki）
台湾中央研究院「漢籍電子文献」（http://hanji.sinica.edu.tw）
Bibliothèque de nationale de France (http://www.bnf.fr)

【さ】

◉事項

◉動植物

『山海経』 ……65
荘子（漆園氏） ……255
『楚辞』 ……55
ソロモン（撒剌満） ……115

【た】
太章 ……71, 286
ダイダロス（徳大禄） ……165
『大明一統志』 ……95
ダヴィデ（大味得） ……115
『中庸』 ……286
張騫 ……70
陳誠 ……71
ティコ・ブラーエ（地谷白剌格） ……178
鄭和 ……71
テレンツ［イエズス会士］（鄧儒望・鄧若望） ……102
天啓帝 ……52
トスタド［スペインの司教］（多斯達篤）……149
トマス［使徒］（篤黙） ……208
トマス［アクィナス］（多瑪斯） ……164
トリゴー［イエズス会士］（金子・金尼閣） ……61-62

【は】
パウロ［使徒］（宝禄） ……161
班固 ……67
パントーハ［ディエゴ、イエズス会士］（龐氏） ……51, 60, 73-76, 256
万暦帝（神宗皇帝） ……51, 59-60, 256
ヒポクラテス［ギリシアの医師］（依ト加得） ……126
フェリペ二世［イスパーニャの君主］ ……252
プリニウス［『博物誌』の著者］（名士） ……163
ペテロ［使徒］（伯多琭） ……161
『法言』 ……67
龐成 ……73-76
『穆天子伝』 ……65

【ま】
マゼラン（墨瓦蘭） ……252-253, 255-256
マリア［聖母］（瑪利亜） ……162
ムハンマド（馬哈黙） ……100
モーゼ（美瑟） ……110

【や】
ヤコブ（雅歌黙） ……151
熊士旂 ……287
ユスティニアヌス［ローマ皇帝］（曰失爾塞） ……112
楊廷筠 ……53, 55, 60, 82
楊雄 ……67 →『法言』
ヨセフ（龠瑟） ……201

【ら】
ラザロ（辣雑琭） ……159
李之藻 ……59
陸九淵（先儒） ……65
リッチ［マテオ、イエズス会士］（利瑪竇） ……59, 256
ルイス［聖王ルイ］（類思） ……157-158
ロト（落得） ……111

索　引

※（　）内は原語・別記　［　］は補足　→は参照

◉人名・書名

【あ】
アブラハム（亜把刺杭）……115
アメリゴ［ヴェスプッチ］（亜墨利哥）……224
アリストテレス（亜利斯多……180
アルキメデス（亜而幾墨得，亜爾幾黙得，幾墨得）……165-166, 202
アルフォンソ［一〇世］（亜豊粛）……150
アレーニ（艾儒略）……51, 61, 71, 164, 283
イエス（耶穌・天主耶穌）……116, 134, 152, 159, 160, 202
イエズス会（耶穌会）……95, 153
ウルシス［イエズス会士］（熊三抜）……60, 73, 74
王一錡……257

【か】
『河図・洛書』……62
魏学顔……74
許胥臣……68
瞿式穀……65
クマラジーヴァ（鳩摩羅什）……62
玄奘……62
孔子（夫子）……64
洪武帝［明の太祖］……62
夸父……71
コルテス（哥爾徳斯）……224
コロンブス（閣龍）222-223, 252, 257
コンスタンティヌス（公斯瑠丁）……161

【さ】
竪亥……71, 286
『春秋』……64
葉向高……70
『尚書』禹貢……255
ジュリオ　→　アレーニ
『職方外紀』（『外紀』）……52, 60, 67, 71, 257, 286
葉向高……70
スアレス［フランシスコ、イエズス会士］（蘇氏）……153
鄒衍（騶衍）……64, 255, 286
斉諧（『荘子』の登場人物）……55
世界地図（万国志・大地全図・万国図屏風・輿地全図・万国図誌・万国全図・印板図画・全図・万国地海全図・万国輿図）……51, 59-60, 70, 73-76, 85, 257

【著】**ジュリオ・アレーニ**（Giulio Aleni）

1582 年～ 1649 年、イタリア。イエズス会宣教師として明に渡る。宣教活動のかたわら、様々な書物を残した。日本にも写本が渡って影響を与えた本書のほかに、平田篤胤に影響を与えたといわれる『三山論学記』や、西洋学術概論である『西学凡』、宣教師と中国知識人の対話集『口鐸日抄』などがある。

【著】**楊廷筠**（よう・ていいん）

1562 年～ 1627 年、中国。1592 年に進士となり、江西省安福県で知県をつとめる。のちにクリスチャンになり、アレーニらイエズス会士に協力。『職方外紀』の文章は、楊廷筠の整理を経てなされたといわれる。

【訳・解説】**齊藤正高**（さいとう・まさたか）

1970 年、愛知県生まれ。愛知大学大学院中国研究科博士課程単位取得満期退学。愛知大学・岐阜大学非常勤講師。専門は中国思想研究、とくに、イエズス会の学術に応答した明末清初の思想家、方以智について。論文「光肥影痩論に就いて」（『東方学』一〇四輯、2002 年）、「『東西均』の反因説と水循環論」（『日本中国学会報』五九集、2007 年）、「『物理小識』の脳と心」（同前、六一集、2009 年）など。2010 年、日本中国学会賞（哲学・思想部門）受賞。

大航海時代《だいこうかいじだい》の地球見聞録《ちきゅうけんぶんろく》
通解《つうかい》『職方外紀《しょくほうがいき》』

2017年3月21日 第1刷

著者…………ジュリオ・アレーニ／楊廷筠《ようていいん》
訳者…………齊藤正高《さいとうまさたか》

装幀・本文AD…………岡孝治

発行者…………成瀬雅人
発行所…………株式会社原書房

〒160-0022 東京都新宿区新宿 1-25-13
電話・代表 03（3354）0685
http://www.harashobo.co.jp
振替・00150-6-151594

印刷…………シナノ印刷株式会社
製本…………東京美術紙工協業組合

ISBN978-4-562-05389-6, Printed in Japan